抒情时代

SHUQING SHIDAI

时代出版传媒股份有限公司
安徽文艺出版社

李继 摄

作者介绍：

　　范墩子，青年小说家，1992 年生于陕西永寿。在《人民文学》《江南》《野草》《青年作家》等期刊发表大量小说。已出版短篇小说集《虎面》《我从未见过麻雀》，童话《去贝加尔》等。曾获滇池文学奖、长安散文奖、陕西青年文学奖。

抒情时代

SHUQING SHIDAI

范墩子◎著

时代出版传媒股份有限公司
安徽文艺出版社

图书在版编目（CIP）数据

抒情时代/范墩子著.--合肥：安徽文艺出版社,2021.11
ISBN 978-7-5396-7152-9

Ⅰ.①抒… Ⅱ.①范… Ⅲ.①长篇小说－中国－当代
Ⅳ.①I247.5

中国版本图书馆 CIP 数据核字 (2021) 第 023285 号

出 版 人：姚 巍
责任编辑：姚 衎　　　　　　装帧设计：徐 睿

出版发行：时代出版传媒股份有限公司　www.press-mart.com
　　　　　安徽文艺出版社　　www.awpub.com
地　　址：合肥市翡翠路 1118 号　邮政编码：230071
营 销 部：(0551)63533889
印　　制：安徽联众印刷有限公司　(0551)65661327

开本：880×1230　1/32　印张：8.25　字数：200 千字
版次：2021 年 11 月第 1 版
印次：2021 年 11 月第 1 次印刷
定价：40.00 元

（如发现印装质量问题，影响阅读，请与出版社联系调换）

版权所有，侵权必究

自　序

四年前，我就在写这本书，但写到八万字时，觉得和构思相差太远，就全部删掉了。去年暑期在家，想着无论如何都要克服内心的胆怯写完它。胆怯的原因，在于此前我尚未有过写作长篇小说的经验，用十多万字的篇幅讲述两个人物的命运，对我而言确实充满了挑战。这是我的第一部长篇小说，我理应小心点，尤其是在结构上应多下点功夫，以防叙述上松松垮垮，不够紧凑。

我并不担心失败，我担心的是没有写出我理想中的人物来，也就是小说中的杨梅，这个少女的形象常常会出现在我的脑海里，有时候我甚至觉得，她是另一个世界的我，我们是统一的个体，并无身份、面貌、性别和地域上的差别。因此，我必须耐心地去叙述有关她的一切，去聆听她的一切，哪怕是她的怪念头和梦话。依靠着这些纠缠在一起的想法，我写完了这本书。

■ 抒情时代

■ 002

八个月间,我停下了短篇小说写作,也拒绝了不少约稿,当我全身心投入自己建立的小说迷宫中时,我才真正体会到了叙述的快乐、酣畅和黑暗。长篇小说对我的诱惑,在于每天都有东西可写,思想上不会有太大的负担,毕竟面对的是一项浩大的工程,是在荒野上一次漫长的跋涉。我每天能做的,就是耐心地推敲和打磨,谁也不知道它什么时候结束,只能慢慢地写,慢慢地等。

这本书算是我对前期写作的一个总结,它容纳了我的想法和探索,包括小说的结构、语言和整体弥漫出的气息。我不能说它有多么好,但它的确凝聚着我诸多的真情和血泪,用心的读者定然是可以窥见的。无论是写短篇小说,还是长篇小说,我都是在表达自己最真实的情感。如果对一件事情没有多大的感触,我宁愿不写,熟悉我小说的读者也自然是知晓的。

写小说已经成为我生活中重要的一部分,之所以迷恋这个文体,是因为它可以跨越现实进入辽阔无垠的未知世界。描述未知,推翻定论,正是写小说的乐趣所在。人们相信小说的一个重要原因,是因为在小说里能够触摸到真实的人性,因而,小说家就不能用小说来撒谎,来欺骗读者。小说家其实也是一名冒险家,带着一份执着和勇气,在黑暗的原野上奔跑,前方却永远也没有尽头。

有些记忆是可以忘却的,有些记忆却永远不能丢弃,因为它们承载了个人生命中最要紧的部分。写作实际上就是一次提醒,一次对记忆的重新审视。本书虽名为《抒情时代》,但绝无半点无病呻吟和泛滥抒情,读者可鉴定之。

2020.11.14

目录

自序　■　001

上部　迁徙(1995)　■　001
中部　面具(2005)　■　083
下部　我们(2015)　■　171

上部　迁徙(1995)

1

　　她翻过身,羊毛便在空中飞舞起来,像一群闪动的精灵。卧在身旁的羊羔半眯着眼,院内三轮车的镜子里,反射出炙热的白光,黑影被树枝割裂成许多奇怪的图案。羊羔还在梦里,或许正有无数的蝴蝶朝它飞来,它的脸上浮现出安详的神色,殊不知死神已经在西天朝它招手了。她一把将羊羔推醒,眼泪长淌。羊羔在惊恐中,连叫几声,然后扑进她的怀里。她的脸上再次挂满笑容,她用白软的手掌轻轻地抚摸羊羔的皮毛,丝滑的感觉令她心生暖意。她想起那道令她头疼很久的数学题,还有那只受伤的小麻雀,它们会出现在羊脑里吗?直觉告诉她,那只麻雀仍躲在某个偏僻的地方,隐隐啜泣,她想捕捉这些诡异的镜头,但现在她什么也干不了了,她是一个患有小儿麻痹症的姑娘,连那只麻雀都不如呢。休养一段时间后,麻雀总会重新拥有自由的,但她不行,她是被老天爷遗弃在羊圈里的废人。她生来就跟羊羔亲,跟羊粪亲,跟牧羊人亲,跟荒野深处的嫩草亲,跟抽打羊屁股的皮鞭亲。她恨这个世界可恨得咬牙切齿啊。

我们叫她羊人。但她有真名,她的真名叫杨梅。跟小镇里其他所有孤僻的人一样,她性格怪异,脾气暴躁,热爱独处,极少出远门。那时候,父亲还是一名矿工,他每天骑摩托车去矿山前,总会嘱咐我一些关于杨梅的事情。他命令我上午将她背到村口,陪她坐在那块青石上,傍晚时再把她背回来。晒晒太阳,这样有利她的双腿。父亲总会这样说。我却很少将她背出去,我心里并不接受这个妹妹,她的身世是一个幽暗的谜。母亲生下我后,同县里的一位富翁去了南方,就再也没有回来。我快六岁的时候,父亲突然将这个女孩指给我看,并说她是我的妹妹,仿佛她是从天上掉下来似的。起初,我非常兴奋,每天都会将零食和玩具分享给她,她很少说话,只是满脸疑惑地看着我,那时候我对她的残腿还没有什么概念。我总会轻轻地抚摸她的双腿。父亲为她打造了一辆木制轮椅,她大半辈子基本就要在这辆轮椅上度过了。后来,也不知从什么时候起,我们之间变得越来越陌生,很少再联系,但那毕竟是很多年后的事情了。

父亲的话极少,南山的煤矿停业后,他又在别处谋了一份差事,但他仍会骑摩托车去南山,他说他把生命中最宝贵的部分都留在那里了。读中学后,我很少回家,杨梅就同奶奶守在家里。每天早晨,她都会推动着轮椅,将羊群赶到门前沟里,羊群很快就散在沟野深处。她将轮椅又推到塬顶上,然后闭上眼睛,听远处的风声。小时候,我们坐在沟边,她常会问我:"你能听见风中的声音吗?"我摇头。她看向远处,一脸陶醉,一边听,一边说:"快听听吧,风正在对我们说话呢,它把远方的人们发出的声音都带到这里来了,有人在风中哭泣,有人在风中放声大笑,有人正在风中唱着悲伤的歌曲。"那时候,她的话让我感到不可思议,我心里甚至有点看不起她,觉得只有像她这样的人才会有这种疯狂的想法。现在,她还愿意同我坐在沟边,对我讲那些不可思议的话吗?

　　杨梅九岁那年,突然离家出走。早晨吃过饭,她推起轮椅,将羊群赶到门前沟里,平常中午她很少回来,因为带足了干粮,可那天直到天黑,父亲骑摩托车从矿山回来,她还没有回到家。我从未见过父亲那般着急的样子,他提着矿灯跑进沟里寻找,羊群回来了,但仍不见妹妹的踪影。父亲从沟里跑回来时,满脸大汗,我一点也没有想到,他会突然跪倒在院落里,失声痛哭起来。后来,父亲再次提着矿灯冲进夜色里。父亲苍老的喊声回荡在巷道里,我跟在父亲后头,一言不发。我和父亲找遍村子,甚至连临近的几个村子都去找了,但都没有结果。父亲喊得嗓子都哑了,他每喊一次,我的心就会跟着阵痛一次。那一晚,他就像一头狂怒的豹子,对着天边的月亮怒吼。父亲整整喊了一夜。天麻麻亮的时候,我和父亲已经来到了镇上,我们在那条平坦的柏油马路上找到了妹妹,当时,她正用左手推动着轮椅,右手牵着羊羔,朝着南方走去。

我以为父亲会狠狠地扇妹妹一个耳光,但当父亲和我撵到妹妹跟前的时候,他蹲下身,将妹妹紧紧地抱在怀里。妹妹可能哭了一夜,眼睛充满血丝,全身颤抖不已。父亲连声都哭不出来了。公路上,他和妹妹的身影,同天上的白云混在一起,显得沉重而压抑。那只羊羔不时发出几声稚嫩的叫声。父亲将轮椅掉转过头,朝我们村子推去。我牵着羊羔,跟在后面,妹妹不时转过头来看羊羔,有时还会朝羊羔做鬼脸,那羊羔便以叫声作为回应。回到家里,妹妹还哭了很久,没有人知道她离家出走的真正原因,父亲没有过问,她也没有告诉任何人。或许她的心里一直藏着一个疯狂的计划,不过是那双坏腿破灭了她所有的希望罢了。她再次和羊群生活在一起,我常常会看到她推着轮椅进到羊圈里,也常常会见到她抱着羊羔哭泣。我很少接近她。说实话,我有点害怕她。

2

人们唤我为羊人,但我更愿意称呼自己为人羊。数年前,我推着父亲为我打造的木制轮椅来到沟边,羊群就在沟坡上吃草。北方的风很野,我看到有无数灰黑色的幽灵在空中乱舞,它们是沟对面那个世界派来的信使,前来打听我们小镇上的信息。有只羊爬过一道沟坡,

上部　迁徙(1995)

高昂着脑袋站在悬崖上,它肯定发现了那些潜在空中的幽灵。它对着天不住地咩咩叫。整个沟都在震颤,大地深处传来阵阵怒吼。而所有埋头吃草的羊群都变为云朵,一团一团的,盖在山野上、柿树顶、小溪边,也盖在正在猎食的狐狸脊背上。而我竟也将自己当成一朵白云、一只纯白的羊羔,我推起轮椅顺着窄小的沟路一冲而下,要不是突然从身后出现的父亲拉住我的手臂,我肯定会栽落悬崖,摔进埋藏了许多故事的沟底,我就会变成那只眼神清澈的羊羔。那年,我整八岁。我渴望变成一只羊。

　　我在羊羔的皮毛里发现了无数的秘密,羊在另外那个世界里的秘密。羊群从小溪边跃过,进入漆黑的山洞,然后在通往光明的地方集合。它们共同做梦,在谋划一件即将震惊全镇的事情。在忧伤的现实背后,它们插上蝴蝶的翅膀,西山顶上,无数的落叶在向它们招手。我明白,羊群要带走我,将我带到那个遥远的地方。我们必须从冗长乏味的生活里逃出去,我们别无他法。我可不想看到我的羊群被集体屠宰掉,它们当然也不愿看到我就这样消沉下去。那只羊羔悄悄地跑到我的门前,它站在门外,用隐秘的话语告诉我它们即将离去的消息。等我推着轮椅来到庭院的时候,只见羊群正陆陆续续地从羊圈里跑出来,朝着夜色深处悄然离去。它们的背影无比落寞。但在那个时候,我为它们能够逃离小镇而感到高兴,我在心里祝福着它们。

　　"你不和我们一起走吗?"那只跟在母羊身后的羊羔,突然转过身来。它哽咽了起来,眼睛里满是泪水。夜色中,我看得清清楚楚。母羊站在一边,静静地望着我和羊羔。羊羔扑进我的怀里,发出令人心碎的叫声。

"瞧瞧我这双坏腿吧,我根本走不了。"我刚说完,只见所有的羊都停住脚步,纷纷回过头来,望着我。月影朦胧的夜色中,它们就像一群温柔的孩子,对着我唱起那些遗失在乡野深处的歌曲。它们推着我的木轮椅,朝着星光闪烁的天边缓缓而去。我知道这只是一场梦,醒来时,我正在羊圈里坐着,羊卧在四周。父亲已去了矿山上工,他每天很早的时候就会起床,为我和哥哥做好饭后,他就骑着那辆烂到不能再烂的摩托车去矿山。哥哥总叫我和他一起捉迷藏,因为我很容易被找到。他知道我最爱藏的地方就是羊圈,所以每次在羊圈里发现我的时候,他总会哈哈大笑着说:"你个羊人,羊变的家伙。"

哥哥常常会将我推到荒野里,我们一同躲在那棵大桐树背后,听远方的风声。哥哥总说我像个小傻子,疯言疯语的,嘴里冒出的净是些不着边际的话。我们也常常坐在西瓜地的瓜棚里,做各种游戏,那个时候,我们快乐无比。过了几年,我们依旧如此,但也不知道从哪一天开始,我对哥哥的感情突然发生了变化。我喜欢上了哥哥。我不知道这究竟是好是坏,我甚至都不敢直视他的眼睛。但我并不想让哥哥知道我的心思,任何一个人都不可以知道。我恨我自己怎么会这样,我甚至觉得有这种心思,简直令人恶心。我数次想着能够扑灭这种丢人的想法,但毫无办法,我根本做不到。丢人。邪恶的念头。

我有意躲起哥哥。更多的时候,我是待在羊圈里。然而有一回,我去沟里放羊,毫无征兆地,暴雨突然就来了,天空如同裂开了几道口子,水哗哗地往下倒。我和轮椅都被浇透了。轮椅的木轮陷在泥浆里,我使尽全身力气,都无法推出来。雷声就在我的头顶盘旋,我甚至想到了死神的模样。雨越下越大,我坐在轮椅上,毫无办法。远方的山野,迷蒙一片。父亲这个时候还在矿山,是不可能回来的。那时候,我如同一只可怜兮兮的小麻雀。就在这时,一个黑色的身影从雨幕中闪了出来。哥哥顺着山沟的小路,狂奔而来了。

他什么话都没有说,径直将我从轮椅中抱起,冲进了附近的山洞里。他气喘吁吁,可能因为跑得急,布鞋都丢了一只。接着,他又跑出去将木轮椅推了进来。我坐在地上,全身瑟瑟发抖。哥哥守在我身边,想对我说什么,却没有说出来。这时,他突然脱光了上身,然后极其羞涩地示意我也将衣服脱下来。我看了他一眼,也将上衣脱光了。山洞外,大雨仍在下。哥哥将我抱在了怀里,这是我第一次如此亲近地同哥哥待在一起。我将脑袋埋在他的怀里,一眼都不敢看他,我的心在狂跳。其实我也听到了哥哥的心在怦怦直跳。他坐得笔直,一动不动。那会儿,我感到自己无比幸福,我甚至都忘记了外面正在下大雨。

直到现在,我同哥哥也从来没有提到过那次经历,仿佛那是我们之间的一个秘密。有时候,我会在记忆中将那次经历给篡改一下,我将哥哥想成我自己,将我则想成那只皮毛光滑的小羊羔。我们仿佛坐在幽深的梦境里,在观看一场被时间遗忘掉的黑白电影。那只小羊羔会时不时地从幕布里跳出来,茫然无措地站在村口的土路上,不知道该走向哪条道路。

3

杨梅怕鬼,因为她说她可以看见鬼。起初,我根本就不信她的疯话,但好多次,在院落中,我见她坐在轮椅上,面色乌青,额头上尽是细密的汗水,她朝后靠在轮椅的布垫上,脸朝天,眼里没有一点神采。近看时,她的脸几乎已经扭曲变形。我吓得边摇晃着轮椅,边大喊起她的名字,可那会儿,她如同灵魂出窍,丝毫听不见我的叫喊声。过了会儿,她渐渐恢复了过来。醒来后,她说的第一句话就是:"哥,我刚看见鬼了。"我笑着说:"我看你就是个小鬼呀。"她接着说:"我不骗你,刚才鬼从厢房的门背后跑了出来,我见它血脸红头发,丈二长的脚指甲,它本来要出门而去,却在途中折返了回来。它朝我吐出猩红的舌头,然后又用利爪死死地掐住我的脖子,它说它要把我抓到深山老林里,去给山神做女儿。那会儿我听见你在叫我,但我真的说不出来一句话。"

她见我仍不相信,又接着说:"那鬼嘴大如斗,舌头锋若刀刃,这已经不是我头一次见到它了。有时候,当我同羊羔坐在羊圈里的时候,我就见它如同飞鸟一般盘旋在我们院落上方。很显然,它在寻找着什么,食物吗?又不像。它有时是一副失魂落魄的样子,腹中发出忧伤的咕咕声;有时又是一副兴高采烈的样子,来回奔跑,飞上屋檐,跳入墙角。我敢肯定那就是鬼。可是我在想,鬼为什么要来我们家里呢?你怎么了?还不相信我的话吗?我没有骗你,那会儿鬼真的掐住我的脖子,要把我抓到西边的深山老林里,我真的没有骗你。"她的双手紧紧地抓着轮椅,脸色煞白,仿佛刚刚经历了一场大病。

  杨梅的话,令我毛骨悚然。说什么我都不相信这世上还有鬼。因为学校的老师反复对我们讲,民间所说的鬼都是迷信,我们是社会主义的接班人,我们要相信科学。然而,同那次一样,杨梅已经好多次陷入那种灵魂出窍的状态里,喉咙里发出咕噜的响声,那样子真的非常可怕。从我记事起,奶奶就给我讲鬼故事,讲狼孩的故事,联想到这些,我又相信了杨梅的话。可世上如果真的有鬼,为什么我就看不见呢?我只好到奶奶那里寻找答案。奶奶常年住在厢房,她的眼睛并没有全瞎,奶奶说,她的眼睛里只有万丈白光,什么也看不见。

  我走进厢房,问奶奶:"奶奶,世上真的有鬼吗?为什么杨梅说她能看见鬼,而我却看不见?"房间里很暗,一束光线自窗口穿入,在墙面上晃晃悠悠,像一只小野兔在跳跃。神秘的气息。奶奶坐起身。我在门口站着,看不清她的脸。她先是长笑了一声,然后说:"鬼呀就是那些被人们遗弃的火灯笼,没有几个人可以看到它们的。有的鬼自始至终就住在地下,从不外出;有的鬼呢,就喜欢在乡间里乱窜。它们是想重回人间呢,可是它们永远也回不来啦。杨梅看见鬼了吗?我没说错吧?杨梅这孩子,我一直觉得她有些鬼气,她看见了鬼,其实那也是鬼发现了她,鬼是想通过她,给我们传达一些那个世界里的信息呢。"

奶奶的话,比鬼话还难懂。我心里生气极了,想着自己怎么会生活在这样一个奇怪的家庭,个个都人不人鬼不鬼的。我跑出庭院的时候,杨梅正在羊圈里对着羊羔说话。出门后,我爬上门口那棵粗壮的桐树。坐在树杈上,我觉得整个村庄都在旋转,所有的人都如同气球一般,在空中荡漾。太阳很大,斜挂在天边,遥远的地平线上,有鱼在飞,古时的英雄好汉们正在厮杀。一辆拉石头的汽车从远处的公路上驶过。一群羊在路边吃草,放羊的是邻村的张老三。他小儿与我是同班同学,大儿身体严重畸形,只能每天坐在门前,看着路边来来往往的人和车辆,时不时也会发出一两声傻笑,口水拉了一地。

正是晌午,巷道里没有一个人。狗卧在阴凉处,吐着长长的舌头。知了叫个不停。我坐在树杈上,昏昏欲睡。就在这时,一股旋风自南边而来,旋在我家门前,它似乎是在嘲笑我。我很快就给吓得睁大了眼睛,只见一个黑影朝我家门口旋了进去。我吓得浑身发抖,联想起杨梅和奶奶的话,我敢肯定,那就是鬼,一个幽灵般的鬼,一个无影无踪的鬼,一个活生生的鬼。我魂不守舍,眼球几乎要从眼眶里跳了出来,我甚至感到脊背后面有什么人在拽我。回头时,我再次看见一个黑影闪过。我吓得差点从树杈上掉了下去,幸好我抓住了别的树杈。

4

那时,张火箭和骡子是我最要好的兄弟。

张火箭最大的梦想是能够拥有一辆属于自己的摩托车。而骡子呢,他是那种典型的无所事事又游手好闲的人。我们有时会问骡子的梦想,骡子便恶狠狠地瞪着我们说:"我没有梦想呀?我唯一想干的事情,就是以后能挨个儿睡了你们的媳妇,然后再去拆掉张火箭摩托车的轱辘。"骡子就是这样一个人,他从来没有想过未来,他是一个活在当下的人。我们这里的同龄人都害怕他,伙伴间总会流传着关于他的故事。大家都说,他曾空拳打死了一头母牛,更厉害的是,他曾用啤酒瓶子砸破了镇长儿子的脑袋。这都是关于他的传说。

一天,我正在树杈上睡大觉,张火箭火急火燎地从村口跑了过来,他站在桐树下面大声喊:"杨大鹏,集合了!"他又朝着前面的方向喊道,"骡子,集合了!"一声响亮的口哨响彻村子的上空。手榴弹爆炸啦?我从梦中惊醒过来,见张火箭站在桐树下面的阴凉处放声大喊,我说:"火箭老儿,爷爷刚刚就寝,为何要将爷爷喊起来?拿命来!"我像孙悟空那般从树杈上跳了下去。张火箭怪笑一声,然后在我屁股上狠狠地踢了一脚,我有意往前一闪,滚倒在地,假装着哭了起来,嘴里还说:"火箭老儿,可摔死你爷爷啦,爷爷的腰都给摔断啦。"

骡子来了。他脸上的那道疤痕非常明显,那是他和别人打架留下的。他见我躺在地上,便笑骂着:"杨大鹏,你就像个娘儿们,出门可别说你认识我。"我咯咯笑了几声,站在了他俩面前。骡子问:"有什么事?"张火箭便眉飞色舞地讲了起来:"镇上那谁,对了,那开商店的郭金龙你们知道吗?你们肯定都知道,他给家里买了辆摩托车!他开商店能挣几个钱?人都说是他那在广东打工的女儿把钱挣下了。我说兄弟们,有没有兴趣一起去瞧瞧?"骡子轻哼一声,说:"爱卿,给朕带路吧。"我们沿着笔直的柏油马路走去了。我们吹了一路的牛,半路上,骡子还在草丛间抓了一条菜花蛇,快到镇上时,他把蛇放了。

我们到镇上时,郭金龙正在街道中央站着,那辆崭新的摩托车就停在他的身边,旁边围了很多的人。人们龇牙咧嘴,不时发出啧啧的赞叹声。男人们恨不得现在就能骑上去,女人们则恨不得立马坐上摩托车。人们都在心里幻想着。郭金龙脸上堆满了骄傲的笑容,嘴里的烟悠然地吐了出来。很显然,他非常享受这个时刻。有人把手瓷愣愣地放在摩托车上,摸摸这里,又摸摸那里,还有女人在拍了一把摩托车坐垫之后,忍不住向自家男人投去愤怒的目光。人们一边夸赞郭金龙的女儿有本事,一边讨好地说:"真是辆好车呀!"

但当人们带着无比羡慕的表情询问郭金龙女儿的具体工作时,郭金龙的脸就黑了。郭金龙知道人们是什么意思。他将烟头狠狠地摔

上部　迁徙（1995）

在地上，转过身朝着众人说："钱难挣，郭金龙就是再没有本事，不也有了一辆摩托车吗？以后人们只会说，郭金龙就是井田镇第一个有了摩托车的人，他吃了第一口螃蟹呢，他比玉皇大帝还能呢。就像爱迪生发明了电灯，就像那对莱特兄弟发明了飞机。他吃了第一口螃蟹呢。"郭金龙满脸豪情，他说"他吃了第一口螃蟹呢"这句话时，语气很重，就像演说家在发表演说一样。他接着说："我郭金龙窝囊了一辈子，被老婆骂了一辈子，现在女儿给我争气了，打工给我买来了摩托车，我扬眉吐气了啊！"他说这句话时，脸朝着天。所有人都笑了。

　　人们咬着牙齿笑，笑声是从腹部传出来的。郭金龙万万没有想到，他的那番话打动了在场所有的人。回家后，人们把郭金龙的那番话当成经典名言那样口口相传，一传十，十传百，没多久，小镇上的人就都知晓了郭金龙的那番话。他唤起了人们心里的财富梦。一时间，郭金龙成了井田镇的头号名人。人们都在议论他的女儿，都在议论他的那辆崭新的摩托车。每当看见郭金龙骑着摩托车从镇街上呼啸而过时，人们就把那丁点儿希望全寄托在了儿女的身上。这都是后话。

　　我对摩托车没有多大兴趣，我更愿意一个人坐在树杈上，什么都不干，什么都不想，只是坐着发呆。张火箭却不同，他见了郭金龙的摩托车后，恨不得立即能将那摩托车占为己有。摩托车排气管发出激动人心的怒吼时，张火箭的眼珠子几乎都要迸出来了，他死死地盯着郭金龙的摩托车，一动不动。那天，街上的人确实很多，没有人注意到张火箭的表情。骡子直骂张火箭没有出息。张火箭露出狗一样的媚态,说:"你们都知道,有人一辈子想上天,当航天员,有人想入地,当地质学家。我只有一个梦想,就是骑上一辈子的摩托车,下辈子还是这个梦想。骡子,你今天要是实现了我这个愿望,我喊你爷爷。"

骡子一惊,说道:"我看你是走火入魔了,怪不得你爸你妈给你起名叫张火箭,你是想骑着摩托车超越火箭呢。你还真别说,我今天就能让你骑上摩托车。"骡子仰天笑了一声。我知道,他和郭金龙的小儿子郭海洋是同班同学,凭借这层关系,不怕郭金龙不给骑。骡子很自信。当镇街上的人们都散去的时候,郭金龙也不骑车表演了,他昂首挺胸地推着摩托车往家里走,这时,骡子和我们跑上前去。骡子说:"郭叔,等等。"郭金龙停在原地,转过身说:"有什么事?"他的脸红扑扑的。骡子接着说:"郭叔,我是落叶堡的杨勇,你儿郭海洋的同班同学,能不能让我这位兄弟骑你摩托车一回,给他开开眼?"

郭金龙话也没说,转回身就将摩托车往家里推。骡子急了,上前一步说:"郭叔,我是你儿郭海洋的同班同学,行不行呀?"谁承想,郭金龙猛然止步,转过身骂道:"我不是那兔崽子的爸,我没有那个儿,昨天从炕席下面偷了我的钱,我没有那个儿!"我们站在原地,啼笑皆非。骡子却不依不饶,继续问:"郭叔,那你就是不给我这兄弟骑你的摩托车了?"只见郭金龙转过身,大喊一声:"滚!"骡子的脸挂不住了,他的拳头紧紧地握着,张火箭伸出手臂,拉住了骡子。骡子脸色铁青,仿佛经受了什么奇耻大辱。那天的郭金龙确实傲慢无比,他根本就没有把我们放在眼里。回家路上,骡子一句话也没说。

　　张火箭很沮丧,他回家了。我再次坐上树杈,骡子在巷道里站了片刻后,也爬上树杈,坐在了我的旁边。他点了根烟,也给我递了根。我们如同两只鸟雀隐藏在树枝间。我们都很少回家,常年在镇街或者荒沟里浪荡。骡子叼在嘴里的烟,几乎要掉下来了,但就是没有掉下来。他死死地盯着地面看,身影显得格外颓丧,就像刚害了一场大病似的。我也学起他,盯着地面看,几只大头蚂蚁在跑,除此之外,什么都没有。

5

　　头羊死了。小镇被云朵托着,所有的人都在黄昏时分抬起疲惫的脑袋,很多乌鸦站在太阳的肩头上,制造着或大或小的梦境。我哥杨大鹏坐在门前那棵桐树的树杈上,他眼眸里的忧伤比渭河还要长。人们站在那条连接着外面世界的公路上,发出阵阵痛苦的呼喊。求救声?风很快就把人们的话给吹散啦,吹得无影无踪啦,什么都听不见啦。少年们驾驶着自制的木车,从镇街上呼啸而过。黄尘来了,接着又走了,什么都没有留下,什么也都没有带走。

　　只带走了些话,是梦话呀。天晴得很,我赶着羊群往沟里走。地不平,小路上尽是人们扔掉的垃圾,荒草里满是破砖碎瓦,木轮椅经过时,发出咯吱咯吱的响声。头羊在最前面走着,和往日相比,它的动作显得有点缓慢。一股妖风从沟里卷上来时,羊群突然停下了。我停下轮椅,继续吆羊,但羊不走。妖风把羊群的魂给卷跑了吗?羊群开始骚动起来,发出一种刺耳的叫声,可我从未见过这般架势的。头羊站着,一动不动,也不回头,像一堵石墙。

剩下的羊都在抖动着身体,怪叫声依然响彻天际。一股黑风又卷上来了,真的是黑旋风。我看见鬼来了,是山鬼。它没有脑袋,只吊着猩红的舌头,身上没有骨架,全是五颜六色的杂毛。它先是朝着我冷笑,爪子一张一合。它肯定在对我说着什么,我能看见它的嘴在动,但那时候,黑旋风仍在卷,我什么都听不清。我推起轮椅,想靠近羊群,但很快黑旋风就又卷了起来,我亲眼看见山鬼朝着头羊扑了过去,它骑在头羊身上,用利爪死死地掐住头羊的脖子,头羊却一动不动。只能听见它脖子上的铃铛发出清脆而又紧促的声响。

那黑旋风近看起来,如同一轮黑色的太阳,发出透亮的黑光。羊群依然骚动不安,它们肯定警觉到了什么。它们瑟瑟发抖,恐惧罩住了整个羊群。除了头羊,它站在那里,像一座山。我终于喊了出来。我坐在轮椅上,朝着头羊大喊,我喊它的名字:黑妹。可它仍不动弹,我明白,是黑旋风把我的话刮跑了。我喊得嗓子都要哑了,我喊得眼泪长淌呀,我依然在喊。可什么都来不及了,当羊群安静下来的时候,只见头羊腾地抬起前身,停在半空,它朝着远方的落日怒吼了一声,接着,它就重重地摔倒在了地上,死了。黑旋风也消失了。

这时,羊群齐齐整整地昂起脖子,仰天长啸。那是它们在为头羊哀悼,也是它们对头羊最后一次表示臣服。很快,羊群就散了,全部跑到荒沟里吃草去了。我将轮椅停在头羊身边,轻轻地抚摸它的身体,情不自禁地说了几句连我也想不明白的话:"那黑旋风在地上打滚呢、撒尿呢、痛苦地号叫呢。它谁都不怕,连地上的蚂蚁都对它恨得咬牙切齿。它是从黑云间飞来的闪电、是火、是水、是金、是木、是土、是我们的昨天,也是我们的明天。你在天上不要怕,你是羊的首领,永远都是。"铃铛一直在响。西北风没走。

我挣扎着从轮椅上下来,坐在沟边的那块平地上。那是我的地盘,没有人跟我争抢。我拾起一旁的枯枝,在地上画头羊朝着落日怒吼的样子,我画了好多遍都画不好,但头羊抬起前身停在半空的情景,我一辈子都忘不了。我画好,又用手一擦,画好,再用手一擦。然后我就真的看见了头羊,它站在天边的云朵上,面朝着我叫。它的叫声很轻,刚从云上落下来,就被风带远了。它的脖颈下面有一撮黑毛,黑得像漆,油亮油亮的。所有的羊都怕它,都听它的话,它是它们的头儿,也是它们的精神首领。连我也很少惹它。

猫头鹰站上树杈的时候,头羊就站在了天空中最明亮的那颗星星上。我看不见沟里的羊群了,它们过了好几个路口和坡头,但它们肯定就在附近,没有走远。因为头羊就在它们的头顶上面站着呢,它们都看得到。天空被星星映得亮晶晶的,远处不时还有闪电擦亮天空。我哥杨大鹏说过,那是天上太干了,没水,要起火呢。在羊群幽暗的叫声中,我看见头羊跟随闪电一道,消失在星空中。那是宇宙间最为神秘的地方,我仿佛坐在一块巨大的陨石上,观看头羊在天空中的表演。我还看到,在遥远的山影上方,倒悬着很多条浑浊的河流。

"梅梅,梅梅。"是父亲苍老的声音。

父亲将我接回了家。羊群也跟着我们漆黑的身影回来了,都进了羊圈。头羊在天上继续指挥着它们,它们已经呼呼大睡了。头羊的尸体被父亲放在院落中央,我趴在窗户上往外看时,发现头羊正蹲坐在天上看它的尸体。头羊脖子上的肉一颤一颤的,它的脸几乎失了羊形,那真的是一张意志消沉的沧桑疲倦的人脸。我又说了一连串的话:"是妖精吗?是给死去的人们唱歌的师傅吗?是孔雀的羽毛吗?是来自天国的狐狸吗?什么东西才会睁开这样一双可怕的眼睛?什么精灵才会在夜间唱出这样令人毛骨悚然的歌曲?是野猪吗?是白龙马吗?"

火烧了起来。那是父亲放的火,他抱起头羊的尸体在火堆间来回荡了几圈。他把我抱出来也荡了几圈。火光照亮了头羊的脸,我看见无数的火苗闪进头羊的眼睛里。在那个时刻,它的眼睛,就像火苗收集器。奶奶也出来了,她看了看院落中央的景象,又看了看天上的情况。接着她像妖怪那般走进那间陈旧的土房,并从一个盖满灰尘的木柜里取出一块傩面，那原本色彩鲜艳的傩面早已褪色了，狰狞的面孔宛若山鬼的脸。奶奶将它戴在了脸上，然后她围着我和头羊跳起了一种格外滑稽的舞。那是什么？是山鬼的舞？

我隐隐地看见，头羊仍在天上蹲着看我们。祖母嘴里传出一连串奇奇怪怪的字符，它们就像子弹一样射在我和头羊的身上。我看见星星闪烁得越发厉害了。火光中，祖母脸上的傩面一分为十，它们围着我和头羊，发出令人厌恶的怪叫。我哥杨大鹏定定地坐在台阶上，面上的表情，令人难以琢磨。但后来，我的耳朵就像被灌入了什么，我什么都听不见了，只能看见模模糊糊的火点在我的面前闪烁。再后来，我什么也都看不见了。我躺在父亲的怀里沉沉睡去了。我想头羊可能也渐渐昏睡过去了，连星星都睡了，西风也走了，影儿都没了。

傩面还在院落里跳舞，奶奶却已经回屋了。是头羊戴着傩面在跳，草丛间的蝈蝈也在跳，星星也在跳，舞步梦幻并且优雅，让我想到遥远的神话时代。当它们跳到最为精彩的部分的时候，我看到连那遥不可及的银河系，都跟着抖动了起来。它把星星从天河里抖出，那被抛弃的星辰就如同无数的小麦从天幕中撒落下来。小麦在下雨。羊羔在睡梦中都兴奋地叫了几声，那躲在树后的青蛙，张开大嘴，想要生吞了星星呢。饥饿裹挟了每一个人。我小时候，奶奶说过，当神灵戴上傩面作法的时候，那其实是向老天爷要粮呢！可现在，我们在要什么呢？

晨间的露珠打碎了夜晚的寂静,奶奶端着白碗,走出屋门。碗里有清水,她走到窗台前,用筷子在清水里轻蘸,然后将水洒在院落中央。一直蘸,一直洒,直到将碗里的清水洒完。那时候,在遥远的竹林深处,我看见头羊戴着傩面一脸惊恐地望着天空,它的舞步越来越小,直到天边的黑云覆盖了一切。蝈蝈消失在草丛间。青蛙继续躲在树后,一言不发。奶奶的脸上浮着一层青光,深邃的皱纹间开出了许许多多隐秘的花朵。她的脚开始生出根须,并牢牢地抓住地面。妖风再起,地上的枯叶旋上高空,奶奶面色一沉,转过身去,狠狠地将碗倒扣在了窗台上,筷子被压着。

我还看到头羊被一股难以抗拒的力量卷到窗台前,它在哭喊,在挣扎,在发出求救的信号。我多么想爬起身来,前去搭救我的头羊。我依然记得它还是只羊羔时的可爱模样,那时的它就像一个天真无邪的小孩子,常常卧在我的怀里。我们的童年被麻绳捆在一起,我们是一起长大的羊羔。然而现在,我被困意席卷,我的脚下全是乌黑的淤泥,我的头顶全是茂密的丛林,我的四周全藏着绿莹莹的眼睛,我就像一只困兽,动弹不得。头羊望着沉睡的我,痛苦不堪,它显然还想告诉我点什么,想给我交代点什么,但已经来不及了。

奶奶将头羊压在了碗下面。傩面消失了,之前一同舞动的云朵也回到了最初的位置上。我的眼前,世界混沌若尘,只能听见头羊隐隐的啜泣声,只能听见羊群那轻轻的梦呓。我站在那棵戳入天庭的槐树下面,不知所措,我该往哪里走?那时,我真的就像一个做错了事的孩子,我也不知道该怎么办。那碗压碎了所有精灵的梦。五指山下的孙猴子。奶奶雄赳赳气昂昂地回了屋,重新睡下。陈旧古老的睡眠。槐花开始纷纷飘落,带着晶莹的露珠,落在大地上,风声湿漉漉的。然后很快,鸡就叫了。我醒了。

6

张火箭好几天都没有出门。骡子依旧在村镇里晃荡,那是他的日常生活,也是他的梦想——做个闲人。我呢,找来了很多的树枝,准备在树杈上为自己盖一间巢穴。我用铁丝将那些结实的木棍捆绑在树干上,搭成鸟巢一样的形状,上面又堆满了很多的麦秸。这是我的树杈巢穴。我总把自己当成一只鸟,我迟早要飞出去的。我将从这个简陋的巢穴起飞,飞向那梦幻的远方。树杈上的巢穴对于我,就如同摩托车对于张火箭一样。这是一个道理。

当我的树杈巢穴就要建好的时候,张火箭突然出门了。他蓬头垢面,站在门口朝着我喊了起来:"杨大鹏,杨大鹏,在树上没?在的话,赶紧下来。"我那时心情正好,嘴里哼着小曲儿,应声道:"干什么?快过来看看,看我新盖的鸟巢怎么样。"张火箭没有接我的话,他还站在那里大声喊着:"杨大鹏,你再不下来,我今晚非拿锯子伐了那棵桐树不可。赶紧下来!"我跳下树杈,边走边骂:"我看打从在镇上看了郭金龙的摩托车回来后,你狗东西就疯了!"

张火箭面色憔悴,见我走近,他说:"郭金龙的摩托车太漂亮了,我也想有一辆,但我没钱。我这些天一直在思考一个问题,就是如何才能拥有一辆和郭金龙同款的摩托车。说实话,我也想去广东,想跟郭金龙他女儿一样,挣回来大把大把的钱,那样我就能买摩托车了。但是毕竟咱还没到那个年龄,出不了远门,现在,郭金龙的摩托车叫我眼红得很,我也想早日骑上摩托车。"我惊问道:"你不会要去抢劫郭金龙的摩托车吧?还是去偷回来?"

张火箭笑了起来,又说:"老子行走江湖多年,岂能干出那样的事?"

我说:"你是《水浒传》看多了吧?"

张火箭说:"他们迟早会把我逼上梁山的。"

我说:"谁逼你呢?还不是你自己想要摩托车?"

张火箭说:"我是想要,可我买不起嘛。"

我说:"那谁怪你买不起呢?这是你自己的事。"

张火箭说:"所以我迟早得上梁山。"

我说:"我把电视剧看了,最后杀上梁山的都是好汉。"

张火箭说:"我今天就是想把我的计划告诉给你和骡子。"

我说:"什么计划?"

张火箭说:"我现在不想上梁山了,我把我的自行车改装成摩托车呀。"

我说："你狗东西发烧了吗？你还有这本事？"

张火箭说："等着瞧吧。"

我把张火箭的话原原本本地对骡子复述了一遍，我边说边骂张火箭疯了，走火入魔了，被郭金龙的摩托车把脑袋刺激坏了。我问骡子是什么意见的时候，万万没有想到骡子竟然反过来骂起了我："你脑袋才叫门夹坏了，张火箭是何许人也？他是以后能干大事的人，张火箭要是能把自行车改装成摩托车，那他就是我们镇上的爱迪生！"

骡子说完就走了，像山鬼那般消失在了村子的巷道里。他把我说服了。正是晌午，太阳就在我的头顶上方，除了我，外面没有一个人。人们都在家里制造着新的梦境。骡子走后，我爬上我的树杈巢穴，躺在里面，透过密实的树叶观望太阳。当我将眼睛有意眯起来的时候，我发现太阳就会变得极其虚幻，就会衍生出更多更复杂的图案。我看到有条长龙在天上跑，它的身后是正在涌动的大海，我猜想那应该是东海龙王正在天上散步。它能看见我吗？我在想。

因为我平日就在我的树杈巢穴里躺着，所以我几乎能听见村里传来的任何声音。狗对生人狂吠的声音、狐狸抓鸡的声音、夫妻吵架的声音，甚至连人们的梦话，我都听得一清二楚。也是在这个时候，我一边听着各种传到我耳朵里的声音，一边在想着一件遥不可及的事情——当一名作家。我感觉涌入我脑袋里的声音实在太多了，如果我不能把它们重新排放出去，那我将会变成一只失去了发声能力的鸟——哑鸟。我想当作家就是想让自己不变成一只哑鸟。

接连好些天，我都能听到张火箭的家里传来当当当的声音。他已经开始他的计划了。现在他肯定正坐在院落中央，盯着图纸，将木头削成摩托车上的零件。他的头顶是一片金光，金光中，爱迪生和莱特兄弟站着，他们盯着张火箭看，看他是不是能够完成一项前所未有的伟大创造。我能想象出来，满头大汗的张火箭这会儿正用铅笔和米尺在纸上标记着。他坚信，要想拥有一辆摩托车，自己可必须得付出点什么。

杨梅也像变了个人，头羊离奇的死亡，对她触动很大。原本就不爱说话的她，越发不爱说话了。她只对父亲说了些奇奇怪怪的话，说什么黑旋风把头羊卷走了，头羊去了天上，但被奶奶用碗镇住了。我每天都会看到她推着轮椅，把羊群赶到沟里，她的背影比任何人都要幽深，光都被卷入她的身影里了。村里杨小毛跟在杨梅的后面喊："残疾人，哑巴啊。"等杨梅消失在小路尽头的时候，我把杨小毛压在桐树后狠狠揍了一顿，连他的裤子都给撕扯了。

对我而言，那几天，确实是不平常的几天。先是骡子不断从镇街上带回重大的消息，比如镇街南头刚刚开了家超市，再比如有大老板马上就要在我们镇上投资建全县最大的猪肉加工厂、饲料厂，还有棉花厂和化肥厂，等等。紧接着，我从我的树杈巢穴里，亲眼见到杨小毛他爸他妈背着包袱去广东了,我还看到临走时杨小毛抱着他妈的腿放声大哭,他爸示意杨小毛他爷赶紧把杨小毛拉开。杨小毛他妈看了看头顶蓝莹莹的天,狠下心,转身和杨小毛他爸一起走了。

那几天,先后南下广东的还有:杨远望、杨寨子的媳妇王英英、杨光荣、杨全志、杨海军的媳妇耿梅花、杨水利和他媳妇郭海妮。我趴在树杈巢穴里数了数,连同杨小毛他爸他妈,一共九人,都去广东了,都被郭金龙的摩托车震醒了,就都南下挣大把大把的钞票去了。他们走后,郭金龙骑摩托车的声音依然久久地盘旋在全镇人民的头顶上方,盘旋在云层上端稀薄的空气里。人们一个接一个地被震醒了,就像瓜地里的瓜,一茬挨着一茬地熟了。

骡子把我从树杈上喊了下来,张火箭也来了,我们站在那条笔直的通往外面世界的柏油马路上,放声高歌。据张火箭说,他的摩托车改造工程已经过半,再接连奋斗上几日,伟大的理想就会实现。我们想象着张火箭骑着摩托车的样子,想象着他骑着摩托车把我们带到远方,想象着山沟那边的世界。我们知道,这一天迟早会到来。骡子咬着牙说:"连郭金龙都能骑上摩托车,为什么我的兄弟张火箭就不行?火箭,抓紧推进你的工程,我们都在等着。"

我们甚至都在想象自己被摩托车喷出的蓝烟给包围着,那可是我们蓝莹莹的梦呀。骡子突然停止唱歌,从路旁生拽了根草叶叼在嘴里,并问:"兄弟们,你们以后都想干什么?"骡子的问题令我感到吃惊,要知道放在以往,他可是要做一个无所事事的人,一个闲人,现在这样的问题竟然从他的口中飞出来,真叫我感到不解。张火箭也听出来了,他说:"骡子,要是别人这样问,我丝毫都不奇怪,但你这样问,我感到不可思议啊。"

骡子就笑了起来。我和张火箭也跟着笑。我猜测,郭金龙的摩托车和他的那番话,也把骡子给震醒了。骡子反倒不好意思起来,接着说:"回答啊!"张火箭看着我,示意我先回答。一大群麻雀从头顶呼啸而过,阵势很大,黑压压一片。我看着渐渐飞远的麻雀说:"我也不知道我以后想干什么。可能是念书吧,考大学,如果我能考上,我就想去外面,不想回来了。我想当个作家,像语文课本里那些写文章的作家一样。这可真要比太阳跟前那些黑影还遥远呀。"

他们愣愣地盯着我,像盯着个怪物。骡子说:"想不到杨大鹏以后想当个文化人,你要当文化人了,就把我写写嘛,我跟《水浒传》里的梁山好汉不能比,但我在咱们这里也算个人物吧?哈哈。"我龇着牙笑,笑得气都从牙缝里漏了出来。骡子又问:"你呢,火箭?"张火箭想都没想,便说:"就生活在咱们这里,过着每天都能够骑上摩托车的日子。还能怎样呢?"张火箭的理想确实让我和骡子无比羡慕,每天都能骑上摩托车,那是神仙过的日子呢。

张火箭的眼睛里,有坚定,也有忧伤,他的眼眸,清如水,看起来就

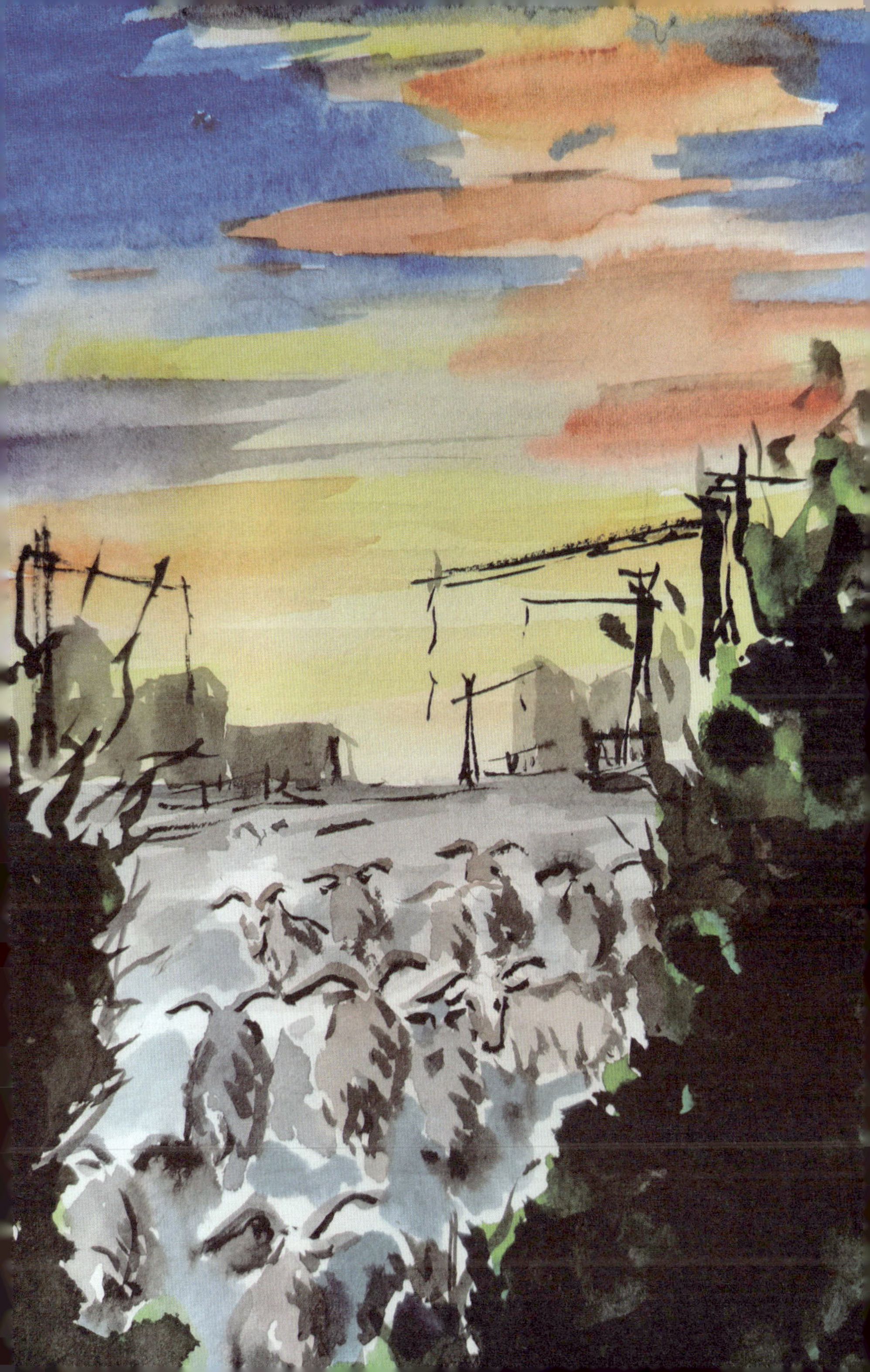

像刚刚流过眼泪。他说:"骡子,你呢?你大清早把我俩叫到这里,问这问那,那你呢?你不是要当镇街上的闲人吗?"骡子显得有些不好意思,望着别处说:"老实告诉你俩,我这几天想了很多。你们看啊,多少人都走了,离开了家,放在以前,敢想象吗?人们能抛下几辈人都不敢抛下的家,说明了什么?说明外面的世界是我们无法想象的。我现在都不知道我以后想干什么了。"

果然被我猜中了。骡子接着说:"你们想想那天郭金龙在镇街上说的话,你们仔细想想,好好想想,这话里藏的东西多着呢……"张火箭打断了骡子的话,说:"我不管他郭金龙的话里藏着什么,我也不管多少人离家南下广东了,我只想过我自己的生活,我们又能怎样呢?"我们都陷入了沉默。我也想起了杨梅曾经说过的话。风中藏着很多的话。没错,我们的话,也被风带走了。远处的风在推着云走,我看见有很多白马正在远处的山顶上奔跑。

升腾的热空气中,我们看到一个人影越来越近,直到他走到近处,我们才看清了,那人正是郭金龙的儿子郭海洋。郭海洋虽同骡子在一个班,但两人从不来往,骡子眼里就瞧不上郭海洋这样的人。郭海洋面容白净,个头不高,书生气很重。他骑着一辆自行车,见我们正站在路中央,便停在了路旁。我们都没说话,过了会儿,他推着自行车准备从马路边缘经过。他的自行车轮胎都压在了路边的野草上。从一开始,他就害怕骡子,怕得要命呢。

骡子说："停下！"郭海洋真的就停下了。

郭海洋说："有什么事吗,骡子哥？"

骡子说："骡子是你叫的？"

说完,骡子一个飞腿过去就把郭海洋蹬倒了。郭海洋和他的自行车一同睡在了旁边的草丛间,他满面惊恐地望着骡子说："我又没惹你,你蹬我干什么？"骡子嘴角一收,口中吸了口气,有意装出吓人的口吻说："谁让你叫我骡子了？骡子是你叫的吗？"骡子虽这样说,但我和张火箭都明白,他是在报复郭海洋他爸郭金龙呢。骡子走到郭海洋跟前,蹲下身,定定地看着郭海洋。郭海洋被吓得面色如土,手紧紧地抓着地上的草,并做出向后退让的姿势。

说话间,骡子扬手就给了郭海洋一个响亮的耳光。郭海洋用刚才抓草的手捂着脸,眼泪也下来了,但他没有哭出声。太阳下,骡子脸上的那道疤痕闪闪发光。骡子骂道："我骡子最见不得男人流眼泪,你不知道吗？要是我被别人逮住,我宁愿被卸条胳膊卸条腿,也不掉一滴尿水。"骡子又做出扬手的动作,差点又给了郭海洋一个耳光。郭海洋被吓得不住地往后躲,并求饶说："骡子哥,我知道错了,看在我爸郭金龙的面子上,饶了我吧！"

郭海洋不提他爸郭金龙倒还罢了,这一提又激怒了骡子。骡子二话没说,扬手又给了郭海洋一拳头,并说："以后在我跟前不要提你爸！提一次,我拾掇你一次！"郭海洋连连点头,眼泪糊了他的脸。骡子不依不饶,接着说:"郭海洋,现在我给你一次机会,去镇街上给我买包烟,我们就在这里等着。你要是没买到烟,或者没回来,你看我下回怎么拾掇你。听见了吗?"郭海洋嘴唇紫青,鼻子一吸一吸的,轻声说:"知道了。"说完,就骑着自行车跑了。

郭海洋走后,张火箭大笑了起来,并说:"骡子呀,没有你这么欺负人的,你这是在报那天在镇街上的仇啊。你看你把人家郭海洋吓成什么样了,见了你跟见了鬼似的。"骡子嘴角一歪,说:"父债子还,这是江湖上的规矩。"他的话,惹得我们再次哈哈大笑了起来。我心里还在嘀咕:郭海洋还会不会回来呢? 正当我这样想的时候,我们已经看见郭海洋骑着自行车朝我们飞奔而来了。远远望去,他蹬自行车的动作,活像一只滑稽的鸭子。

我们都停止了笑,尤其是骡子,见郭海洋来了,脸立即就拉长了。郭海洋把自行车停在边上,然后毕恭毕敬地将买来的烟递给骡子,并笑着说:"这是给你的,骡子哥。"除此之外,郭海洋还从兜里掏出一把冰糖,分给了我和张火箭。骡子满意地说:"还算你明事。好了,你可以回去了。"郭海洋一听,转身就抓过自行车手把,飞也似的骑跑了。他一走远,我们又大笑起来,直笑得肚子生疼,笑得眼泪都快要出来时,才停住不笑了。

7

我害怕光。我哥杨大鹏或许也是这样,不然他怎么会在树杈上为自己筑巢穴呢?他肯定更渴望变成鸟,能够远走高飞。和他不同的是,我更喜欢充斥着阴影的地方,当然也包括羊圈。我常常将轮椅推到这些地方,闭上眼睛,想象着自己能够被什么东西突然吸走,然后消失在那些阴影当中,消失得干干净净,不留下一丝痕迹。那天我正在沟边看着羊群,突然发现脚掌跟前的地面动弹起来,我吓了一跳,以为是山鬼钻入地下了。可当那动物举着爪并将那干净的脑袋露在外面的时候,我才发现,那是鼹鼠,而非山鬼。

它的目光带着晶莹的露水,像个孩子般望着我,我甚至感觉到,它正在朝着我笑呢。我也以微笑回应它。当太阳的第一缕光线刚要从云层间漏出来的时候,它又一头扎入地下,地面再次隐隐动弹起来。没过多久,它便消失得无影无踪了。也正是从这个时刻起,我突然想到了在荒沟里,还隐藏着一个我从未发现的世界,一个隐在太阳背后的世界。那里的生物或许喝着最为甜蜜的露珠,吃着最为新鲜的泥土。我为我的这个想法感到无比激动。

于是在很多时候,我就将自己藏在那些阴影里,我也在等待着,等待着有什么神秘的外力能够将我拽入黑暗。或许是鼹鼠们的那个世界。当这个时刻来临时,我会静静地坐在轮椅里,什么都不想,让大脑进入最初的混沌中，四周的黑暗与阴影结结实实地覆盖了我。没有人与我说话，我也停止与羊群、妖风、荒草和石头的对话，我也听不见其他的声音了。当这样的时候持续好几个钟头时，我就已经消失在风中了，就像那些遥远的神话永远被大地吸走了。

现在你们以为我依旧坐在那块属于我的空地上，而实际上呢，我早已变成了风中招摇的野草，变成了身着黑色盔甲的昆虫。这该是多么神秘的一个地方呀。花朵在树根旁走路，鼹鼠蹲在石头上啃食，狐狸在洞穴中跳着梦幻的舞，孔雀在默默流泪。如果我不出来，你们根本不可能找到我的。此时此刻，我正骑在孔雀的背上唱歌呢，动物们齐齐整整地坐在我的对面，看着我。它们已经接纳了我，并将我当成它们的一员了，真不知道我有多高兴呢。

我开始同站在陡崖上的羊群一起吃草，一起在沟里散步，时不时，我也会像它们那般，将脑袋抬起，望着天，仿佛灵魂出窍，思考着什么哲学难题。同它们一样，这个时候，我也成为荒野里的哲学家，倾听天地的神话故事，歌唱那些早已被人们遗弃在风中的音符。我懂了羊语，它们所说的每一句话，我都能够听懂了。当妖风走了的时候，我就同羊群一起卧在草丛里，并伸长了耳朵给它们讲那些残缺不全的故事。羊可把什么都听明白啦。

它们早已忘了我是它们的主人，现在啊，它们只会将我当成羊来看。瞧瞧看啊，它们的表情多么柔情似水，就像看着那刚刚学会走路的羊羔。它们不仅对我讲了很多关于羊的古老神话,还对我讲述它们在沟里的见闻。甚至那些活泛的羊羔,还对我畅想关于羊的未来。它们的眼睛多么清澈呀,那是清亮的溪水,它们看不到任何危机,而只要一去想它们的未来,我就会情不自禁地难受起来。它们见我的眸子里充满了悲伤,全都跑过来安慰我,抚摸我的脑袋。

它们暗暗在说:"活在谎言中比活在明天更为重要,莫要悲伤,孩子、荒草和沟底的小溪总会记住我们的故事。"它们的话,让我想哭。但我把悲伤咽了回去。妖风把我们的脸都吹笑了,我们被野花覆盖在寂静的山野里,头顶飞翔着的雄鹰为我们放哨。那天,羊群给我讲了很多故事,但它们还命令我听过后就要立即忘却,它们担心那些沉重的故事会压垮我脆弱的身体和幼小的心灵。那天,我把所有的羊都当成了我的妈妈。我的呼喊声也被西北风卷跑了。

那些天,我满脑子都是羊。羊头、羊角、羊毛、羊蹄……羊总会闪进我的脑海里,无论我是在吃饭,抑或是在睡觉。父亲每天拖着疲惫的身体在夜间归来,他见我好些天都不说话,就问:"梅梅,没事吧?"我点点头,朝父亲笑。我笑的时候,也将自己当成羊那般笑。我学着羊睡觉的样子进入睡眠。我哥整天躺在他的树杈巢穴里,那些天,我们似乎都拥有了各自的世界,都很少说话。他见我也只是笑笑。他笑得很诡异,他也将自己当成什么了吗?树妖?

我哥往空中丢了句话:"天变了呀,好些人都走了。"我当然也听说了村里已经有好些人去了南方。他们走得悄无声息的,就像天上吹了股风,没有留下任何的痕迹。人们纷纷离开村子的时候,沟里紧跟着飞来了一群雀鸟。它们开始在悬崖边上筑巢,后来它们就成为荒沟里的成员了,它们又将巢穴挪到很多老树的树杈上。沟里就变得更加热闹了。我曾亲眼看到狐狸站在沟崖边跳舞,也曾听到鸟雀们集体歌唱,它们也把远方的消息带来了,迫不及待要讲出来呢。

我哥还丢下几句话,那是夜间的乌鸦告诉我的。那些天,我哥几乎时时刻刻都睡在他的树杈巢穴里,自言自语,或者不言不语。只有藏在树叶间的乌鸦能够听到他的话。乌鸦成了我的情报员,它在那天傍晚,飞到我的肩膀上复述了我哥的话:"天上的狗地上的羊都惦念着远方的狼,人都以为狗和羊怕狼,殊不知狗和羊时时刻刻都期望见到远方的狼,哪怕被狼咬被狼吞,狗和羊都心甘情愿啊。"乌鸦的话,带着股妖气,像和尚念经。我拍拍它,它便飞开了。

夜幕来临,父亲和奶奶都已沉沉睡去,我钻进羊圈,透过羊圈那木门的缝隙,我看到了我哥杨大鹏的身影,他像条黑鱼般滑入夜色,然后溜出庭院,不用想就知道他已爬上树杈了。那是他的领地。我突然意识到,我和我哥都渴望消失在无边无际的夜色中,消失在人们看不见的地方,消失在空荡荡的阴影下面。我们都在做各种各样的梦,奇奇怪怪的梦,人们无法理解也无法相信的梦,晦涩的带着夜间的露水的梦,消解记忆的梦,混沌的梦。

■ 抒情时代

　　我们是在下梦,如同鸡在下蛋,一个接一个。也是在陪着羊群的日子里,我发现了我和我哥身上的另外一部分,那是肉眼根本无法看见的部分,它潜藏在羊圈里、树杈上。尤其当夜深人静的时候,它就开始蠢蠢欲动起来,试图推翻面前的村镇,为我们重新建立起一个世界,一个属于我们自己的世界。好几次,我以为那不过是我们的理想,但后来我发现,它比理想更复杂,更难以接近,更难以描绘。它也让我忘记了我的残腿,这条又丑又令人无比厌恶的腿。

　　天快明时,我在羊圈的墙上逮住了一只黑色蜘蛛,它在我的手心里,一动不动。显然,它是在装死,这种低劣的手段怎么会骗过我?我用柴棍压断了它的一条腿,它惊恐万分,挣扎着试图逃开这场突如其来的灾难。但我还是让它丢了一条腿。我要看看它在少了条腿的情况下怎么逃跑。当我拿开柴棍的时候,它再也不装死了,慌乱地朝一边跑去,它的动作也不再像之前那么流畅了。它拖着残腿,痛苦万分,但根本无力改变命运的安排。

　　在羊圈的角落里,我找见了蜘蛛的家。我将那只可怜的蜘蛛放在它家门口,刚一落在网上,它便如同鱼儿得了水,步履矫健,似乎忘记了自己的残腿。很快,它就钻入了蛛网上那个深邃的洞里。它回洞里养伤去了,过些时辰,它仍会出来的。那个时候,我是多少有些羡慕它的,比起我来,它至少有个藏身之处。无论遇见了猛兽还是什么,它至少可以随时钻入洞里,躲避外面的危险,安心等待,或者养伤,它是一只多么幸运的蜘蛛呀!

那天,在沟边放羊的我,满脑子都是那只蜘蛛。沟间的野草在西风中轻轻摇曳,鸟雀携带着那些不为人知的讯息,朝西飞去了。我静静地坐在沟边,就这样消磨着光阴。天快黑时,羊群顺着沟里的小道上来了,围在我身边叫,等着我点名。竟然少了只羊,我又数了几遍,还是少了一只。我感到惊恐,不会被野狼或者狐狸吃掉了吧?但令我感到更为害怕的是另一个想法:那只可怜的羊被寂静的黑夜吞噬掉了,被啃得连一块骨头都没有剩下。

我在沟边大喊起来,但沟里静得可怕,只能听见猫头鹰的怪叫声。现在,我更确信我的羊确实被什么隐秘的力量给吞掉了,它消失在沟野深处,身边尽是漆黑的夜影。它困在其间,怎么也走不出来。我吆喝着其他的羊回家。我的心里依然感到惊惧,我在想着那只在夜间惊慌失措的羊羔,它或许早已被山鬼挟持,被黑夜吞噬,再也回不来了。睡梦里,我还在想着它的样子。然而令我感到不可思议的是,第二天一大早,当我推开大门的时候,我发现那只羊羔正躺在门口呼呼大睡着。它的样子一如昨日那般安详。它从黑夜深处逃回来了。

8

张火箭将他新装好的摩托车推出门的时候,所有人都吃了一惊,大家都感到不可思议,都无法相信这个事实。尤其是骡子,惊得两眼放光,眼珠子差点都掉在了地上。他用无比崇拜的语气说:"火箭啊火箭,算是我有眼不识泰山,以前把你狗东西给看扁了,今日你将这改装的摩托车往巷道一放,我差点把你认成爱迪生啦。"我也从树上跳下来,走到他们跟前,看着面前这辆有模有样的摩托车说:"没有想到啊,我的身边竟然藏着这样一个大发明家呢。"

很多人都围了过来,尤其是村里那些年轻人,更是对张火箭崇拜得不得了。那本来就是一个容易产生英雄崇拜情绪的年代。我敢说,那一天,很多年轻人都将张火箭当成了他们心中的英雄人物。他们的眼神早已表明了这一点。大家都在等着张火箭说话,似乎只要他一开口,气氛就会立即涌向高潮。张火箭却面带失望地说:"你们觉得它像摩托车吗?没错,从外形上看,它确实像。但遗憾的是,它没有油门,也不能挂挡,它只能算一辆摩托自行车吧。"

大家都哈哈大笑起来。骡子说:"我们不管它能不能挂挡,我们只要觉得它像摩托车就行了,这样的话,我们就可以去杀杀他郭金龙的威风了。这几天在镇街上,你们是没有见到郭金龙的那股嚣张劲儿,他到处炫耀它的摩托车呢。"大家都觉得骡子说得在理。骡子又接着说:"如果不是郭金龙的摩托车和他那天在镇街上说的那番话,人们又怎么会离开这里?"骡子的话,让所有人都陷入了沉默,包括一些大人。似乎人们将愤恨与希望都记在了郭金龙的身上。

据我所知,那几天,我们村又有两人南下广东了——杨大河与杨小琪的大女儿杨阿梅。杨大河家里本来就穷,刚结婚几年,孩子眼看就要念书,他当然得去南方挣大钱呢。杨阿梅比我大几岁,她念到初二,就不念了,家里也供不起了,她用了好些天才说服了她爸。他们都坐绿皮火车走了,都带着一些空茫茫的理想走了。那些天我脑子里总会浮现出一个问题:广东真的就如同人们所说的那样,遍地都是黄金吗?肯定还有人要走,人们总会陆陆续续地醒过来。

然而对于我们来说,张火箭的摩托车才是那几天里真正的大事。张火箭每天都会将摩托车推上公路,然后骑向远处的镇街,直至折返回来。我们屏住呼吸,站在公路中央,等待着即将现身的张火箭,就像等待一场梦。张火箭的摩托车只能用脚蹬,它本身就只是一辆自行车,只不过被张火箭改装成了摩托车的形状,并刷上了光亮的油漆。那是一辆纯木质结构的摩托车,当它朝着你骑来的时候,你绝不会怀疑它不是摩托车,它与真正的摩托车别无二样。

人们都说:"张火箭是个了不起的发明家啊!"

人们也传:"落叶堡的张火箭也有摩托车啦!"

于是,很多人闻讯而来。人们都想见识见识张火箭改造后的摩托车,看看它跟郭金龙的摩托车究竟有什么不一样。张火箭将摩托车就放在村口,我们蹲在旁边的碌碡上,死死地盯着摩托车和面前的人们。人们带着巨大的好奇而来,又带着巨大的失望而归。但那个时候,人们似乎被一种奇怪的情绪给绑架了,人们根本不愿意失望,不想失望,人们只想点燃内心的渴望。于是，人们回去后，就传出了另外的一种声音：那真的是一辆罕见而又无与伦比的摩托车，它的构架、外形，甚至比郭金龙的摩托车还要金贵、漂亮呢。

人们一传十，十传百，很快，这种声音就传遍了整个小镇，像白色的海浪席卷了每一个村子。越来越多的人来我们村看张火箭的摩托车来了，那些天，把我和骡子也累得够呛，我俩站在村口，引着一波又一波的人去张火箭的家里参观他的摩托车。可以说，一夜之间，张火箭成了我们小镇上继郭金龙之后的第二个名人。他成了人们议论的焦点。毕竟，这是我们小镇上出现的第二辆摩托车，在我们小镇的历史上，应当也应该具有划时代的意义。

可我们不知道的是，这声音也传进了郭金龙的耳朵里。旁人告诉我们："那郭金龙到处骂呢，骂你们亏先人呢，像你们这些到现在连县城都没有去过几回的家伙，怎么可能买得起摩托车？郭金龙逢人就骂你们，并说他的摩托车才是真正的摩托车，是实实在在用票子买回来的摩托车。发明摩托车？你张火箭以为你是爱迪生吗？狗屁！下辈子再去买摩托车吧。"郭金龙的话，彻底激怒了我和骡子。骡子气得脸色发青，直说："我跟他郭金龙没完！"

人们蹲坐在一起闲聊的时候，总会说到郭金龙和张火箭。

人们捂着嘴说："这下好了，张火箭也有摩托车了，杀杀郭金龙的威风！"

人们张开嘴说:"等着吧,等着看一场好戏吧!"

人们走时还说:"看吧,要不了几天的,要不了几天的。"

那几天,人们都被卷进了这场由摩托车引起的浪潮当中。人们期待着郭金龙与张火箭的正面交锋,人们相信,这一天总会到来的。人们干活的时候,还不忘抬起头,看看远方的太阳。人们在脑袋里想象着各种场面,甚至还想到了那些南下广东的人。人们在肚子里反复咀嚼着这些想法,并细细地回味从喉咙里冒上来的清香。总之,那几天,人们蠢蠢欲动,似乎有什么东西点燃了他们肚子里的引信,他们随时都有可能爆炸,随时能够掀起一股白色的海浪。

人们都在等着,等着什么大事发生。连树杈上的麻雀都在等,还有藏在野草丛里的蚂蚱、螳螂、蚂蚁、蝴蝶,它们也在等。远方的山在等,沟里的柿子树在等,村口的大青石在等,狐狸在等,沙土在等,理发店里的理发师在等,基层的公务人员在等,孔雀在等,骡子在等,白鹅在等,院落里的竹子在等,蜗牛在等,正在麦地里放风筝的少年在等,郭金龙和张火箭也在等。全镇所有的人都明白,就这样等下去,总会等到什么大事发生的。

天上突然就干响了几声雷,差点把人们的心脏都惊飞了出来。有些人开始有点焦躁了,等不及了。是啊,都等了大半个月了,镇上还是没有什么动静,再这样干等下去,率先南下的人把地下的黄金挖光了可怎么办?人们想,可不能再这么干等下去了,要再这样干等下去,迟早把锅里的米汤都耗干了。于是,就有一些人去找郭金龙了,同时,另外的一些人也来找张火箭了。人们早就想好了,哪怕把唾沫耗干,也要把他俩说动呢。

找郭金龙的人,就对郭金龙说:"金龙啊,正如你之前所说,你是全镇第一个吃上螃蟹的人,你女儿又在南方干出了大事,挣回来了大钱,你是全镇人民的骄傲,是我们心目中的英雄,我们夜里做梦都想着能像你一样呢。可我们天生就是挖地的命,不像你,天生就是富贵命,是干大事的命,你可是我们心中的英雄人物啊。现在落叶堡突然就蹦出来了张火箭,他个×毛都没长齐的愣头小子,还想用他自己改装出来的摩托车挑战你在小镇上的地位?要我们说,金龙啊,你是我们的英雄,你可不能由着他来呀,必须得给他点颜色看看!"

人们走后,郭金龙一夜都没有睡着。他越想越觉得人们说得在理,越想越觉得必须拿出点真本事给全镇人民尤其是张火箭瞧瞧,不能叫他个连×毛都没长齐的小子把自己的威风给灭了。他越想越气,立马就去找落叶堡的张火箭。夜里的月亮悬在半空,亮若清水。一只苍蝇突然飞了进来,嗡嗡嗡,就在郭金龙想事情的间隙,猛然飞进了郭金龙的嘴里。郭金龙正在气头上,咬着牙在想着后面的计划呢,二话没说,竟将苍蝇吞咽进了肚里。

找张火箭的人,就对张火箭说:"火箭啊,记得一句话吗?世界是你们的,也是我们的,但是归根结底是你们的。这话什么意思?火箭啊,你年轻,有希望,以后肯定是干大事的料。瞧瞧,你小小年纪,就改装出了全镇上的第一辆摩托车,这是必将载入我们小镇史册的大事件。他郭金龙有个什么本事?还不是他那在南方打工的女儿厉害,给他挣了大钱?他郭金龙每天骑着摩托车在镇上炫耀,他怎么不上天呢?早该杀杀他的威风了。火箭啊,你是我们全镇人的希望,可要给他郭金龙点颜色看看啊!"

人们的话,先把骡子给点燃了。人们一走,骡子就焦躁起来,他不时地挥起坚硬的拳头,显然已经迫不及待了。骡子对我和张火箭说:"他们都说得对,他郭金龙倒是有个✘本事呢!你看他那傲慢的样子,我恨不得现在就去拾掇他一顿呢。"张火箭那天是一夜未眠,他思前想后,不知该怎么办。他想,或许人们说得对,郭金龙是太张狂了,是应该给他点颜色看看呢。但也只有他心里最清楚,尽管那是他改装出来的摩托车,但实际上还是一辆自行车啊。

太阳一天比一天大起来,也更毒了。人们心里都明白,距他们所期待发生的那件事情,已经不远了。张火箭问我和骡子:"快想点办法出来,我们究竟该怎么办呀?"骡子咬紧牙关,说道:"他郭金龙有摩托车,我们也有摩托车,我们怕他干什么?只管等他放马过来!"那几天,我们走在村里,总会遇上人们那比烈火还要灼热的眼神,人们的眼神里往外喷火呢,他们期待张火箭与郭金龙的正面交锋,仿佛这是一场对他们而言至关重要的战斗。

而现在,我们只能等着。尤其是张火箭,他每天都要在院子里将摩托车擦洗一遍,有些地方他又重新刷上亮晶晶的油漆。他就像狮子一样,静静地等待着机会。果不其然,就在我们等得几乎就要失去耐心的时候,郭金龙骑着摩托车主动来找张火箭了,他给张火箭下了战书:"三日后,就在镇街上,你骑你的摩托车,我骑我的摩托车,我们比试比试!"说罢,郭金龙便骑上他的摩托车扬长而去了,他的话里尽是滚烫的火苗。显然,他已经准备很久了。

郭金龙上门找张火箭的事情,很快就传遍了我们整个小镇,连后院里的母牛和猪都知晓了。风把这个消息向四处吹,吹得整个小镇都沸沸扬扬了起来。有些好事的年轻人就在每个村子最引人注目的地方贴上了告示,包括砖墙上、电线杆上,告示人们三天后,郭金龙与张火箭将在镇街上进行一场声势浩大的比赛,希望人们都能够前来观看。告示上还写着:这是一场前所未有的比赛,这是一场必将载入小镇史册的比赛,更是一场伟大的将被人们永远铭记的比赛。

人们接着等。

再等他三天。

腿都等麻了。

等,接着等。

那天晚上,人们都感到了一种大战来临前的窒息感,都难以入睡。关于第二天郭金龙和张火箭的交锋,人们把自己的想法都跟丈夫说了,跟妻子说了。睡上一阵,人们就要起来看看时辰,这一天,人们等了很久。郭金龙的摩托车和他那在广东打工的女儿,确实把人们的心给搅乱了。人们都眼红得不得了,都做起发财梦了,都想着去挣回大把大把的钞票了。但现在,人们还没狠下心来,似乎只要等明日一过,他们就要真的做出最后的决定了。

张火箭很早就将摩托车推出了院门,已经有很多人在村口等着了。骡子走上前来,轻轻拍着张火箭的肩膀说:"火箭,这场比赛对于我们的重要性,我想你心里最清楚,拿出你的真本事,不管他郭金龙怎么比,如何挑战,你都要灭灭他的气焰,这将是我们在小镇上的成名之战。"骡子说罢,我便哈哈大笑起来,张火箭也笑了几声,他的脸色很复杂,脸上浮着一层青光。他跨上摩托车,骑上了那条通往镇街的公路。一群麻雀跟了上去,路边的狗也狂吠起来。

我和骡子在踏上公路去往镇街的时候,才知晓了这场交锋在我们镇上引起的轰动究竟有多大。公路上,男女老少,密密麻麻的,人们都说说笑笑地朝着镇街走去。人们都是奔着郭金龙和张火箭去的,因为今天街上并未有集会,骡子牙齿咬得咯咯响,他不住地发出赞叹:"张火箭要在镇上火了,要出大名了,杨大鹏,张火箭要出大名了啊!"那个时候,我从骡子的眼神中看到,郭金龙和张火箭的摩托车也实实在在地刺激到了骡子。

镇街上到处都是人,连一旁的树杈上都坐满了孩子,如此大的阵势,只有在戏园里看戏时才能见到。人们纷纷伸长了脖颈,踮着脚,朝前挤拥,我和骡子费了很大的劲才挤到了中间。张火箭和他的摩托车就在人群中央,那会儿,郭金龙还没来。人们还在等。人们叽叽喳喳地说着什么,像一群鸟在叫。郭金龙来的时候,我们老远就听到了他摩托车呼啸的声音,人们为郭金龙让出了一条道。郭金龙给足了油,如鹰般从远处飞了过来。

摩托车就停在了张火箭的面前。郭金龙摘下墨镜,用眼睛剜了张火箭一眼,又朝人群投去满意的目光。他肯定为能在我们镇上引起如此大的轰动而感到骄傲,他的脸上泛着一层油亮亮的光。而张火箭呢,则显得灰不溜秋的,眼神有丝胆怯,脸上带着深深的倦意。人越来越多了,十里八乡的人都到了,店铺的屋顶现在都站满了年轻人。人们都在等着郭金龙与张火箭的正面对话,等待着他两人的比赛,似乎这一刻,他们已经等了很多年。

郭金龙率先放出话来,他骑在摩托车上说:"喂,火箭小子,听说你跑起来比火箭还快呢,是吗?可今天我们是比骑摩托,不是赛跑。火箭小子,你给我听好了,不是我瞧不上你,就凭你那辆破木头摩托车,还想跟我比试?待会儿输惨了回家问你妈妈要几颗糖吃啊。"说罢,郭金龙就哈哈大笑了起来。

张火箭的脸色越发难看,脖子通红,他只是轻声说了句:"来吧。"

郭金龙说:"你想怎么比?"

张火箭说:"我也不知道。"

郭金龙说:"听好了,就从这里到前面的路口,三里路,比比?"

张火箭说:"好,就这样比。"

郭金龙说:"回家记着问你妈妈要几颗糖吃。"

张火箭说:"放马过来,我不害怕你。"

郭金龙说:"火箭小子,等着瞧吧。"

人们为郭金龙让开了一条路。有人又拿出粉笔在地上画了一条直线,示意这是比赛的起点。那人还说,他已派人在前面的路口把守着,防止谁在路途中作弊。这时候,郭金龙和张火箭分别将摩托车推到那条直线跟前,两人骑上摩托车后,互相看了一眼。我看见郭海洋也在旁边的树杈上坐着,他激动得伸长了脖子。一切都准备好了,人们屏住呼吸,心脏都悬在了喉咙眼里。

当一股妖风从天上旋下来的时候,骡子一声令下,郭金龙和张火箭骑着各自的摩托车,朝着前面的公路飞奔了出去。人们的眼睛都变成了金光闪闪的铜铃,甚至比铜铃还要大呢。令很多人失望的是,他们骑出去没有多久,郭金龙就将张火箭的摩托车甩开了。远远地,人们还能听见郭金龙摩托车所发出的声响,就像有无数颗炸弹在人们的心头炸开了。郭金龙已经消失在了树影中,我们看见,张火箭依然卖力地蹬着摩托车,他的身影在太阳下,显得格外孤独。

我和骡子已经听到了人们的叹气声,我明白,人们打心里来说,是盼着郭金龙败给张火箭呢，人们可不想被一辆摩托车给搅得心里慌慌的。人们是多么希望张火箭能赢下这场比赛啊，可当人们看着张火箭那寂寞的背影时，不由得又发出了一阵长长的叹息。人们将脑袋埋在幽暗的阴影里，摇得就像拨浪鼓。那个时候，一种难以言说的死寂沉沉地包围了我们每一个人，大家默不作声，静静地等待着。只有树上的郭海洋在哈哈大笑，骡子扔上去一块石头，郭海洋便不笑了。

骡子的脸色非常难看，他斜着眼看着远处的商铺，默不作声，也不知道他心里在想些什么。但我知道，最希望张火箭赢下郭金龙的人，无疑是骡子。很快，郭金龙就折返回来了，摩托车的呼啸声再次袭击了人们的耳朵。阳光下，郭金龙的墨镜闪闪发光，他将摩托车停在了人群前面。他摘下眼镜，朝后看了一眼，见张火箭才刚刚消失在树影中，他转过身就哈哈大笑起来，并朝人群说："这是龟兔赛跑吗？龟是永远不能战胜兔的，龟胜了兔，只能是在娃娃们的童话里。我看呀，不如把他名字改成张乌龟，怎能叫张火箭呢？"

在我看来，郭金龙的这番话，不仅仅是在羞辱张火箭，而且是在羞辱所有期盼着张火箭赢下这场比赛的人。人们不吱一声，连叹息声都被妖风卷走了，一些人带着失望走了。他们走后，陆陆续续就有人离开镇街了。也有几个人立即围在了郭金龙的身边，给郭金龙发烟，并说："金龙哥，今天开眼了呢，你应该叫郭火箭呀。"郭金龙吸着烟，非常受用，看他那副样子，我恨不得冲上去将他掐死呢。令我意外的是，骡子那会儿如同灵魂出窍,没有任何表情,像树桩。

几根烟的工夫,人群就散了,该走的都走了,不该走的,也差不多都走了。张火箭这才出现在了公路上。当他到我们面前的时候,他满头大汗,全身湿透了。他将那辆改造的摩托车停在一旁,低声对我和骡子说:"回吧。"郭金龙斜着眼睛看着张火箭说:"哟,火箭啊,比火箭还快呢,今天可真是见识了啊。什么也不说了,今天算是给你娃个教训,记着啊,记着回家问你妈妈要几颗糖吃。"张火箭脸色苍白,推着摩托车径直朝前走去。

镇街上已经没有人了,就像妖风把人们都卷走了一样,刚才发生的一切,就像一场梦。路上,我们没有说一句话。张火箭推着摩托车走在前面,我和骡子在后面跟着。骡子像变了个人似的,头始终低着。天非常热,远处的热空气腾腾地升起,有很多幻影在跳舞,一群雀鸟又朝前飞去了。跟在雀鸟身后的,还有人们深深的失落。村人见了我们,没有说一句话,只是一个劲儿地摇头、叹气。我在路边拔了一株野草,塞进嘴里,嚼了。妖风还在天上卷。

我没有想到的是,这次摩托车比赛竟然改变了很多人的想法,我也没有想到这场比赛对于人们会是如此重要,我原以为人们只是为了看热闹的。不承想,这场比赛之后,原来眼红郭金龙的那些人已经有些动摇了,这次都下定决心要离开小镇,去南方的大城市,去广东呀。隔了几日,很多人就背着铺盖搭上了南下的绿皮火车。仅就我们村而言,南下的有杨毛娃、杨轩他爸杨工程、杨二锋的媳妇刘芳娟、杨大伟、杨冠军和他媳妇苏小梅,更别说其他村。

9

我哥说:"人们都疯了啊,都跑了,都跑了啊。"

我问他:"人们跑哪儿去呀?"

我哥说:"人们都说去南方挖黄金去呀,人们都疯了啊。"

我又问:"人们去挖黄金,过好日子呢,怎能说疯了呢?"

我哥说:"人们连家都不要了,连孩娃都不要了啊,疯了!"

他还说:"人们一窝蜂似的,不是疯了,那是什么?"

我哥说完后,连站在树杈上的鸟都不叫了。原本要远游的乌鸦也停在枝杈上,不走了。妖风也不卷了,山野里的羊羔也不乱跑了,只有猪在后院里嗷嗷叫,它们是想着生吞掉落日呢。我哥的话,让我沉默了很久。从窗口望出去,能够看见那挂在木杆上的大喇叭正微微晃动着,那些可爱的灰鸽纷纷朝着水库的方向飞去了。它们把我哥的话都带走了,也把我的梦带走了。山鬼在我们村西南角的水库正在召唤着灰鸽,召唤着它们将镇街上所有的讯息都讲给它听。

我哥的话,还让我产生了一个念头:我所向往的那个幽暗世界,是否也在吸走人们魂魄的南方? 于是,那些天,我每天放羊时,都会面朝南方,我希望南方或者我哥嘴里的广东,也能够将我吸过去。我甚至还产生了一个惊人的想法:我也要跟随人们去南方,去南方的广东。我将这个想法告诉大雁的时候,大雁朝着我点了点头。沟里的荒草也都在朝着我点头,它们这是要将我护送到南方去吗?妖风也把我往南方卷呢,差点就把我给卷跑了。

我把我的想法告诉我哥的时候,我哥正躺在他的树杈巢穴里睡大觉呢。他从睡梦中坐起身,低着头朝我喊道:"其他人疯了,你也跟着疯了吗?"但那个时候,我真把他看成了一只鸟,他站在树杈上,叽叽喳喳地叫,谁也搞不清他在说些什么呢。那个时候,我看见山鬼正坐在另外的树杈上,朝着我哈哈大笑。它一笑,脸就不见了,只有一张血盆大嘴。它笑得树都跟着摇晃起来,我哥还以为是妖风在吹呢,他那个时候,如果回过头,肯定也会看见山鬼。

南方也在呼唤我了。

我也开始想象起南方的模样了。

我也开始想象起广东的模样了。

南方就在沟的那边呼唤着我的乳名。

广东就在山的那面呼唤着我的名字。

我只要一出门,妖风就把我往南方卷,就把我往广东卷。妖风中,我能隐隐地感受着南方的气息,但妖风太小,还不至于把我卷跑呢。现在,妖风只能先将藏在我心里的话卷到南方去,卷到广东去,卷到那个幽暗的世界去。于是,每当我坐在沟边时,我就开始说出各种各样的话，甚至让我自己也感到费解的话。我知道，我只要将它们一说出来，妖风就会把它们卷入蔚蓝的天空，卷上洁白的云朵，它们就先我一步抵达令所有人都向往的南方。

就在我整天想着能够去往南方的时候，我哥从他的树杈巢穴里跳下来，对我说："张火箭改装出摩托车了，要知道，这可是我们小镇上的第二辆摩托车，想不想坐上去感受感受？或许张火箭会骑摩托车把你带到南方去呢。"我哥边说边笑。我知道他这是有意打趣我呢。但他的话，的确让我想到了自己坐在摩托车上的场景。这令我陶醉。我有意激将他："杨大鹏，你是个男人，不过你的谎话，我听得耳朵都起茧子啦。"

我哥听了我的话，脸红到了脖子根。他轻哼一声，径直朝着张火箭的家门走去。他走后，我在木轮椅里坐了很久。和村镇上很多女生不同的是，我要早熟很多，或许是因为身体的缘故吧。我喜欢胡思乱想。那时候，我会想着未来丈夫的样子，我觉得他应该就是我哥的样子。但我不想让他知道我的想法，每次去想这些事情的时候，我就会感到羞耻，恨不得立即钻进地缝里去。

我哥从张火箭家里出来的时候，我还在门前坐着，他直接爬上树杈，躺在他的巢穴里。风把他的话从树上吹了下来："等着吧，今天张火箭正在给他的摩托车刷漆，今晚一过，漆就干了，明天就让张火箭带你上公路，等着吧。"我哥的话让我激动。但我在回家前，对他扔下一句话："明天我要是坐不上摩托车，你就是孙子。"我哥一听，坐起身来，大骂道:"好你个羊人,我是孙子,那你是什么?"他的话被风刮进了我的耳朵,我坐在轮椅上笑起来。

那天晚上,父亲从矿山回来后,人显得怪怪的,他坐在庭院里的台阶上,不住地抽烟,烟雾把我家庭院上空都覆盖了。我哥将脑袋从窗口伸出来说:"怎么啦?你再要抽下去,奶奶可要窒息啦。"父亲转过身,大喝一声:"滚。"我哥的脑袋就从窗口缩回去了。我将轮椅从羊圈附近推到父亲跟前。月色下,他的眼睛显得忧郁而又空洞。他先开了口:"梅梅,如果爸爸去了南方,你恨爸爸不?"父亲的话令我措手不及,我这才明白,他和全镇所有的人一样,都在想着那个遥远的问题,那个让所有人都不得不去面对的问题。

"不恨。"我说。

"乖娃。"父亲的眼泪都下来了。

我哥的脑袋又从窗口伸出来了,他也竖起耳朵在听呢。我抬头的时候,发现山鬼也蹲在屋檐上听呢。它肯定听见了全镇人民的心里话,但它不发表任何意见,它只是在听,挨家挨户地听。那时候,我也才知道,所有的人都不得不去直面这个问题了:要么去南方,要么留下。那时候,我也意识到,父亲是留不下了,他肯定要走。那个时候,我更意识到,人们的心已经被郭金龙的摩托车给搅乱了,人们的魂也已经被南方给吸走了。

晌午时,我哥将我叫了出去,张火箭和他的摩托车已经停在那棵大梧桐树下面了,旁边还站着杨勇,他们总叫他骡子。尽管我们在一个村子长大,但实际上,我和他们并没有多少交集,更多的时候,是我一个人坐在沟边,只有沟间乱跑的羊群才是我的伙伴。他们见我出来,都朝着我笑,尤其是杨勇的笑,显得很不自然。我哥走上前去,对张火箭说:"火箭,我妹也想去南方呢,今天就用你的摩托车带她走。"张火箭呵呵笑着,满嘴的黄牙都露了出来。

杨勇的笑,更为鬼魅。我明白,他肯定笑话我这样一个残废还想着去南方,简直就是白日做梦呢。他的目光闪闪躲躲的,我几乎都能听见他肚子里的声音:这个羊人,可真奇怪呢。之后,张火箭将摩托车推到了村口的公路边上,我也推着轮椅跟了上去。我们都准备好了,但那个时候,我心里格外紧张,我在担心,万一张火箭真的把我带到南方,我该怎么办?另外,这也是我头一回坐摩托车呢。我紧张得腿都抖了起来,但我强忍着,我怕他们看见。

他们开始将我往摩托车上抱。我哥将我抱起,杨勇将木轮椅从我身下抽出来,张火箭在摩托车上坐着,我哥将我抱了上去。那种感觉,令我陶醉。我哥又对我说:"你把张火箭抱紧,别摔下来。"他说这话的时候,我几乎把他当成了父亲。张火箭回过头,也问:"杨梅,坐好了吗?"那时候,妖风跟着卷起来了,我在风中朝着他喊:"坐好了。"我紧紧地抱着他的腰,我也感受到了张火箭的心跳,那真的是一种非常奇妙的感觉。

上坡时，我才明白过来，我们骑的只是一辆自行车，它不过长着摩托车的样子。但在下坡时，我们就跟着两边的野草一同飞了起来，我将双手在空中张开，我感到我长了双隐形的翅膀。迎面而来的妖风中，我看见山鬼也在展翅飞翔，它的身姿格外妖娆。天上的太阳也在飞，梧桐树在飞，我的残腿在飞，小镇在飞，坟地旁的柏树在飞，狐狸在飞，狗尾草在飞，我哥杨大鹏在飞，头羊在飞，被囚禁的鱼在飞，远方的河流在飞，连南方的梦幻也在我的头顶上飞啊。

迎着妖风，我对张火箭大声喊："再快点，再快点啊。"

张火箭就更加卖力地蹬了起来。

摩托车真的如同火箭那样在空中飞了起来。

那个时候，我看见梦一般的南方就浮现在遥远的山影里，有无数的人影在朝着我招手，也有成千上万只孔雀在挥动着翅膀。那个时候，南方并不遥远，只要我一扬手，就能够触摸到。那个时候，我几乎就要抵达南方，我看见在那遥远的城市里，雨一直在下，我坐在那棵有着千百年岁数的榕树下面，朝着来来往往的人们笑。那个时候，我以为我已经到了南方，妖风中，我泪流满面。我的眼泪刚一落下来，就被妖风吹到了那梦一样鬼魅的南方。

那个时候，我也忘记了我的残腿，我感觉我的残腿正在变成一对矫健有力的翅膀。我忘记了张火箭和我们骑在身下的摩托车，我感到是那对翅膀正驮着我们飞往南方。那个时候，我的脑海里闪过很多幻影,有我少年时的幻影,有我在沟里放羊的幻影,有父亲将我从木轮椅上抱下来的幻影,有我哥躺在他的树杈巢穴里的幻影,有奶奶坐在门口念经的幻影,有头羊朝着我呼喊的幻影,也有我坐在轮椅里隐隐啜泣的幻影。它们一闪而过,很快就消散了。

此时此刻,我就像正在越过一场梦境。我的身体在往空中飘,我的残腿已经变成了夜间的弯月,我的泪珠变成了挂在草叶上的露珠。我的南方在呼唤着我,我也在呼唤着我的南方。我从公路上消失了,天上的云朵把我带走了,隐在山影里的人们不断为我指引着方向。我飞走了。我再也不用木轮椅了,迎着所有闪过的幻影,我的眼泪再次飞了出去,它们悬在空中,变成了无数颗晶莹的珍珠。我阔步朝着我的南方走去。这时,我听见有人在喊我。

"杨梅!杨梅!"

是我哥和骡子。张火箭将摩托车停在一边,我哥又将我抱了下来,我重新回到了我的木轮椅里,就像再次回到铁笼里的小鸟,我的翅膀被妖风剪断了。我的眼泪情不自禁地流了下来。我真不想在他们面前哭。我的南方的幻影也消失了。我哥和骡子、张火箭站在我的面前,愣愣地望着我。就是这一次,让我也喜欢上了摩托车。摩托车,能够将我带离面前的这个世界。我无比感激我哥和张火箭,就是那短短的瞬间,他们改变了我很多的想法。

我哥还在喊:"杨梅!杨梅!"

我朝他笑笑:"哥。"

我哥说:"你可吓死我们了!"

我说:"我刚飞起来了。"

我哥听到这话,就笑了起来。张火箭和骡子那紧张的神情,也逐渐松弛了下来。我哥接着说:"你飞到哪儿去啦?我以为你不回来了呢。"

我说:"飞上云层啦。"我总会说些疯话的,而且我觉得,只有我哥能够理解我的疯话。因为我们内心深处都有着一个怪诞的世界,我们都渴望那些遥不可及的东西,我们渴望逃离小镇,渴望能够越过面前的世界。不然我怎会迷恋上羊圈,而他又怎能迷恋上他的树杈巢穴呢?

我哥笑着说:"小鬼!"

我们一同回村子的时候,太阳正好悬在我们头顶。我想到了梨。

我哥说:"我想上天把太阳摘了。"

骡子说:"你不怕死的话就去吧,没人挡你。"

张火箭说:"我现在只想摘桃,不想摘太阳。"

他说完,我们就哈哈大笑了起来,眼泪都笑出来了。笑声被妖风卷上空中,刺破了午时的寂静。狗都卧在阴凉处,不咬了。

10

骡子说:"镇上又走了一批人,整整坐了一辆车呢。"

骡子说:"镇上开了家养猪场,听说有四百头猪呢。"

骡子说这话的时候,玉石老汉刚背着手从巷道走过,他撂下一句"天变了呀"后,就消失了。我们都不明白玉石老汉的话,我们还以为要下雨呀。是该好好下上一场雨呢,好些天都没下了,都快把他爷爷热死啦。但雨还是没来。

等雨来的时候,我们已经往镇街上跑了好几回了。养猪场就建在小镇背面的高台上,那里荒草厚,野鸡多,常有毒蛇出没,以前我们是不敢去那里的。但现在养猪场一建,野鸡就没了,毒蛇也没了,只有墙垣四周的荒草依然很厚。我们根本进不到里面去,门口的那条恶狗太凶了,我们还未现身,它就朝着远处狂吠起来,若不是被铁链拴着,它早就朝我们扑过来了。养猪场的味道实在难闻,但我们还是想进去瞧瞧,瞧瞧这个将要振兴我们小镇经济的龙头养殖企业。

骡子说:"要想看猪,必先杀狗。"

我惊道:"杀狗?"

骡子说:"对,杀了那条看门狗。"

我又问:"火箭,你什么意见?"

张火箭说:"我没意见。"

骡子就弄来了老鼠药,也不知道他从哪里弄来的。

骡子就弄来了肉包子,也不知道他从哪里弄来的。

弄了就弄了,也就把老鼠药涂在包子上了。

那看门恶狗老远就狂吠起来,它是嗅到死亡的气息了吗?它吠得越凶,我们就越感到刺激。妖风在镇街上卷起来的时候,我们藏在了那槐树的背后,狗盯着空中的妖风狂吠,也朝着槐树狂吠。就在这时,只见骡子如同夜间的幽灵那般朝前冲去,狗几乎就要扑倒他了。又见他猛然止步,然后将肉包子轻轻滚到狗的面前,那恶狗闻了闻,便生吞掉了。它还在狂吠,后来它的叫声就越来越小了,当它的叫声完全被妖风卷走的时候,我们便从槐树背后出来了。

天很热,猪场的大院里看不到一个人,前面的空地上放着一辆摩托车和一辆面包车。我们敢肯定那正是郭金龙的摩托车,骡子本想偷走摩托车,但那会儿我们都被一个更为重要的使命给捆住了,我们必须尽快完成我们的计划。骡子长长地叹了口气,他转过身又去了趟门口,将拴狗的铁链子解了下来,我和张火箭则悄悄地溜进后面的猪舍里,我们选了一头大肥猪作为目标,等骡子带着铁链子过来后,我们就轻而易举地将那头大肥猪拉出了猪场。

很奇怪,那天的养猪场内,真的看不见一个人,似乎所有人都被妖风卷入了地下。临走时,骡子用钉子扎破了郭金龙摩托车的车胎。当我们拉赶着那头大肥猪走上公路的时候,才发现那是一头体型庞大、浑身杂毛的大肥猪。我问道:"这下该怎么办?杀猪吗?"张火箭停住摩托车,说:"杀猪多没有意思呀!不如把猪拴在摩托车后面遛遛?"他刚说完,我就哈哈大笑了起来。我说:"张火箭啊张火箭,你比那条恶狗还恶呢。"骡子时而看天,时而看猪,沉默着。

我们用拴狗的铁链子将那头大肥猪拴在了摩托车上,到坡顶时,我们长长地吐了口气。接下来就是漫长的下坡路了,也到了考验那头大肥猪的时候了。张火箭率先坐上摩托车,他对那头大肥猪说:"到你的生死存亡时刻了,准备好了吗大肥猪先生?"他说完,我和骡子也坐了上去。迎着那股妖风,张火箭大喊:"准备好了吗?"我喊道:"准备好了!"张火箭又问:"亲爱的大肥猪先生,你准备好了吗?"猪正在野草丛中乱拱,哼哼唧唧了几声。

接着,那头大肥猪就随着我们的摩托车在公路上狂奔了起来。正是晌午,公路上几乎没有人,也没有车辆。空气成了一团正在膨胀的棉花,所有的妖魔鬼怪都出来了,躲在旁边的野草里,轻哼着令人头皮发麻的歌曲。摩托车越骑越快,大肥猪也越跑越欢。它边跑边叫,它越叫,我们就越感到兴奋。我们迎着远方的白云,是要前往一个陌生的地方吗?车像野马一样在狂奔。猪那哼哼唧唧的声音早已变成撕心裂肺的叫声了,很显然,它已经跑不动了。

但摩托车还在加速,我们不可能在这个时候停下来。我们就要飞起来了,就像那些腾空飞起的鸟儿一样,朝着远方飞。我们希望那头大肥猪能够长出一双隐形的翅膀,变成一头真正的大飞猪,能够跟着我们一同飞上天空,飞出银河系。甚至在那个飞翔的时刻里,我们已经忘记了那头大肥猪,我们只顾着自己飞,这种感觉令人心醉。就在这个时候，沉默已久的骡子突然朝着空中喊："去广东！去广东！去广东！"骡子一喊，摩托车就真的飞了起来。

张火箭在风中喊："什么？"

骡子迎着风又喊："去广东！"

张火箭在风中喊："去哪儿？"

骡子在风中喊："去广东呀。"

都没话了，只有妖风在耳边呼呼响。妖风呼呼了很久，我们就那样飞翔在不断升腾的热空气里，连知了的声音都听不见了。我们也不知道自己在想些什么，我们就那样听着在耳边呼呼的妖风。妖风不再呼呼的时候，张火箭才将摩托车停在了路边。我们从摩托车上下来时，才想到了那头被我们拴在摩托车后面的大肥猪，我们赶紧冲到后面。令我们感到吃惊的是，可怜的大肥猪已经奄奄一息了，它就要断气了。它全身都在冒汗，浑身都在颤抖，身上满是血迹，那场景，让我感到害怕。张火箭摸着猪鼻子说："它死了。"

我们都感到愧疚，因为我们只是想着捉弄捉弄它，并没有想着将它弄死在公路上。我们围坐在大肥猪的跟前，心里感到无比茫然，我们都不知道该怎么办。那会儿，妖魔鬼怪都跳出了草丛，它们站在太阳跟前，放声大笑，它们在嘲笑我们的懦弱，嘲笑我们的无知，嘲笑我们这些井底之蛙。张火箭站起身，朝死去的大肥猪鞠了一躬，又吹了声口哨，然后说："我们埋了它吧，就像埋人一样埋了它，可以吗？"他满脸黑汗,情绪低落。

骡子回家取来了铁锨。我们在公路北边靠近沟的地方挖了一个坑,并在里面铺了一层厚厚的树叶。我们费了很大的劲才将大肥猪拖到了坑里,我们都感到愧疚,因为猪可是宝贝呢,只有到过年时我们才能吃上猪肉,现在我们就这样弄死了一头大肥猪,我们真恨我们自己。在扬土埋猪的过程里,我们甚至流下了悲痛的泪水,我们为它默哀、祈祷,希望它能够重新投胎,千万不要再做猪了,做蚂蚁、蜜蜂、蝎子、螳螂、蝴蝶、蝌蚪都比做猪强啊。

张火箭找来了一块木板,并在上面刻了"无名之猪"的字样。妖风再次从远方卷来的时候,我们已经将那头大肥猪埋了,它的魂魄或许早已飞远了,太阳会为它重新找到投胎的地方。空气更加虚幻了,知了也不叫了,我们就像从地缝里蹦出来的山鬼,游荡在寂静的柏油马路上。当我们再次跨上摩托车的时候,骡子突然说了句:"我不念了,我要走了呀。"我以为骡子是在开玩笑,便骂着说:"好啊好啊,你要是不念了,正好省下资源啦。"

不承想,骡子再次伤感地说:"兄弟们,我不骗你们,我真的不念了,我走了,我去广东打工呀,我不想这样白白浪费光阴了。"骡子的语气根本不像开玩笑。张火箭惊得停住摩托车,他回过身问:"骡子,骗我?"骡子迎着妖风说:"我不骗你们,骗你们干什么?"我无法接受这个突然的消息。我的眼泪差点都掉下来了,我说:"骡子,你也要同人们一起去广东挖黄金吗？你真的能舍下家里的一切吗？我看你也是疯了啊！"

骡子又说："我想了好些天了，我就算这样念下去，也肯定考不上高中，不如早做个了断，去广东闯荡闯荡，说不定我以后也能买一辆比郭金龙的摩托车还要牛气的摩托车呢。我长大了。"他这句"我长大了"，叫我感到难受。妖风中，张火箭骑得很快，但我能感受到他的心跳和泪水。就在那一刻，我开始恨起了南方，恨起了广东，恨起了所有去广东的人。

就这样，骡子真的就不念了，真的就要走了。

就像天上吹了一股妖风样，悄无声息的。

骡子走的那天，我和张火箭都去送了他。我们骑着张火箭的摩托车，到了镇街上。大巴车来之前，我和张火箭一起为骡子唱了那首伴着我们长大的《月亮爷》：

月亮爷丈丈高，
万家灯火静悄悄。
秋风凉，月光长，
照在娃的笑脸上。
月亮爷本姓张，
骑着大马望故乡。
大马拴在摇钱树，

■ 抒情时代

■ 062

  站在门前泪两行。
  月亮爷明晃晃,
  他爸在外挣钱忙。
  月亮爷亮堂堂,
  他妈哄娃进梦乡。
  月亮爷本姓张,
  骑着大马望故乡。
  大马拴在摇钱树,
  站在门前泪两行。
  月亮爷明晃晃,
  他爸在外挣钱忙。
  月亮爷亮堂堂,
  他妈在屋洗衣裳。
  月亮爷明晃晃,
  年年岁岁照四方。
  月亮爷明晃晃,
  他妈哄娃进梦乡。

  我们一边唱,一边哭。唱得天上的鸟雀都不飞了,停在半空,听我们那令人心碎的歌声;唱得镇街上的人都不说话了,静静地站着听我们唱歌。我和张火箭本来有很多的话想说给骡子听,但在那个时候,我们一句话都说不出来,望着背着行李的骡子,我们只能一遍又一遍地为他唱《月亮爷》。后来,县城的大巴车来了,骡子便哭着上了车,我们依旧在唱,再后来,大巴车早已不见影了,我们仍然站在街头,为我们的好兄弟骡子唱着那首忧伤的歌。

晚上,我就睡在我的树杈巢穴里,半夜,我看见无数颗流星朝着南部的方向划过,空中还响着干雷,轰隆隆连成一片。仔细看时,发现那些流星如同身着盔甲的战士,月色下他们的衣裳闪烁着银色的光,像是行走在辽阔的梦境里,他们阔步向前,时而奔跑,时而步行,他们的身后是无数匹身形健壮的汗血宝马。你听,那些马匹正在月色下嘶鸣,那些勇猛的战士正手持长矛,对着远方高声呐喊。它们整整嘶鸣了一夜,他们整整喊了一夜。天快明时,它们的嘶鸣声和他们的呐喊声随着马蹄嘚嘚的声音渐行渐远了。

11

对面山上的石牛,静卧在荒草里,被夕阳罩成了金色神牛。它每天都会说很多的话,那里的人肯定都听不到,但我听到了。我听到是因为我每天都会坐在沟这边,妖风把石牛的话都卷过来了。石牛的话,在树冠深处瑟瑟发抖,那是几千年前的声音。声音并未生锈。几千年过去了,人死了多少茬了,土地被翻种了多少遍了,石牛却永远卧在那里，静静地卧着。每当夕阳罩住石牛的时候，我总会看见石牛从野地里站起身，然后朝着太阳深处走去。

它可能就是在追太阳的过程中，渴死在半路的。你看它那铜铃般大的眼睛，死死地盯着太阳看，它誓要吞掉太阳呢。它说："太阳神啊太阳神，你把大地晒成石头了，你把河流都要晒干了，人们躲在树背后哭泣呢，你睁开眼睛看看啊太阳神，你看看吧，人们的眼泪都要被你晒干了，太阳神啊太阳神，我要把你咀嚼成灰呢。"石牛的声音有些沙哑，它的身体早已被晒成石头了。可它几千年前说下的话还活着，不信你伸长耳朵，在妖风中听听啊。

从我记事起，石牛就卧在那里了。人们都知道关于石牛的传说，但我根本就不相信那些传说。每当我在沟这边望着那边的石牛时，我就会自己想象着石牛曾经的模样。或许在古时候，石牛曾长着一双有力的翅膀，从遥远的南方飞来，到这里的时候，它飞不动了，便累死在了山头上。它或许曾力大无穷，却伤人无数，人们便想方设法杀死它，当它逃到这个地方的时候，它不想逃了，它看见了远方的太阳，于是就卧死在了那里，风化为石牛。

有一天，我自己好像也变成了石牛。我说不成话了，只能听见风声和小溪在沟底流淌的声音。我动不了了。那时候，太阳几乎就要爆炸，无穷无尽的故事从太阳深处飞了出来。那可能是古人所讲的故事吧。后来，所有的故事都在山头上化为灰烬，我抬头看时，只见一个脊背上压着石头的男人朝着远方走去。我想朝他大喊,我担心他走进太阳深处,我害怕他被烧成石人。但我变成石牛了,说不了话。我只好拿起柴火棍在地上画了幅画:

　　画完它,我就担心起一件事来:石牛会不会同南下广东的人们一样,半夜飞走呢?我守着石牛,每天都要看它几眼,生怕连它也跑了,飞走了。但我又想,它肯定迟早都会走的,它不走,人们也会把它拉走。我为这个想法感到伤心透顶,这时,一只大甲虫撞在了我身上,我把它攥在手里,它肯定是逃不掉了,但它从未放弃过挣扎。后来,妖风从对面卷过来,我就昏睡过去了。当我睁开眼睛时,天色已晚,羊群都从沟里上来了。那只大甲虫早不见影了。

你们说，石牛会在夜间飞走吗？

你们说，石牛飞走了还会飞回来吗？

你们说，千百年来它卧在山上，现在为什么要飞走？

石牛并未飞走，可我父亲要走了。他把矿山里的活辞了，那里出力多，还不挣钱，他说他也要跟着人们去广东闯闯，看看那里究竟埋了多少黄金。他还说他这一去，两三年就不回来了，路远，费钱。他说完那些话，我奶奶坐在阴影里只丢下一句话："你自己吃好。"他跟我说了很多话，但我什么都没记住，我心里反复涌出一句话：连他也要去南方了。他给我哥只丢下一句话："把你妹照看好。"说完他就走了，像猫头鹰一样，消失在了夜色里。

父亲走后，我哥就更加频繁地上树，他似乎就要变成树妖。和以往一样，奶奶依旧坐在黑暗的角落，消磨着光阴。她哼唱秦腔的声音，在沟里带起了一股妖风，妖风过后，我看见石牛的眼睛动了起来，它的泪水洒在了荒草上，洒在了夕阳下的妖风里。石牛是在哭呢，它哭得天昏地暗，日月倒悬，太阳都被惊得躲在黑云后面不敢出来。石牛一哭，周围的石头、野草、杏树、螳螂、狐狸、柿树也就跟着哭了起来，它们一哭，大地都跟着震颤呢。

羊羔对我咩咩叫，我也不理睬。我是一句话都不想说啊。我就那样坐在妖风中，不言不语，看着对面的沟和山上的石牛。我在听它们说话，它们的话都被妖风从空中卷过来了。那时候，我甚至看到人们向往的南方就在太阳深处的黑点里，在妖风的吹拂下，荒草都模糊了起来，我看见无数的人正朝着太阳的方向走去。他们有的像石牛一样，渴死在了半路；有的在太阳深处，被烧成灰烬。可他们就算在渴死或者被烧死的时候，依然会发出骇人的笑声。

东边的乾陵呢？有时候，它躲在云层下面若隐若现，似在戏耍的蚂蚱、女人的乳房。人们都说，那是女人的山，是被武则天吃空了的山，那山里的石头和泥浆都被武则天吸干了，所以山才渐渐地长成了武则天的模样。她躺在大地上呼吸着几千年前的气息，石牛背对着她，根本不敢看她的眼睛。我知道，石牛这是为她拦着太阳。石牛为她死去，石牛也为她重生。石牛肚中的声音正是武则天在晨间和夜晚里说下的话。石牛消化了声音，也提高了音量：

"妖风中的人们啊，你们被我头顶上的黑云卷到这里，星星是我赐给你们的珍珠，月亮是我亲手为你们烤制的食物，在这里，你们与虎狼做伴，与渭北高坡上的狐狸为友，你们为我打造了另外的天堂。我为你们祈福，我希望你们永远都生活在这里，永远都不要离开，你们的肉身会永远陪伴着我孤寂的魂魄。我之所以睡在这高高的风水宝地上，是因为我害怕你们忘记了我，是因为我内心过于寂寞，我要你们永远都不要离开我，永远都记着我曾经的模样。

"你们是古时候的乌鸦，可别想飞出我的手掌心，你们曾经臣服于我，你们的子子孙孙更将臣服于我。我是乾陵的王，是关中道的王，是唐代的王，是永远也不会死去的王。如今，你们磨刀霍霍，骑着宝马去远方，山鬼和夜晚里的幽灵都无法阻止你们，你们是要背叛曾经的誓言吗？你们闻到了妖风中死亡的讯息了吗？你们彻彻底底地激怒了我，现在我要唤醒地宫里所有的战士，养兵千日，如今他们也该醒过来了。时间是誓言的坟墓，武力才是保障呀。

"国道旁的野花，比夕阳还灿烂。山下的蝈蝈，比青蛙还跳得远。山野深处的人们啊，你们知晓这是为什么吗？它们吸着我的气。而你们，却要走了，你们走得比我还远，跑得比流星还快，以后你们还能回来吗？天总会变的。你们在南方创造了新的蓝天，却无法改变故乡的天。妖风和云朵时时刻刻在变，却也时时刻刻没有在变，变的是你们的心。你们沿着国道离开了，以后你们还会再沿着国道回来，但当你们再次回来时，这里还会是曾经的模样吗？

"大地在沉睡，孩子们在麦地里放风筝，故事还在延续。时间苍老如同树根，它在此拐弯，流向蝴蝶曼舞的地方。人们睁着惊恐的眼睛，站在乾陵下面的田地里，寻找失眠的野花。穿着一身警服的瘦孩子，正来来回回地跑在那条比日头还要荒凉的柏油马路上。南方将他遗忘，死去的历史将他抛弃。没有家，破掉的裤腿拖在泥水里，他看见无数条黑鱼从水中游过。当星星在夜空中清醒过来的时候，人们吃光了所有的黑鱼。瘦孩子在放声大哭。

上部　迁徙（1995）

"透过山上的雪影，可以看见那些寂寞的人正沿着国道而来，又沿着国道而去。人群如蚁，黑压压的，如奔跑的黑火柴。也能够看见未来的汽车、摩托车、农用三轮车、卡车正朝着人们开来，又在夜间悄然离去。人们坐在冷清的麦场上，不知所措，再后来，人们都哭了起来。人们躲在黑夜里哭，藏在商铺背后哭，坐在大巴车上哭，跑到镇街的角落里哭。人们哭得都快要昏死过去，却依旧在哭。哭得天崩地裂、战火纷飞，连狐狸都纷纷重新投胎。

"寂寞的都将枯萎，笑着的都将发疯，流浪着的都将魂飞魄散，快乐的都将冷冷死去。站在山头，等待一种声音，一种令人惆怅的声音。死去的妖风，月亮湿地旁的绵羊，已在原地奔跑了三千年。城墙就要在你们的记忆里坍塌掉，石头上的字也就要消失不见了。那吆牛耕地的农夫，即将开着汽车飞驰在外太空，寻找逝去的容颜。网吧里的少年，肉身还在公路边睡着，魂魄却早已穿越历史。他拉着秦王的手，在妖风中察看战壕里已经发霉变味的死尸。

"几千年来，我未曾见过你们像今天这样不安，更未曾想过你们会离开我，你们一走，妖风还在，但我又沦为孤家寡人了。山还是山，原野还是原野，我的寂寞与惆怅，比夕阳还长，比大海还深啊。你们忘了我昔日的尊荣，如今你们的孩子在我的无字碑下撒尿，在我的地宫周围如厕，我没有一日不想惩罚你们。你们若要离去，就离去好了，我不会再阻拦你们。我依旧守着我的月亮、我的太阳、我的地宫、我的原野、我的写满伤痛的无字碑。"

后来,人们就陆陆续续地都走了。

走了也就走了,妖风还在吹着。

再往后,武则天的话就越来越少了。除了我,没人再愿意听她说话。人们都忘记了她,忽略了她,因为呀,人们要去做一件更为伟大的事情啊。

只有我,每日每夜坐在沟边、屋顶、羊圈里,守着乾陵和武则天。

武则天说:"人是鸟,说飞就飞了。"

我对她说:"飞走了,也会飞回来的。"

武则天说:"人回来了,心却回不来了。"

我对她说:"回不来就回不来,又能怎样呢?"

武则天说:"妖风还在吹。"

我对她说:"人不是鸟,是柴,一点,就着了。"

武则天说:"妖风还在吹。"

我们就不说了。石牛卧在对面的山头上,夕阳依旧。我们都沉默着,听沟里的妖风,看天上的白云。我们似乎都在等待着什么,可我们究竟在等待什么呢?我的南方?武则天和石牛早已看穿了我的想法,但我们都沉默着。羊群散在沟里,如一群圣人。沟底的小溪,在唱着天国里的歌。那个时候,我内心无比矛盾。我想去人们向往的南方,我又想留在沟边,永远守着石牛和武则天。沟里绵绵不绝的妖风啊,请告诉我,我该怎么办? 我该去往哪里?

这时,我听见武则天说:"回去吧,孩子。妖风吹开了。"石牛没有说话。妖风是吹开了,沙石在空中乱飞呢。我就开始唱起忧伤的歌来,唱了一小会儿,羊群就从沟里上来了。天也已经黑实了,乌鸦在远处叫呢。

12

骡子走后,连着下了好几天的雨。晚来就在街上骂:"给死下啊,把天下塌,把地下透,把老子下哭啊。"晚来已过六十,疯疯癫癫,一直未婚,他从村口走进来,见我还坐在树杈巢穴里,便说:"你倒好,坐在树杈上成了仙,吃金吐银,上天入地,吃饭端的是玉石碗,尿盆上镶的是五彩蓝,头上戴着凤冠,身上披着金缕衣,你驴✕的倒尿得高,小心雷震子劈死你!"见我不说话,他又骂开了,"给死下啊,把天下塌,把地下透,把老子下哭啊。"

雨停后,一场轰轰烈烈的活动就真的在我们小镇上拉开序幕了:向南方迁徙。之前,只是隔三岔五才会有人南下,现在呢,每天都有很多人带着发家致富梦向南方去了,也有人陆陆续续地从南方回来了。乾陵跟前的国道真正成为一条发家致富的路。人们带着美梦,坐上通往另一个世界的大巴车,人们激动得笑啊闹啊叫啊唱啊跳啊,幸福的泪水整整洒了一路。还没走的人就在家里等着,憧憬着。人们相信,美梦总会成真。

村子正在变空，但还没有空。令我和张火箭感到惊讶的是，不到半个月的时间，村镇上就出现了很多的摩托车。有些摩托车可要比郭金龙那辆气派得多。年轻人骑着后座上安装了露天音响的摩托车，速度可真比郭金龙快呢，那气势，叫村镇上的孩娃们羡慕不已呀。人们也很少再提郭金龙和张火箭了，看样子人们已经忘记了他们。有时候，只有些许年轻人会在骑着摩托车时说："难道只有他郭金龙能买得起摩托车吗？没错，他郭金龙是我们镇上第一个买摩托车的人，可是现在老子也有啦，他郭金龙应该买一辆小汽车才算牛气呢。"

村镇上很多的孩娃都嘲笑起张火箭，每当他骑着他那辆摩托车从柏油马路上经过时，后头跟着的孩娃总会笑着喊："张火箭，你骑的不是摩托车，是自行车！是蜗牛！是个四不像！哈哈，哈哈，哈哈！"孩娃们的笑声落了一地，地上的黄土颗粒都被震飞了起来。张火箭非常难过，好些天他都不愿出门，将自己锁在家里，死死地盯着他的摩托车看。他在想些什么？他是否也想着像村镇上的人们一样去南方挖黄金？那样他也就能够真正拥有一辆摩托车了。

孩娃们却不依不饶，有些爬上张火箭的屋顶，有些骑在树杈上，他们喊着："张火箭，骑着一辆四不像，蜗蜗牛，跑得慢，一二三四上渭南，渭南有个穷光蛋，他就叫个张火箭，张火箭呀张火箭，赶快改名叫驴蛋。"我顺手抓起砖头叫着朝屋顶扔了过去，孩娃们就散了。孩娃们边跑边喊,喊声如同响雷一样悬在我们村子上空。那些天,我在树杈上天天都能听到孩娃们的喊叫声和摩托车从柏油马路上呼啸而过的声音。镇街上的摩托车越来越多了。

那些天,镇街上的人都变了,个个行色匆匆的样子,都背着包袱等大巴车呢。年轻人骑着摩托车,成为镇街上的一道风景线。家里只要有一个在南方挖黄金的人,就都买摩托车了。没买的,就睁着眼睛羡慕人家买了的。羡慕着羡慕着,也就等不及了,就收拾好包袱,去坐上开往南方的大巴车或者绿皮火车了。那些天里,人们一碰面,开口第一句话就是:"还没走啊?什么时候走啊?"来人就回答说:"快了快了,这就走呀,带上媳妇和孩娃一起走呀。"

又问:"这么急?"

又答:"不急不行呀。"

又问:"什么时候回来?"

又答:"说不定就不回来了。"

又问:"真的不回来了?"

又答:"说不定就不回来了。"

又问:"媳妇和孩娃呢?"

又答:"说不定也就不回来了。"

他们就真的没有回来。院落就荒了,野草长实了。这是后话。

那些天,连鸟都往南方飞呢,蚂蚱都往南方跳呢,鱼儿都往南方游呢，母牛都想着去南方产牛犊呢。晚来站在桐树下面，对我说："不该疯的都疯了，该疯的也疯了，你朝着乾陵看呀，人们排队在那里撒尿呢，雷震子呀雷震子，飞上天下到地，用你的雷来劈开这座压着大闹天宫的齐天大圣的山，放他出来捉妖除魔吧。昨日的酒，今天的米，都是玉皇大帝流下的汗，你这个整天睡在树上的树杈妖怪，难道你就不想着离开这里吗？"晚来盯着我看。

我故意朝他做出山鬼的模样，吓得他大喊大叫，他边跑边回头喊："啊啊啊，是鬼是妖是水里的葫芦娃，啊啊啊，是山上的蟒蛇是游在海里的蚂蚱，玉皇大帝现身人间啦，太上老君炼出妖精啦，啊啊啊，跑呀跑，鬼是鬼，也是水，一吹就化成灰。我吹——"他就站在路口朝我这边吹了起来。他一边吹还一边哈哈大笑呢，笑着笑着他还说："鬼是鬼，也是水，一吹就化成灰。我吹——"晚来就是这么一个可笑又可爱的老头子。村上人都知道他是怎样成了今天这个样子，但人们从来都不跟孩娃们说。人们只说："嘘，这是秘密。"

那些天，连我都受到了感染，我也迫不及待去南方呢。但我更想念书，考上一所大学，所以我必须继续守着，直到离开。杨梅也有些奇怪，她很少再进羊圈，整天坐在沟边，说奇奇怪怪的话，她也疯了吗？她是在和对面的石牛和乾陵说话吗？我开始想以后的事情了。我知道，有朝一日，我总会离开这里，可杨梅该怎么办？她能离开得了吗？如果我去了陌生的城市，父亲还在南方，杨梅就只能和奶奶厮守在家

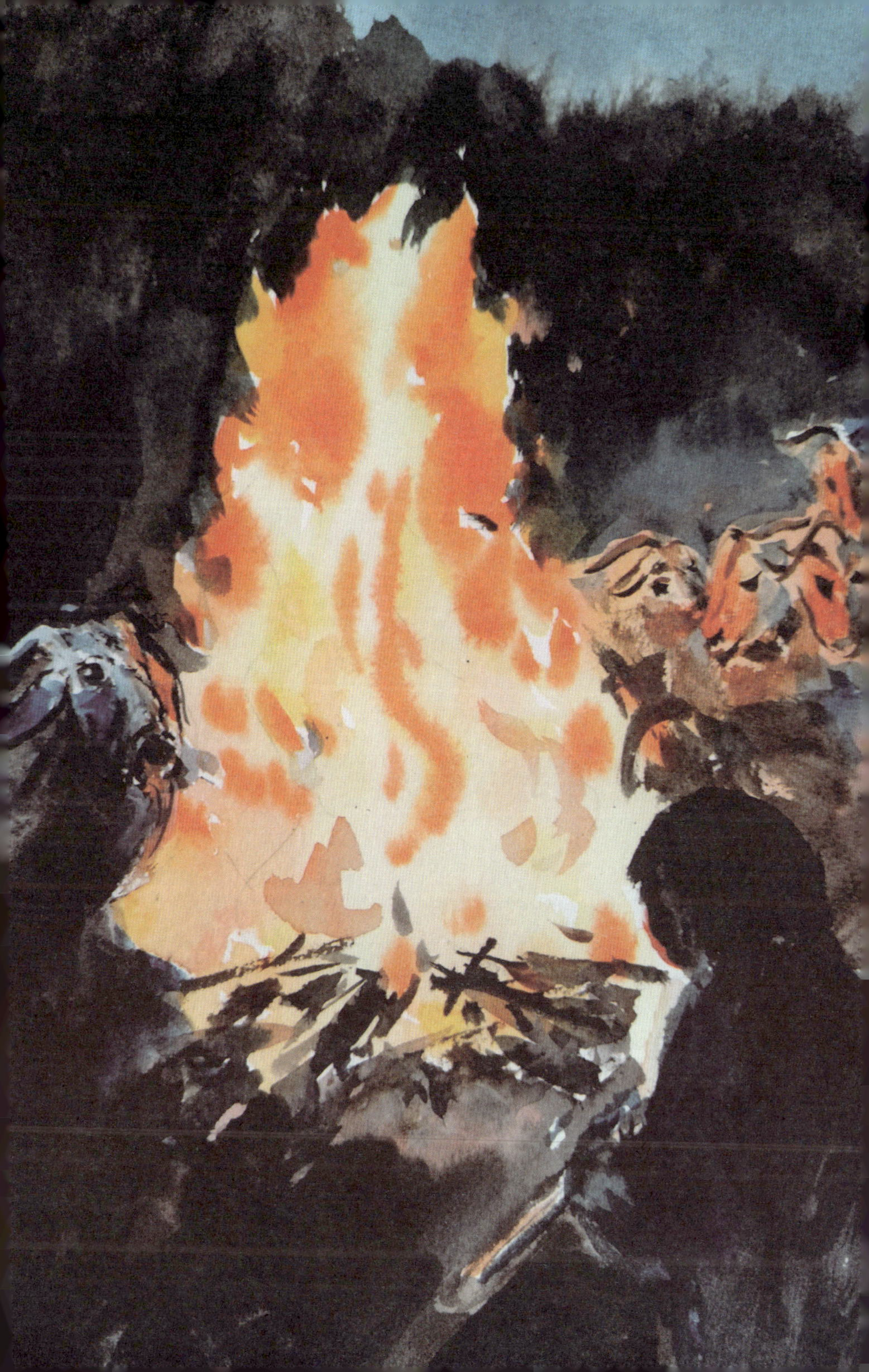

里了,她就该这样厮守一辈子吗?

那些天,我脑袋里充斥着各种各样的声音,我头痛欲裂,我甚至想从悬崖上跳下去。我知道,就算我从悬崖上跳下去,天上的乌鸦也会在半空接住我,沟里的狐狸也会抱着我,天上的白云也会想方设法围住我。可杨梅该怎么办?我也不知道该怎么办。我相信,我肯定会离开这里,我也可以选择永远不回来,但面对杨梅,我不知道该怎么办。我心乱如麻,大脑空白。我们之间已经不仅仅只是兄妹之情,似乎还有很多,我讲不清,她肯定也讲不清呀。

晚来还在村口喊:"该走的都走了啊。"

晚来还在村口喊:"该走不该走的都走了啊。"

他喊着喊着也就不喊了,没人理他。

等我去张火箭家里的时候,他已经用斧头把改装后的摩托车给劈了,现在摩托车又变回了自行车。他双眼通红,愁容满面,在院里的台阶上坐着。他没有一点声音,把我吓了一跳。我骂着:"你是想吓死你爷爷啊!"然后我就看见了他那副模样。我走上前去,问:"怎么了呀,火箭?"他不说话,沉默着。妖风就在我们头顶上卷着呢。我又说:"你跟那些小屁孩计较什么呀?怎么啦?你不会也要去南方挖黄金吧?"我有意笑了几声,但他仍坐在那里,没笑。

过了好久,张火箭才站起来说:"大鹏,我想了很久,我也不想念了。"我惊得头皮发麻,后背发凉,便说:"什么?你乱说什么?难道你真的也想和骡子一起去广东吗?说不定你以后能考上一所好大学呢。"张火箭擦着泪水说:"我真的不想念了,你看看吧,家里的条件也不允许,再说,像我这种人,也不适合念书。"说罢,他苦笑了几声。我心里七上八下,又接着问:"那你不念书干什么去呀?难不成也南下广东吗?"

他笑着说:"我哪里都不想去,我就想留在家里,骡子走了,镇街上的人都走了,谁种田呀?那就让我这种人来干吧。"他沉思了会儿,又接着说,"骡子去广东是他自己的选择,我留在家里当农民也是我的选择,他和人们出去挖黄金挣大钱,我就在家里踏踏实实种田,种苹果,种西瓜,靠自己的双手就无法发家致富吗?我就要干出个样子来。"他越说越激动,眼泪就在眼眶里打转呢。我从他家里出来的时候,妖风也跟着卷出来,这一卷,我眼泪就止不住地流。

晚来坐在村口的青石上打盹,几个孩娃在远处踢弹球。见我出来,晚来突然站起来,仿佛神灵附体。他那口气,就像神仙在说话,他说:"你也走呀?"

我就说:"走呀。"

他又问:"什么时候走呀?"

我就说:"明年二三月走呀。"

他又说:"迟啦,黄金叫人挖完啦!"

我就说:"挖不尽的。"

他又问:"你也走呀?"

我就说:"走呀。"

他又问:"什么时候走呀?"

我就说:"明年二三月走呀。"

他又说:"迟啦,黄金叫人挖完啦!"

我就说:"挖不尽的。"

13

夜半时分,我被噩梦中的山鬼吓醒。这时候,我就听见了一种令人恐惧的声音,山崩地裂,东边厢房里,似有千军万马之声。山鬼消失在了院落里,狐狸坐在柿子树上唱歌的声音也消失了。只有厢房里传来的声音,依然脆亮清楚。还有牙齿啃噬的声音,我能够听见木板已被啃碎,砖块已被啃断,所有的动物都在厢房里鸣叫起来,有野驴,有狗熊,也有大雁那令人心碎的叫声。我尽管心里害怕,但仍想看个明白,便穿好衣服坐着轮椅出了门。

声音是从奶奶的屋里传出来的。温柔的月色下,我看见奶奶的房屋正在剧烈摇晃,里面传出来的是兵器在空中碰撞的声音、士兵呐喊的声音,还有骏马互相撞击后的嘶鸣声。我瑟缩在木轮椅里,万分害怕,要是父亲在就好了,可他人在千里之外,又能帮上什么呢?我哥今晚没有回来,他在他的树杈巢穴里睡着了,我现在是不敢出门的。眼看奶奶的房屋就要被摇塌,我心急如焚,却没有任何办法。我该怎么办呀?我现在倒希望山鬼快点出来呢。

士兵们嘴里喊着:"活捉了她,活捉了她!"然后就是山呼海啸的喊声。战马再次奔腾起来,黑云再次狂卷起来,妖风在呼呼地吹。那是胜利后心花怒放的声音。无数只山鬼在海水中跳舞。我陶醉在其中,不能自拔。我甚至忘记了心里的恐惧和我的奶奶。我也听到了花开的声音、青蛙求爱的叫声,还有士兵们坐在山岗上,唱着那支送给远方姑娘的歌曲,那歌声叫人心碎,那歌词叫人感到忧伤。这时,我突然听见一句沙哑的喊声:"烧吧,烧死我。"

是奶奶的声音。奶奶被士兵包围了吗?我顿时脸色苍白,恐惧再次像一盘细沙罩住了我。我摇动着木轮椅,试图进到奶奶的屋内看看,但坐在轮椅上的我,根本没有办法越过面前的台阶。我真恨死了这两条丑陋无用的腿,都不如蚂蚱的腿那般有力呢。我骂了句:"残废!"然后就大声喊起奶奶,但奶奶或许没有听见我在院内叫她,依旧用沙哑的声音说:"烧吧,烧死我。"我急得大声哭了起来,急得两眼昏花,连在树杈上睡觉着的哥哥都忘记叫了。

轮椅没有办法从台阶上上去,可我的奶奶现在就在房屋里受难,我便挣脱了轮椅,从坐垫上摔倒在了台阶上边。我朝门前爬去,狠狠地敲门,但奶奶仍未听见,她还在说:"烧吧,烧死我。"奶奶越说,我心里越感到害怕。我越害怕,奶奶的房屋就越摇晃得厉害,山崩地裂,兵器在空中碰撞,马匹在山顶嘶鸣,士兵在战壕里呐喊,吹手坐在树顶上吹唢呐。这些声音令我心惊胆战,我死命地敲门,但我越敲,从屋内传出的声音就越阴森恐怖。

然后,我就看见山鬼从门缝里进来了。

然后,山鬼就把我背走了。

再然后,我也就不知道了。我好像是在麦地里睡着了。

只听见妖风在呼呼地吹,吹得我的梦,东一摇,西一摆。

醒来时,天已大亮,木轮椅在台阶下面斜躺着,我则在台阶上面躺着。我这才想起了昨夜发生的一切,就像吹了一股妖风,就成这个样子了。我再次敲门的时候,我哥进了院门,他见我这般样子,惊得失声大喊:"杨梅!杨梅!"他将木轮椅扶正,又将我抱上轮椅。他抱我的时候,我心里难受得很,眼泪就情不自禁地流下来了。我也不知道为什么他一抱我,我就想哭。我也说不清啊。他蹲在我面前说:"杨梅,发生什么事啦?发生什么事啦?"

我把我听到的都告诉了他,他惊得倒吸一口冷气,慌乱得不知所措,他反复问我:"是真的吗?是真的吗?你确定你没有听错?"我点点头,然后就朝着奶奶的房屋看去。我哥转过身,蹑手蹑脚地朝门口走去,他似乎也有些胆怯,轻轻地推了推门,门竟开了。他走进去,站在门口喊:"奶奶!"这时,墙角的黑影里传来奶奶苍老而又疲乏的声音:"小兔崽子,怎么啦?你是要让奶奶爬上月亮为你们摘几颗糖吗?"我哥笑着说:"奶奶,我们长大了,不吃糖。"

我哥出门,轻轻地闭上了门。他对我说:"你肯定是中邪啦,怎么会有千军万马的声音呢?难道奶奶的房间里能住下这么多的士兵和战马吗?你这是产生幻觉啦!或许是父亲南下广东后,你还没有完全适应呢,所以晚上才会出现那么多的幻觉。"我有些生气地说:"我没有骗你,昨晚我听得一清二楚,奶奶还喊着说让烧死她呢。"

当天夜里,我哥又上树睡觉去了。

星星们对着我唱情歌,孔雀从桐树上飞过。我哥的鼾声,响彻云霄,院外所有的树都被震得哗哗响,蝈蝈都捂着耳朵睡觉去了。

然后,我又听到了那令人恐怖的声音。浩浩荡荡的军队从沙场跑过,喊声如雷,我听见我奶奶站在遥远的天山上,手握旗杆,指挥着队伍朝南杀去。我奶奶时哭时笑,时而仰天长啸,时而又低头叹息。接着就是烈火熊熊燃烧的声音,士兵和战马都发出痛苦的喊声,很显然,他们正在被大火无情地烧死,很快他们就要化成一堆黑灰了。所幸,我提前做好了准备,我根本就没有上炕睡觉,现在我就趴在奶奶的门口。我已经潜伏很久了。

这一次,奶奶的屋门虚掩着,我轻轻地推开了一条小缝。透过缝隙,我看见奶奶正坐在一团金色的火焰里,双手合十,她嘴里吐出无数个绿色的气泡,气泡朝南飞去的地方,正是浩浩荡荡的军队的地方。士兵高声呐喊,喊得嗓子都喷溅出了黑红色的血点,马匹在沙尘中狂奔,跑得铁蹄都被磨出了银灰色的光亮。他们统统在听着奶奶的指挥,现在的奶奶,就像一个妖婆,正坐在金色的火焰里施法,她将一波又一波的人朝南送去,又将他们无情地推进火海。

再往后,我奶奶身下的炕席逐渐消失在火焰下,接着又出现了一座泛着彩光的莲座,她的嘴似在动,又似未动,当军队快要穿过面前的河流与大山时,我奶奶的嘴里突然吐出了一颗亮晶晶的珍珠,那珍珠若鱼嘴般大小,晶莹剔透,散发着一股久远的仙气,周围白雾腾腾,火焰涌动。那会儿,我惊得目若铜铃,心跳如鼓。奶奶缓缓地展开合十的双手,又伸出苍老的右手在空中抓住那颗珍珠,就在这时,只见她将珍珠前前后后望了几遍,便将其抛入火焰里了。

浩浩荡荡的军队就消失在乌黑的角落了,士兵不喊了,战马也不在沙土中奔腾了。但金色的火焰还在,莲座还在,我的奶奶重新双手合十,嘴里吐出绿色的气泡,她越吐越多,越吐火焰越旺,再接着我就听见了从奶奶肚子里传出来的痛苦的叫喊声。她看起来完全就是幽灵,就是妖婆。她被烈火烧得发出嘎嘣的声响,脸色非常难看,但她依然稳稳地坐在莲座上,一动不动,任由那金色的火焰无情地燃烧着。再这样烧下去,她可就要被烧成灰了。

"奶奶!"我推开门,大声喊道。

火越烧越旺。奶奶转过身,半个脸都快要被烧去了,她声音微弱,放在别人,肯定是无法听见的。她说:"梅梅,舀一马勺水。"

"哦!"我吓得赶紧爬进屋内,在铁桶里舀了一马勺水。

"洒过来!"奶奶继续说道,她的声音更小了。再看时,她半个身子几乎就要被烧去,脸上尽是灰,身旁的灰也跟着在空中乱舞了。

"噢!"我将一马勺水朝奶奶洒了过去。

火很快就熄灭了。屋内一团漆黑,什么都看不见了。我再次害怕起来。我只要一害怕,就爱大声喊叫。但奶奶并不应答。我继续喊着,把嗓子都喊坏了。外面又起了妖风,妖风一来,屋内渐渐亮堂起来,隐隐中,我看见奶奶躺在炕中间熟睡着,鼾声平静舒缓,仿佛刚刚什么都没发生过一样。我从奶奶屋内爬出来的时候,妖风还在吹,并且越吹越大,天都快给吹塌了。我朝远处看去,蚂蚱正骑在孔雀的身上,朝南飞呢,飞啊飞啊,就飞不见啦。

中部　面具(2005)

14

　　有一天，儿子突然将一幅画摆在我的书桌上叫我看，可真把我吓了一跳。画中的女人站在一棵桐树下面，满面笑容，但荒诞的是，女人长着羊头，头顶还有坚硬无比的犄角。儿子说，这是他的家庭作业，老师今天专门表扬了他，并说下礼拜将会把这幅画贴在教室后面的黑板上，作为优秀作品展示给其他同学看。我夸赞了儿子的想象力，还专门在小区门口的超市里为他买了巧克力。这幅画让我想起了杨梅，我那身份不明的妹妹。但与她相比起来，这幅画就显得失真，重要的是，她极少笑，脸色沉静忧郁，给人一种冷漠的感觉。似乎她的面颊背后笼罩着一层薄薄的阴影，或许是羊的灵魂落在她脸上的投影。

　　儿子还问我世界上真的有长着羊头的人吗。我说有的，很久以前，天地混沌一片，那时女娲尚未捏出人来，常常会有天灾出现，雷电

■ 抒情时代

总会引起森林大火,于是古老的动物——羊,便从森林中逃跑出来,在平原地带生息。大地震来临后,空气成分发生变化,诞生了许多新的生命,一些羊也开始发生变异,又经过几百万年的进化之后,它们就变成了画中的样子:长着人身的羊或长着羊头的人。儿子听后,大为迷惑,他又问我这种长着羊头的人有没有灭绝。我说没有。这种奇怪的动物永远也不会消失,它们可能就藏在某个黑暗的地方,冷冷地盯着我们。本想着只是瞎编故事哄哄儿子,没想到,我的话竟然把儿子给吓哭了。

我以为这件事情就会这样过去了,不想几日后,儿子缠着我,非要让我告诉他羊人的下落。他抱着我的腿,哭哭啼啼,说他已经自制了一把弓箭,现在就要找出羊人的下落,与它大战三百六十个回合。我哭笑不得,只得继续编下去。我告诉他,羊人因为身型过大,所以很少在人间露面,平常它会化作一团灰蒙蒙的气体,躲在一些深邃的地洞里,有可能是老鼠洞,也有可能是蛇洞,这都不能确定,因为羊人脾气怪异,性情暴烈,一旦从地洞中出来,便会大开杀戒,别说自制的弓箭了,就是用那种最先进的坦克,也未必对付得过。

我还告诉儿子,远古时代,我们渭北沟野里,到处都能看到狼的踪迹,它们是这块土地的王者,没有动物不畏惧它们。我们的先人就住在肥沃的平原地带,这样就避开了那些让人战栗的动物。但你想不到的是,就有那么一种动物丝毫不胆怯,它们生活在沟野深处,与狼群共生。它们就是羊人,它们的生命轨迹已经超过数百万年,恶狼见了它们也会俯下高傲的身子,表达对它们的尊重和敬意。它们以食草为生,身材尽管庞大无比,但它们从不猎杀弱小的动物,那是我们渭北沟野地区最和谐友爱的一段历史。现在它们快要销声匿迹了。

但这些羊人,永远也不会灭绝。看见那些躲在黑暗角落里的蝙蝠了吗?看见那些长相诡异的六头鸟了吗?看见那些叫声瘆人的野猫了吗?看见那些脚趾比手掌还大的狗熊了吗?儿子,它们或许就是羊人的化身,它们早已化为这个世界上的一丝气息,到处投胎,有的投胎为人,有的投胎为动物,也有的投胎做了植物。谁能否认它们的存在?历史上,每逢人类遭遇灭顶之灾,那些羊人就会从深林深处,或者从你根本无从知晓的幽暗地方出来,拯救人类,那些被收集在博物馆中的恐龙头骨,也可能并不是恐龙的,而是羊人的骨头。它们是古时候所有动物心中的图腾,更是未来人们心中至高无上的神灵。

羊人是羊也是人,它们集合了羊的高贵与人的智慧,集合了大自然里最完美无缺的力量。你看那羊群从沟里回来的时候,多么像一群秩序井然的孩子。它们在发出叫声的同时,会非常隐蔽地对你露出一副诡异的笑容,那显然是羊人的笑容,羊的身上流着它们祖先的血液,更流着远古时代羊人的血液。羊在叫喊的时候,多么像人在说话,它们聊过往的事,聊辛酸的生活,也说一些遥不可及的故事。只有躲在暗处的羊人才能听懂那些故事,树木花草、飞禽走兽当然难以懂得其中的奥秘了,人类就更别想了,但有一个人,她或许能够明白其中的意思。

你没见过她,但你潜意识里时时刻刻在看着她。你们都在记忆里吃草,并砸碎那些摆在十字路口的大石头。昨天你在超市里买到的布娃娃,就被她在明晃晃的日头里抚摸过,她还唱那些深埋在柏油马路下面的歌曲呢,那可真就有些年代啦。草跟桐树快一样高啦,河流已经泛滥,淹没了大部分的村镇,新盖的建筑物斜插在云层里,低垂着沉重的脑袋,多少人已经死去,多少人又在神秘的夜间诞生。空气是多么稀薄呀,人们在高架桥拐弯的地方,呼吸着焦急的空气。

还有,你知道被妖婆点燃的神灯吗?你听见野人嗷嗷叫的声音了吗?你知道是谁放走了动物园的黑猩猩?你闻过被苹果花抚摸过的空气吗?你在夜间大哭,在白天大笑,在年轻的城市街道上感到分外孤独,在灌满人声的窗口感到无比寂寞,你看见从你头顶越过的刺猬了吗?那些年,鸟雀们纷纷离开我们村镇,所有的人都迷失在漆黑的小巷里,只有你爬上冷清的月亮,守在那里,直守得你两眼昏花,再也看不清面前的世界。于是,你站在街头失声痛哭。

没有人同情你,也没有人愿意将你带回家,给你真心的抚慰。只有野狗愿意对着你叫上两声,然后满脸嫌弃地转过身,消失在幽灵般的夜里。你抬起沉重的脑袋,睁开惺忪的睡眼,你多么想回到你的村镇,现身在那人声鼎沸的集市上,听听人们那充满希望的声音,但现在,你永远也回不去了。月光已经斩断了你面前的道路,武艺高强的士兵已经将你重重包围在密密匝匝的高楼大厦间,你痛苦得咬牙切齿,但他们割断了你的喉咙,你根本喊不出声。

你站起身,试图逃开,但你这才发现,人们早已用铁斧砍了你的脚腕。你感到生不如死啊,你跪在人来人往的广场中央,泪如雨下,你发现人们都睁着血淋淋的眼睛嘲笑你、挖苦你,人们骂你是猪、是马、是鳖、是前世被打入十八层地狱的野鬼。你眼睁睁地看着人们对你吐口水,人们边吐边喊:"命、命、命,人的命,天注定。"然后,你看见天就塌了,天河上裂开一道口子,天水被倒下来,淹了你的高山、你的长河、你童年游戏的地方,还有你的村镇。

我说远了,你可能觉得我是被山鬼上了身,脑袋被驴踢了几脚,但有一天你会理解我的话。在很久很久以前,村镇上到处都是羊,远处的山野上尽是羊群的身影。走在崭新的柏油马路上,你能听到所有的羊都在朝着你叫,它们朝着你发出清脆纯净的声音。你以为你身处幻境,但当你走进村镇的时候,你惊愕地发现,这就是事实。所有的羊都围着你叫,所有的猪都在后院里发出哼哼唧唧的声音,所有的蚂蚱都卧在树杈上唱戏。

儿子,你怎么能用那样的眼神看我?我扯远了吗?那年你在市中心医院出生时,朝着我们村镇的方向哇哇大哭,顺着北方看去,我看见一颗流星从天际划过,落在了遥远的山影里。你知道吗?那是我们的村镇在呼喊着你。于是,我立即给你起了名字——杨小镇。在你哭声的背后,我听见村镇呼喊我们的叫声,听见村镇在给我们讲述着发黄的故事。看见那棵粗壮的梧桐树了吗?那就是我的树权巢穴,那是你爸爸真正的家。可现在,我们为你找不到那样的树权,你也不可能像我一样拥有那样的树权了。你会有你的新家。

儿子,那时候,妖风总会在午后吹来,吹得院落里的竹丛哗啦啦地响,吹得很多星星都挂在了月亮上,吹得野猫卧在墙垣上发出可怕的叫声,吹得你的祖宗在老屋里咿咿呀呀地喊。那时候,日子似乎比现在长。我看着那只蜗牛一点一点地爬上树顶,成群的黑老鸹朝着南方飞去,它们拉下的粪便携带着它们离去的讯息。没有人能看得懂,但你爸爸可以,我能够在所有或悲壮或忧伤的故事里寻找到最后的密码,我把那些秘密用刀子刻在门前的那棵大梧桐树上。总有一天,它们会发芽,会繁衍出更多的秘密,现在它们还在树上吗?

儿子,那时候,人都向南方跑,连鸟都往南方飞呢。北方的原野就变得荒凉起来,村镇就显得冷清起来,就是在那个时候,我也产生了离开村镇的念头。但和其他人不同的是,我是想通过高考离开村镇,我不愿和人们一道坐着大巴或者绿皮火车匆匆离开我们的村镇,也是在那个时候,我希望自己以后当一名作家。但直到今天,我才明白,成为一名伟大的作家,比登天还要难。现在,你爸爸我只能算是一名码字匠人吧,跟木匠、铁匠没什么区别。

儿子,我离开村镇已有十年了,我恍然觉得,这些年,你爸爸就像在做一场梦,直到现在,我还依然匍匐在昏沉沉的睡梦里,没有苏醒。我就像在写一篇没有结局的故事,我写呀写呀,却怎么也写不完。我总会在半夜醒来问自己:我是谁?我在哪?我将去往哪里?儿子,每当这三个问题在脑袋里闪现的时候,我就会感到痛苦,因为我可以毫不夸张地告诉你,现在连我自己也不知道我是谁、我在哪、我将去往哪里。我想哭都没眼泪啊。

儿子,你曾说你在车水马龙的街头听见过羊叫,你还说你在理发的时候听到羊羔在哭泣。你知道吗?那就是羊群在辽阔的大地上寻找你,所有的羊羔都爬上山顶,朝着南方咩咩叫,羊群冲上山岗,消失在茂密的丛林里,它们在四处寻找过往的踪迹。但妖风把什么都吹走了,它们什么都寻不见了,后来连它们自己都迷失在茫茫的山野间。只有在夜间,或者在那些神秘的时刻,我们才会听到几声悲壮的羊叫,才会看到羊群在河流里挣扎着的幻影。

儿子,有太多的故事被妖风带走了,也有太多的消息被吹丢了。我们现在坐在这高高的楼层上,可我们在哪里?我们亏欠过往很多,亏欠妖风太多,若不是妖风将那些密密匝匝的声音刮跑,只怕我们现在就要被它们那沉重的翅膀给压垮,只怕我们在这熟悉而又陌生的城市街头,就要死无葬身之地了。等你回到我们的村镇,你随便搬起一块青砖,都会带出无数的忧伤故事,都会看到无数张沧桑的脸,你曾多么熟悉的脸,可现在,他们显得多么陌生。

儿子，你现在还小，难以理解这些事实。但有一天，当你赤脚踏入藏满豺狼虎豹的森林，越过泥水滔天的大河，骑着野驴经过最北方的村庄时，你就可以看到所有的故事都印在那些颜色乌黑的石头上；那些你过去闻所未闻的传说与神话故事，就被压在那苍老的枯树枝下面；你会看到过往的人朝着你微笑，向你发出几十年前的问候。那个时候，你不要害怕，也不要惊慌，你大胆往前走就是了。你曾经也是那里的人，人们不会赶你走的。

儿子，你就坐在那棵梧桐树下面，听老人给你唱秦腔，他们唱出的戏词里包含着他们想对你说的话，那些话他们本该在未来的某些时刻告知你的，可现在他们等不及了，死亡就在前方朝他们挥手呢。你不要轻易讲话，你一开口，所有的神灵就会生气，因为你的身上携带着外面的杂音，他们平生最痛恨的就是南方的声音和气息。如果你执意要讲你所听来的故事，那你就跑到村口的那口枯井跟前，面朝黑漆漆的枯井讲吧，枯井会吸走并净化你的声音。

儿子，当你踏上返回村镇的路时，你注定会遇到野地里的山鬼，你注定会面临着一场前所未有的考验，你会被去往南方的人们拦截在半路上，他们会想方设法将你带到南方，你会面临被豺狼虎豹生吞的危险，那个时候，我不会去救你，因为我相信你会以自己强人的意志力摧毁所有的阻力。你要知道，这是一条没有办法回头的路，一旦踏出了第一步，就再也不可能回头，就算你在恐怖的雷雨之夜里感到孤独，也不要回头,不要害怕,你是爸爸心中的斗士。

儿子,你肩负着英雄般的使命,你尽管不能将你听来的故事讲给那里的人们听,但你完全可以将它们说给路边的野花听,鸟雀会听的,后院的猪会听的,羊圈里的羊羔会听的,趴在树杈上的蛇也会听的。当你再次回到那里时,你肯定会在夜间被雷雨声惊醒,也会在日光灿灿的街道上,感到无比寂寞。你会情不自禁地爬上树杈,你会同情起路边正在看报的流浪汉,也会为那即将被屠宰的老牛流下晶莹的泪水,你的泪水会打湿镇街上的青砖和人们那早已枯萎的心。

儿子,你睡着了吗?你这个让人又气又爱的小家伙,我小时候才不会睡在沙发上呢!我会爬上我的树杈巢穴,在那用树枝编制而成的温暖的巢穴里,我会伴着早年那些逍遥的梦,呼呼大睡。儿子,你在你的梦境里看见我们的村镇了吗?你看见南下的人们此刻正将脑袋从绿皮火车的窗口里伸出来朝着你致意了吗?你看见那个长着羊头人身的羊人了吗?她正从云层中现身出来,对着远山哭泣呢,你看见她了吗?她正是你还没有见过的姑姑杨梅呀。

15

铁丝网墙外的蝴蝶

二〇〇二年秋季的一个上午,我在古都西安买下了自己的第一套房子,房产证到手后,我约朋友在路边的烧烤摊上喝得酩酊大醉,抬头看时,我觉得斜挂在天边的月亮都在朝我唱歌呢。那是寂寞的情歌。它唱得月影闪烁,附近的城墙都跟着晃呢,连护城河那泛着绿光的水面上都映出我的脸来。

半个月后,我同低我两届的大学同学刘娜在古城饭店里举行了婚礼。来的人很多,有我的同学、同事,有我新结交的朋友,也有我的一些文友。那时候,我在省内已经是小有名气的青年作家了。我在大学期间出版的一部长篇小说,为我带来了好名声。那时候,我坚信自己日后定会成为一名伟大的作家。

和刘娜结婚时,我二十六,她二十四。我们相恋了六年。我总半开玩笑地说:"六年,我们却还没个结果呀。"然后就等呀等呀,等得我爸都在广东失踪了,等得我的脸色都变得焦黄焦黄的了。等呀等呀,直等到我在西安城里拿到了房产证后,我们的爱情才终于开花了。

尽管我爸没来,我奶奶没来,我妹杨梅没来,但我在婚礼现场为他们预留出了位置,并在椅子上写了他们的名字。大家都在朝那个方向看,但没有一个人问我关于他们的消息。刘娜也没问,那天的她,非常漂亮,笑得像个孩子。可我在心里默默地哭,没有人能看见我的眼泪,没有人。

那些椅子就像一堆沉默的炸弹,把我的心炸成了马蜂窝,炸出了无数个窟窿。这些年,我时时刻刻都希望能逃离我们的村镇,希望自己能变出个新的模样,逃离村镇上所有奇奇怪怪的人,包括他们。可到如今,外表光鲜的我,内心无时无刻不被他们死死地拽着,多少回,我想一头撞死在西安城墙上呀。

这些话,我将它们统统埋在心里,连对刘娜都没说过。她倒是问过几次,但她只要一问,我的脸立马就紫了,眼神里喷出能够杀人的光,刘娜就转移话题,什么都不问了。她大概只知道我是从那个村镇上出来的人,关于我的过去,她什么都不知道。后来,她也看淡了,也不愿意知道了。

炸出的天坑,又被西安的妖风给填了。

刘娜笑着说:"我们在西安有了房,户口又迁到了西安,那我们就是西安市民了。你哪怕是从石头缝里出来的孙猴子呢,我也不管,我要是什么都管,多费心劳神呀。你就是从石头缝里出来的孙猴子呢,只不过你姓杨,不姓孙。要姓孙,我还害怕呢。万一你大闹天宫了,我还得找紧箍咒念。"

那些天,西安老下连阴雨,看不见太阳。而走在街头的我,总会被一股神秘的力量吸住,我情不自禁地会走进一些没人的小巷。有时候,我会看见一些怪诞的脸挂在路边的法国梧桐上。低矮的屋顶上,有神秘的女人在跳舞。我看不见她的正面,当我走上前去,试图去看她的脸时,她却朝前一跃,拐入了另外的街道。我跟上前去,发现她正背对着我,坐在大街中央。

■ 抒情时代

我以为自己由于这些年过于疲劳而产生了幻觉,但吃药后,情况并未好转。每当我走上西安的大街小巷,我总感觉有人在跟着我。与之前不同的是,这次是有很多人跟着我,他们有些坐在枝叶繁茂的树杈上盯着我看,有些藏在巨型广告牌后面讲着那些久远的故事,有些躲在地下管道里暗暗啜泣,还有些斜靠在那明亮的玻璃上,神色忧伤,就像成群的黑乌鸦站在那里。

我一边大喘着气,一边冲进旁边的羊肉泡馍馆。坐下后,我长长地吁了一口气,我以为我终于避开了他们,再也不用为这些幻影而担惊受怕了。可当我抬头时,我看见那个残缺的羊头就在案板上,它用那双绝望的眼睛盯着我看,似乎想要吸走我的魂魄呢。紧挨着的羊身上,隐隐闪现出一张残缺的女人的脸。我被吓得嘴唇乌青,面色如土,突然抬手抱住了脑袋。

而就在我闭眼抱着脑袋的当儿,我想起了我妹杨梅,想起了她那张格外忧伤的脸。我松开手,睁眼看着前方,那张脸消失了,唯一能看到的是那张灰暗的没有鼻子只有眼睛的脸,从门缝闪出去了。我急忙推开门跑出去,只见那张脸又斜挂在附近的城墙上,妖风就在一边吹,吹得脸面东倒西歪,吹得嘴巴都差点飞到了眼睛的位置。没错,那就是我妹杨梅。

我踏上公交车,计划在钟楼下车。投币时,我并未注意车上的人。当我刚刚在座位上坐定时,公交车上所有的人转过身来看我,那一瞬间,我脑袋差点爆裂开来。那些人的脸和挂在脸上的笑,仿佛来自我记忆的深处,是那么熟悉。我心惊胆战,既惊喜,又害怕。我朝司机师傅喊:"师傅,停车!我要下车!"司机师傅转过身,露出满嘴的黄牙朝着我笑,他的笑,同其他人的笑一样舒缓。他们不是西安市民,他们都是从我记忆里走出来的人。

他们是谁呀?

他们到底是谁呀?

我想啊想啊,想得雨都住了。

公交车上的人依旧在看着我,对我露出那种鬼魅的笑容。到站后,我急匆匆地下了车,头都不敢回,我害怕再次看到他们的笑。我就像贼一样在大街上乱窜,就像老鼠一样在人缝间乱躲,我希望我能够变成一个隐形人,消失在人群当中,再也没有人能够看见我。但依然有群人在紧紧地跟着我,我能够感受到他们那急促的呼吸,感觉到他们就围在我的四周,死死地盯着我。

我没敢再上公交车。拐过前面的那条街道后,我一路狂奔起来,边跑边喊,似乎只要我一喊叫起来,就再也听不到人们的呼吸声,再也看不清四周的状况。我什么都不想,只顾着跑,像猴子那样跑,像野马那样跑,像猪那样跑。跑着跑着,我就把什么都忘了。可当我刚踏进家门时,那句藏在喉间的话就像火焰一样喷射出来:"我们村镇上的人来了。"

■ 抒情时代

现在的西安城中,到处都是他们的踪迹了。只有我在家里时,他们和他们那瘆人的笑容才不会出现在我的脑海当中。我站在门背后那面镜子跟前,大口大口地喘着气,镜子中的自己,脸色发青,头发乱糟糟的,眼睛里布满血丝,显得分外颓废。我怎么变成这样一副模样?记忆中的我,还是那个常常坐在树杈上的少年呀。想到这些,我便抱着脑袋失声痛哭起来。

六年前,在大学的篮球场上,我第一次见到了刘娜。当时,我正和同学在球场打篮球,某次偶然转身时,突然发现球场外面有个女生在定定地看着我。她长相很普通,中等个儿,留着一头短发,放在以往,我根本不会注意到她的,她长得实在太普通了。她一动不动地站在那如同渔网般的铁丝围墙后,朝这边看。我用余光瞄她,她的的确确是在看我。

那时正值深秋,周边的杨树黄灿灿的,如黄色的火焰在跳跃。那些火苗般的树叶打着旋儿掉落在地,甚是好看。铁丝围墙的背后,同学们行色匆匆,没有人在外面逗留,只有她,像一只在雪地里迷路的鸽子,静静地待在那里。她那深邃的眼睛里就像汪着一潭清水,洁净而忧郁,或许同她的脸相比起来,她的眼睛显得更耐看一些。除此之外,并没有什么特别的。

这是我对她的第一印象。当我再次回头看她时,她早已不见了,铁丝围墙外面,只有那些黄色的杨树叶在空中打着旋儿,就像一群正在跳舞的精灵。我很快就忘记她的身影了,就像昨夜的梦,清晨起来,什么都想不起来了。也没有什么好想的。不过,令我感到不可思议的是,从那以后,她常常会出现在那个地方,一动不动地站在那如同渔网般的铁丝围墙后。

她是谁?她站在那里干什么?她是在看我吗?那些天,我总被同学责骂,大家骂我心不在焉,心思根本就不在篮球上。那些天,每天打球时,我都会朝那个位置看上一两眼,仿佛这是我和她之间的约定。而她,就像远方的大雁,每天都会准时飞到这个地方。我感到开心的同时,也越发感到迷惑。终于有一天,当同学们都散尽的时候,我按捺不住心中的疑惑,朝她走去。

"嗨。"我笑着朝她打招呼。她那泛着忧郁之光的眼睛,一下子就抓住了我的心。那个时候,我觉得她就像我记忆中的某个熟人。她眉毛很粗,眼睛大且水灵,如同两粒葡萄,显然不是戴了美瞳或假睫毛的那种。她脸上浮现着一层厚厚的忧伤,这可能正是她吸引到我的地方。她那张平静而又令人感伤的脸,令我想起了我的童年,想起了常常坐在树杈上的那个我。

她在发呆,并未发现我走了过来。她被我吓了一跳,抬头看了我几眼。她眸子里的忧伤深不见底,就像一条离群的小鱼孤独地游荡在汪洋大海里。有好些年了,我在生活里再未见过这般忧伤的眼睛,她偶然的出现,猛然撕开了我那沉在水底的记忆,势必要激出些浪花出来。"你好。"她淡淡地丢了一句,转身就走开了。她身后,妖风将发黄的杨树叶卷起,像蝴蝶在飞。

看着她渐渐远去的背影,在那一瞬间,我心里突然产生了一个念头——这个女孩必定会和我发生某种关系。当然我那时并不能确定会是恋爱关系,但在那个时候,我似乎在她的背影里看见了那个遥远的我,又好像看见了我妹杨梅那孤单的背影。那天下午的我,仿佛灵魂出窍,逃到一个熟悉而又遥远的地方。我脑袋里甚至还出现了另外一个念头——她也许会同我结婚。

姑娘,今夜我再次想起了你

记忆中是否注定会有一些无法解释的瞬间?是否那些偶然出现的瞬间有朝一日就会变为现实?那个时候,我被那些突如其来的念头给裹挟,而究其原因,就是因为她那双比大海还深沉、比夕阳还忧郁的眼睛。她那双眼睛,让我在夜间失眠,让我患上了严重的抑郁症,我被带到了另外一个世界,我甚至忘记了现在的我。我成了一堆废墟,重新回到了门前梧桐树的树杈上。

我才想起我曾蹚过门前的河水,去拜见过石牛山顶上的神牛;我才想起我曾像流浪的豺狼一样穿过茫茫的原野去往盖着白雪的天山,遥远的神灵用她那温柔的手掌轻轻地抚摸我的额头,用圣水为我祈福,叫我在遥远的将来莫要忘记古时候的英雄;我才想起我曾同狐狸在沟野间狂奔了三天三夜,在狐狸的注视下,我在那块被尘世遗忘的石头上刻下了我的乳名,星光下,它灿灿地发着光;我才想起我曾坐在谷子地头与一群麻雀对话,它们为我讲述了动人的神话故事;我才想起我曾将无数的瓦片丢向武则天陵的方向,乌鸦在天边哭泣,猴子坐在那光滑的无字碑顶上回顾它短暂的一生;我才想起我曾带着村里的少年们站在破败的土墙上,一同朝着潼关的方向杀去,那时候,我们都是英勇无比的士兵,我们个个都是武艺超群的将军,我们的刀剑上沾满了战败者的血;我才想起我曾坐在树杈上看着远方的落日,我日日夜夜都在期盼着自己能够成为人们心目中的英雄,我希望人人都敬畏我、害怕我,哪怕成为被人们臭骂的混世魔王我也愿意。

哦,今夜,我看见了六个月亮,每个月亮都是从我嘴里出来的音符,所有的星星都是我前世的伙伴,他们在这冷清的城市街头,认真听我讲述山野里的故事。那个眼神忧郁的女孩,你是否在城市那巨大的黑暗里,听过我那苍凉的歌声?你是否在那遥远的河流深处,见过一个骑鱼飞翔的英俊少年?

姑娘,那就是我啊。

姑娘,那就是北方村镇里的我啊。

姑娘,那就是你的郎、你北方的哥哥啊。

姑娘,今夜我再次想起了你,想起了关于你的点点滴滴。

姑娘,我就是那时常在原野上奔跑、常对你放声唱情歌的哥哥啊。

那时候,你就像圣女一样躺在枯黄的草丛中,鼻翼上的干草被你呼出的气流给打湿了,你的眼泪就流了下来。那时候,你就是一个眼眸忧伤的姑娘。你常常坐在沟边发愣,你盯住眼前的柿子树看,盯着遥远的水库看,看一会儿,你的眼睛就眨巴一下。有一天,你突然告诉我,你想离开这个地方,去一个很远很远的地方。那里没有别人,也没有蓝天白云。你更喜欢阴天。你喜欢黑云压城时那种让人无法喘息的感觉。你推着身下的轮椅跟着那辆拖拉机逃走了,拖拉机开得并不怎么快,但是你怎么都撵不上。

你跟着拖拉机走啊走啊,穿过了沟坡,走遍了国道,在一块绿得发黑的池塘边,你纵身跳了进去。清凉的潭水很快就淹没了你的身影,隐隐中,你看见了西域那辽阔的戈壁滩,看见了自东土大唐去往西天取经的队伍,驼铃声清脆悦耳。你的眼睛一眨,队伍就变成了银白的房屋。啊,原来此时你早已身处漠河的森林深处。你将披在身上的厚棉袄轻轻脱了下来,然后挂在那棵笔直的白桦树上,那白桦树就立即化作了秀丽的山景,山的顶端,云雾缭绕,宛如仙境,你的脚下,流水潺潺,偶有动物从树林中逃窜而过,你始终没有听到枪声。

姑娘,没错,那躲在树背后的人就是我啊。

姑娘,尽管我早已逃出了家乡的村镇,我原以为我再也不会见到你,再也看不见你那忧伤的眼眸,但现在,就在这浪漫的秋日里,我却再次与你相见。

姑娘,我还能够像夜莺一样为你唱动人的歌曲。我会在漆黑的夜晚为你唱,会在黎明时分为你唱,会在你曾睡过的羊圈里为你唱,会坐在遍地狐狸的沟野里为你唱,哪怕唱得喉咙沙哑,口吐鲜血,我也会为你一直唱下去。

姑娘,人都走了,现在你就站在广场中央放开哭吧,忘掉星星与月亮,把肚子里的苦都哭出来吧。妖风已经在街上刮了,所有的梦都将在寒冷的冬夜里熄灭,但姑娘呀,唯有你那哀怨的哭声将永远回荡在城市的夜空里。

你被妖风带到太阳下落的地方,它们叫你给山鬼唱歌,叫你为十八罗汉跳古时候的舞,它们叫你为所有在寒冬里冻死的乌鸦哭泣,它们叫你抬起那块被风尘掩埋的铜鼎,它们把你推进面前的烈火当中。

我们无数次坐在马路边,消磨时光,那块漆黑的城市角落,正是属于我们的王国。我们向远处的古槐树发号施令,向那寂寞的城墙诉说昨日的故事,路灯是我们的士兵,黑影是我们的将军。我们就像两只快乐的鸟雀。

我这才想起你那忧伤的眼眸,才想起你无数次向月亮深情地表白,才想起那时的我们常常在镇街上喝得烂醉,才想起那时的我们常常在夜晚的街道上四处游荡,才想起那时我已深深地喜欢上了你。姑娘,今夜我独自坐在寂寞的城墙脚下,突然就想起了你那年轻的脸庞。泪水让夜晚变得更加模糊。

你对面前的烈火说,你要去那遥远的南方,寻找所有已经丢失的记忆。但你的话,刚从嘴里出来,就被妖风带走了。它们根本听不见你在说什么,你双手掬着燃尽的黑灰,坐在那块比鸵鸟翅膀还大的青石上默默地哭泣。

没什么好说的

秋天快结束的时候,我同刘娜恋爱了。我们经常在篮球场附近散步,她给我讲了她的童年和青春期的故事,好几次,她甚至都落泪了。她脸上挂着浓厚的哀愁,那些在空中飞舞的杨树叶,就像她身上的羽毛。

她告诉我,二十世纪七十年代,她父亲因为发表了一组写给工人的诗歌而被调入市文联。后来,她父母便离婚了。再后来,她母亲就改嫁到了刘姓家庭,她的名字被改成了刘娜,她本来叫李娜的。她说有时候连她自己也搞不清她叫什么名字。

她回忆以前的时候,我们正坐在台阶上,天上就黑压压飞来一群鸟,卧在了对面的树枝上,它们就像认真的听众。刘娜沉默了很久。那时秋风又起,那群鸟便扑棱棱又飞开了,朝遥远的天际飞去了。

刘娜讲完后,又让我给她讲讲我的童年。我看着她,只是笑。她有些疑惑地看着我,就说:"说呀。"我笑笑,回说:"说什么?"她拍我一下,用责怪的语气讲:"说说你的小时候,你在搞什么鬼呀?"

"没什么好说的。"我说。

"你根本就没有把我当……"她只说了半句。

"真的没有什么好说的。我小时候就是爱坐在树杈上,人们都叫我'树杈先生'。我先在小学念书,后在初中,接着上了高中,然后就到了这里,与你认识啦。真的没有什么好说的啦。"我刚说完,就看到刘娜一脸的不悦。

"你这是在敷衍我。"她丢下这句话,起身就走了。我没有去追她,关于我的童年,我不想多说些什么。或许我和刘娜一样,都有着不幸的童年,是童年的伤痛将我们捆在了一起,但不知为什么,我就是不愿再提这些。

这些年,我就像断了线的风筝,享受着属于一个人的自由。我明白,当初我所有的付出与逃避,都是为了能够让自己断了那根连在我和村镇之间的麻线。我再也不愿去回看过去一眼,我只想远远地离开村镇。

与骡子、张火箭在村镇逛荡的那些年里,也就是村镇的人都搭着绿皮火车或长途大巴南下广东的那几年,我心里产生了远离村镇的愿望。或许是因为自卑,也或许是因为憎恨,但这份憎恨,我从未告诉过任何人。

那时候,我相信人也是有翅膀的,只不过人的翅膀长在梦里,只有在熟睡的时候才会展翅高飞。那时候,我坐在我的树杈巢穴里打盹、做梦,我无时无刻不在想着自己能像鸟雀一样高高地飞上天空。

我永远也不会把这块遮羞布在刘娜面前揭开。令我感到不解的是,之后,刘娜再也没有打听过我的童年,包括村镇。她可能是猜到了什么。

直到我们结婚,她都没有再问过。可能她同我一样,都怕回忆童年的事。大学毕业后,她跟着我离开了大连,来到了古城西安。大连是她的家,她从小在那里长大,但离开时,她显得平静,把过去的旧物都扔掉了。

我们都在寻求一个和过往没有关系的地方,都试图挣脱连接过去的那根又黑又长的绳索。过去是万丈深渊呀,这么多年了,我终于从云雾缭绕的悬崖下方爬了上来,难道我还要再次跳下去吗?不可能的事!

刘娜站在篮球场的铁丝围墙外面,指着里面说:"你看见什么了吗?"

"哪里呀?"

"就是那里。"她再次指过去,她的手指很白,很好看。

"没看见什么呀。"

"那张海报,看见了吗?"

"看见了。"我说。

海报就贴在对面的石墙上,上面印着一位性感女郎,有些地方已经被风吹烂了。我这才发现,她的眼睛和性感女郎的眼睛非常像,如果将她们脸上其他地方遮着,只露出眼睛,或许是没有办法分清的。

"看见什么了?"

"海报呀。"

"还有呢?"

"那双眼睛。"

"眼睛?"

"跟你长得一样,那双眼睛。"

"你想哪里去了呀? 我是说那张海报下面的那只鸟,看见了吗?它在那里好些天了,它可能迷路了,也可能它的家就在那里。"

"你一直在看那只鸟吗?"

"嗯,是呀。"

"你真有意思。"

"我希望我能和它一样,长双翅膀。"

"飞到布达拉宫吗?"我笑了起来。

"飞出大连就行,我从小就生活在这里,我受够了。"

"那你知道吗?"

"知道什么?"

"我曾是多么渴望来到这里,于是我来了。"

"是吗? 我希望离开这里,你却希望来到这里。"

"人就是鸟变的,有些朝南飞,有些往北飞呀。"

城墙上燃烧着红霞

我是多么盼着来一场雨夹雪呀,把人们都吹散在大街小巷里。那时,我常在城墙下面喝啤酒。有时就我自己一个人,有时则有好几个朋友,多是些写小说的家伙。我不大愿意同诗人来往,诗人大多疯癫,性格过于张扬。我那时多少有些抑郁,大家坐在一起开怀畅聊时,我喜欢看远处的天。尤其当西天被红霞盖住时,我总以为是城墙上面燃烧着大火。我很享受那样的时光,往事渐渐涌上心头,红霞在城墙上边燃烧,我仿佛逃离了面前的世界。村镇的人都被拦在了护城河外头,我看不见他们的脸和那悲痛的目光,晚霞越烧越旺了。

每当黄昏将近,电车与麻雀一同闪过,那种哀愁和寂寞的情绪总会占据我的心,让我感到不安。所有的故事都在夜晚的灯光里变得模糊起来,人们行色匆匆,似乎都将奔向黑蓝色的苦海。和有的啤酒主义者一样,那时候的我,总是不开心,心里总压着块石头,我也难以阐述这种复杂的感情,或许是因为我在偌大的广场里丢失了什么,抑或是因为我天性如此吧。我将城墙上闪现的昔日幻想,全部从口袋里拎出来,置放在人来人往的大街上晾晒,没有人注意到我,连我自己也不清楚自己在干什么。我就像条疯狗,整日在街头乱窜。

久了,便感到乏味。电车的门刚打开,我就看到城墙倒塌在摇摇晃晃的日头里,人们并没有受到什么惊吓,仿佛城墙并不存在似的。公交车的喇叭声久久地回荡在城市街头。有个小孩在远处哭,他那暴跳如雷的母亲站在一边,朝远处怒骂。有人将脑袋卸下来,挂在路灯上,路灯就显得更亮堂了,那群麻雀在街道上空飞来飞去,它们可能找不到歇脚的地方。我急匆匆地掏出口袋里的地图,寻找我所居住的那个小区,但找了好久,都没有找见。后面的人一把将我从电车上推下来。我这才发现,城墙并未倒塌,它还在那里。

编辑部里的书稿堆成了山,到处都乱扔着杂志和作者寄来的稿件。其他编辑下班回家后,我就将自己埋在书稿中,狠命地抽烟。没多久,办公室里就烟雾缭绕了。我成了活神仙。但我越想着成仙,就越是痛恨面前的这些稿子,后来我就在编辑部里睡着了。我梦见人们都在街道上跑,跟着前面的人跑,跑得气喘吁吁的,后面跟着很多小孩,孩子们的手里都拽着风筝。人们乱成了一锅粥。街头也乱糟糟的,那个野人般模样的流浪汉躺在地上唱着情歌。

在这种平淡无奇的日子里,没有黑夜深处的那道绿光,更听不见夜莺优雅的歌声。人们躲在各自的巢穴里,消磨属于自己的那点儿欢乐与痛苦,青蛙都死了,火车停在了乡下的柏油马路边。我在啤酒中狂欢,在未来的幻影中无数次掐死自己。人们辱骂我讥笑我,把世上最难听的话都喊出来了,我依然坐在广场的那块石头旁边,无动于衷。我这是怎么了?这就是我曾朝思暮想的日子吗?那我宁愿让记忆之火将我烧成灰烬呀。

十多年前,我骑在我家门前的树杈上,夕阳就在对面那破败的土墙上燃烧起来,几个嘴里叼着旱烟锅的老汉蹲在墙下,回忆过去那些骇人的事件。那时乌鸦还没有飞远,盘旋在屋顶,像在哀悼着什么。夕阳越烧越旺,杨梅赶着羊群从巷道里走来的时候,她和羊群都被夕阳染成了血红色,男孩的哭声从前排的院落里旋起,与狗叫声交融在一起,如同轰隆隆的炮声悬在村庄上空。后来,夕阳熄了,狗也不叫了,男孩也不哭了,村庄再次陷入死寂。

现在,每当我从西安城墙下走过时,我总会想起那时的村庄,总会想起那个站在墙头上的孩子王,他朝着所有站在土墙下面的孩子喊着:"孩儿们,杀出潼关!"那股杀气,燃烧在孩子们的肚子里,在他们的睡梦里涌动呢。那个时候,我也总会想到杨梅赶着羊群从夕阳中走出来的情景,这一切就像是昨日才发生过的。妖风从天边卷起来的时候,天色已暗,杨梅和羊群并没有回家,她赶着羊群朝远方走去,登上云朵,越过天河,渐渐消失在远方的原野里。

村镇的人都在骂我

这些年,我远离了我的村镇,但人们那古铜色的脸时时刻刻浮现在我的面前。我再也没有见过杨梅,她还坐在轮椅上放羊吗?她还像女巫那样坐在沟边自言自语吗?这些年,我内心矛盾重重,我逃离了村镇,远离了所有我曾熟知的人,但在那些最为古怪的时刻,我总会想起他们和他们那沧桑的脸。我知道村镇的人都在骂我,村镇里的鸟雀也在诅咒着我,连那在沟野间吃草的羊羔都在朝着我吐口水呢。人们骂我的心被狗吞了。骂得好啊。

我知道我的父亲也在南方骂我,武则天陵下的石头人也在骂我。每当麻雀站在窗前的枝头上鸣叫的时候,我就知道村镇上的咒骂又开始了。可在这遥远的西安古城中,我唯独没有听到杨梅骂我的声音,她不骂我,我就感到自责,就深深地感到自己是一个罪人。山鬼应该将我推入万丈深渊,让大火将我同那些游荡在乡间的孤魂野鬼一起烧为灰烬。我是多么想回一趟村镇却又不愿回去呀,燃烧的红霞渐渐褪去,杨梅的脸却依旧在城墙上面闪烁。

那时候,杨梅依旧独来独往,整日坐在沟边说些前言不搭后语的话。她就像离群的马,小心翼翼地生活在自己的丛林里。气息阴郁,光芒万丈。我为她身上的这种气息着迷,有时候,我觉得在我的内心深处也住着这样一个沉默寡言、面带悲伤的杨梅,她是另外的一个我。甚至在后来的几年里,我竟偷偷地喜欢上了她,尽管她不是我的亲妹妹,但我依然不敢看她的眼睛,总觉得她那双清澈而又忧伤的眼睛能够看穿我的心。

我将这个秘密偷偷地藏在心底,每当星星在夜空中朝我眨巴眼睛的时候,我就会将秘密告诉那棵大梧桐树和那即将盛开的花朵。但萤火虫总会率先向我投来鄙视的目光,它们怒斥我竟然对自己的妹妹心怀这种歪念头,它们提着黄澄澄的灯笼在空中诅咒着我,连那以往对我格外友好的乌鸦都咒骂起我来了。妖风也向我袭来,我独自躺在树杈上,泪如雨下,也就是在那个时候,我发誓我要逃离面前的这一切,我要逃离村镇和村镇上所有的人。

于是,在每一个干燥而又寂寞的日子里,我坐在树杈上疯了一样念书,我像鸟雀唱歌一样念书,像鱼儿跳舞一样念书,后来的那些年,我脑袋里只有一个坚定的念头,那便是:我要考学,我要逃开村镇,我要去远方念书。我有意避开杨梅,她朝我说话时,我都会强忍着心跳而拧过身子。就这样,我和她越走越远,我躺在我的树杈巢穴里,继续做我的树杈先生,而她则依然每天赶着羊群朝沟里走去,她的话越来越少了。甚至到后来,大半天她也说不了一句话。

她就像变了个人似的。她和石头不说了,和妖风不说了,和羊群不说了,和夕阳不说了,和远方的石牛山不说了,和正在唱情歌的蝈蝈不说了,她把所有到嘴边的话全都咽了回去,咀嚼啊咀嚼,想说的话就全都被妖风吹散在肚子里了,就消散了。她也就变得没话了,跟树桩一样,冷得跟冰一样。再往后,她啥话都没有了,跟我不说了,跟奶奶不说了,跟村镇上所有的人都不说了。她坐在沟边,只是呆呆地望着对面的石牛山,妖风吹来时,她动都不动一下。

人们都说:"羊人哑了。"有时候,我明显看到她的嘴唇在微微动弹,但就是无法知晓她是否在说话,对人们的问话,她只是轻轻地点点头,然后就推着轮椅朝巷道走去了。黑狗在远处狂吠,喜鹊在树顶上筑巢,她连头都不抬一下,她的肚子里仿佛装了太多的故事,可她宁愿成为人们口中的哑巴,也不愿说一句话。她已经是个大姑娘了,两条乌黑粗壮的马尾辫掉在脊背上,就像两条永远也不会交汇的火车轨道,轨道的尽头藏着太多令人心碎的秘密。

村镇上的人越来越少了,年轻人都坐着绿皮火车往南方去了,还没有去的就在家里等待着,就在学校里等待着,机会总会来的,人们似乎都失去了理智,一个劲地朝南方跑,一个劲地向广东拥。晚来常常站在村口那条柏油马路上喊叫着:"都走啊,可别把我丢下,都走啊,可别把我丢下。"一眨眼,骡子去广东都有好几年了。杨梅就是在人们都走得差不多的时候,渐渐不说话了的。她每天都会赶着羊群朝沟里走去,她成了巷道里一道孤寂的风景。

没走的,都变成了村镇里的幽灵。似乎一夜之间,他们都很少再说话了。人们见面,只是点点头,偶尔会回应一声"噢"。人们越来越老,老得连牙齿都落光了。我恨不得立即就长出一双健壮的翅膀,赶紧逃离这个恐怖的地方。但我可不想和人们一样往南方跑,那段时间,我无时无刻不在想着离开这里。尤其当杨梅推着轮椅从我跟前经过时,那个念头就越发变得强烈了。

你们的快乐吓坏我了

我越是想着忘了过去,过去就越频繁地出现在我的面前。尤其是杨梅那张忧伤的脸,时不时就会出现在城市上空的云朵上,无论我藏身于城市的哪个角落里,我都无法逃出她那让人感到痛苦的目光。我曾多次将刘娜误认成了杨梅,在某些地方,她们还真有些相像。我不得不承认那个多年间藏在我心里的想法,那就是我能同刘娜结婚并走到现在,其实与她长得像杨梅不无关系。刘娜现在并不知晓我有杨梅这个妹妹,她更不知晓她与我妹杨梅竟长得有几分相像。

杨梅很少笑,记得小时候,她和我坐在沟边,看着羊群吃草,她禁不住说了一句让我难以忘记的话:"你们的快乐吓坏我了。"说罢,她就又沉默了。她似乎沉浸在羊群的快乐当中,又似乎陷入了一种迷茫的意识里。昨天,当我在广场里碰见那群天天都跳舞的大妈时,杨梅的那句话,突然就闪进了我的脑袋里,一时间,我脑袋里到处都是杨梅的幻影了。我吓得躲在古槐背后,偷偷看着面前跳舞的人群,她们面容狰狞,舞步夸张,叫我倍感恍惚。

甚至在白天,我也做起怪梦来。我被卡车拉到郊区的垃圾管理站,工人师傅将我从车厢抬下来,放在另外一张金属案板上,躺在我前面的是无数的羊羔,它们是被卡车刚刚拉到这里来的,身上还散发着青草的香气。它们仰天咩咩叫,眼睛里充满着恐惧,但传送带还是将它们运到切割机跟前,很快它们就被大卸八块,羊头、羊腿、羊身、羊尾被分开放。我刚冷笑一声,不想传送带也将我运到切割机跟前,我吓得脸色紫青,却见所有的羊头都在朝我笑。

切割机锋利的刀刃就要落在我身上时,一个身穿红色工作服的工人将我硬拽了出来,他对旁边的工人师傅说:"这好像是人,不是羊,弄错啦。"那工人师傅冷冷地说:"哦,那就放了吧。"他们重新把我抬到卡车上,再一次将我扔在公园里。南边宽敞的篮球场上,依然是那些精力旺盛的大爷大妈,他们跳啊跳啊,似乎要把所有高兴的事情都跳给这个世界看。我只得朝相反的方向走去,太阳也消失了,越走我越感到阴森,丛林幽深茂密,里面藏着很多只鸟。

我坐在松树旁的长凳上,发呆、沉默,又昏昏睡去。醒来时,天色已暗,群鸟飞过头顶,发出哗啦啦的响动声。北风吹时,公园就显现出恐怖的面容来。我的身边不知什么时候竟然坐了两个人,他们像鬼魂一样低垂着脑袋,把我吓了个半死。我转过身朝他们吼:"鬼啊你们!不声不响的,可真会吓死人的!"他们并不理我。北风还在吹,背后的松树发出可怕的响声。我重新坐下,看着他们。风停时,他们忽然仰天哈哈大笑起来,笑声惨烈,令人惊悚。

他们肯定无比快乐,不然怎会发出这般吓人的笑声来?可我错了,他们笑了很久后,突然埋头大哭起来,哭得天昏地暗,哭得松树东倒西歪。天色越来越暗,没想到公园深处竟然藏有这样一块地方,悲伤与快乐同在的地方。后来黑得什么都看不见了,他们什么时候消失在夜色中的,我也不知道。我坐到了天明。往后,我就经常到这里来了,我总会见到他们。再到这里时,这里已不仅仅是他们两人了,我发现,这里是一个藏在树丛深处的聚会场所。

很少有人说话,大家只是坐着、发呆、大笑、哭泣。呆够了,笑够了,哭够了,也就走了,回去了。没有人认得他们,没有人知道他们在什么地方工作,或者叫什么名字。似乎在这个公园深处,他们就是一群没名没姓、没爸没妈的人。他们到这里来,仅仅就是做梦,把心掏出来,放在夜色中晾晾,然后又装回肚子里,大摇大摆地朝热闹的街头走去。尽管无法看清他们的面容,但我依然确信,他们大多是我的同龄人。我突然想起远在他乡的骡子来。

于是,那一晚,我不再将自己当成旁观者。和他们一样,天黑时分,我匆匆闪入公园深处的丛林中,跟着他们一起大哭大笑,我躺在地上打滚,边滚边笑,边笑边哭,就像所有的重症病人一样,我也害了某种难以言说的精神病。我抱着松树大声哭,大声笑,其他人也一样,有的坐在长凳上发疯,有的面朝月亮大声叫喊,有的就像石像一样,静静地坐在地上,一动不动,像鬼。这样彻底发疯了一回后,我竟感到久违的舒畅,好几天我都没有再做怪梦。

但天上的云团张开羊嘴笑,放肆地笑,无论我走在车水马龙的街头,还是坐在无人的角落,顺着楼层的间隙,我总能看见无数的羊头挂在天上,朝着我哈哈大笑。甚至那只站在最前头的羊,背后竟然藏着一双结实的翅膀,直到它朝着地面飞来的时候,我才看见那对毛茸茸的白翅膀。可街道上并没有人抬头看,所有的人都视而不见,就像这一切都不存在似的。天上的羊群纷纷跟着飞了下来,如同满天的雪花在飞舞,放眼望去,天上全是羊影。

在那种恍惚的时刻,我无法想起很多关于童年的细节。就像现在,我也无法判定羊人究竟是真实存在的人,还是被我写出来的一个人物。沿着那条宽阔的马路,我是否可以再次抵达童年,重新找到那些被我写丢了的人?他们生活在南方那暖洋洋的梦里,吹着舒适的南风,哼唱着被黄金包裹着的歌曲,他们还愿意沿着原路返回吗?还能找到村镇上的千年老榆吗?那个时候或许连城市上空的羊人都会纷纷赶回村镇去,连晚归的少年都感动哭了。

镇街上飞来一只鹤

连日来我脑袋里总会出现一些奇怪的幻影,尤其一到晚上,那些幻影就如同电影一般,纷纷在脑海里闪现。直接的后果,就是失眠。医生建议我去南山休养些天,换个地方,看看秀丽的风景,总会好点的。刘娜也劝说我,叫我请一段时间的假,去外面散散心,尽快调整过来,否则这样下去,身体迟早得垮掉。但我想,如果我真的去南山,那也就意味着我承认了自己的病症,这样只会加重我的心理负担。我知道我心里最放不下的是什么,没有人理解我的处境。

我决定就在这段时间,写作长篇小说《寻找杨梅》。我要把这部小说当作这些年来自己最重要的作品来写。这么多年了,我再也没有见过杨梅一面,也从未联系过她,她如今过得怎么样?我想这正是结在我心底的疙瘩,只有找到了杨梅,也就是那个坐在轮椅上放羊的羊人,只有走进她现在的生活,才可能真正让我解脱。换句话讲,至少现在,我是不愿面对村镇的,也是不愿回到村镇的,我和村镇之间,已经有了隔阂,那我就只好虚构一个杨梅出来。

还是那个坐在轮椅上的杨梅。

也还是那个眼眸忧伤的羊人。

那段时间村镇的黑夜黑成了漆,落了好些天的雪,沟被白雪罩住,村镇白光腾腾。人们都围坐在家里的火炉边上,只有孩子才跑到外面去耍。寒风若刀子般在刮,刮得原野上一片迷蒙。通往镇街上的公路被雪盖实了,大地亮堂得叫人睁不开眼睛,偶尔能听到狗吠声,也会传来飞机从头顶呼啸而过的响声,孩子们抬起头朝着天上喊:"大炮大炮轰轰,飞机来了嗡嗡。"有个孩子奔跑时跌了一跤,坐在雪地里哇哇大哭起来,别的孩子就朝他扔雪球,有意哈哈大笑起来。

杨梅已经十七,她心里开始冒出各种各样的奇怪的想法,但她什么都不愿意讲给别人听,有时候看着卧在路边的羊羔,她会莫名地笑上很久。她真的成个哑巴了。我父亲已有好多年没回家,村上人都说,我父亲在南方有了人,过上城里人的日子啦,当然不会再回这穷山沟沟了。人们有意把那些刺耳的话说给杨梅听,她肯定听见了,但当人们朝她投来同情的眼光时,她只是朝旁边笑笑,然后就推着轮椅走了。人们的叹息声落了一地,弹出叮叮当当的脆响声。

妖风从对面梁上卷来时,雪就如同刚硬的子弹般飞上天空。奶奶疯癫得更厉害了,她整天躺在那间昏暗的土屋里,咿咿呀呀地叫喊,鬼知道她说些什么呢。她有时能认出杨梅,有时又把杨梅往院门外面撵,边撵边骂:"大佛就要从三佛寺里上来,你这个蟊贼还不快快变回原形?"手里抓起鬃刷就打,还要吐几口唾沫出来。杨梅只好推着轮椅出来,坐在门口,听着呜呜咽咽的风声。奶奶躺在炕上,重新哼唱起遥远的歌曲来,母鸡也跟着在后院里咯咯叫。

有段时间,她心情失落至极,甚至想到自杀。她那时对自杀的唯一认识,就是鼓足勇气,推着轮椅从沟里的悬崖上滚下去。以前就有人这样干过,那是村上的一个中年女人,因为承受不住尿毒症的痛苦,便铆足了劲从悬崖上冲了下去。摔死了,也解脱了。她内心很佩服那个女人的勇气,换作是她,她想她也会这样做的。可好几次,每次当她将轮椅推到悬崖边上时,看着沟里辽阔的原野和远方的飞鸟,她的全身就不自觉地颤抖起来。她实在没有那份勇气。

村人都在骂我父亲和我奶奶,但杨梅并不恨他们,她早已习惯这些事了。没有恨意,也没有任何期待。生活本来的面目,可能就是这个样子吧。她坐在沟边哭了很久,可想起春夏季里那些将要盛开的野花时,她又转变了想法:没错,她不能就这样结束了生命。她不甘心,更放不下。她便又将轮椅推到家门口,靠在那块黑青的石墩跟前,耐心地听着奶奶从窗户里飘出来的梦话。那些话就像袅袅青烟一样,从奶奶的嘴里刚冒出来,就跑到天上去了。

她突然看到一只白鹤站在石墩上,细长的双腿笔直有力,它好像是在看她,又好像是在看着别处。她也不知道这是不是幻觉,哪儿飞来的白鹤呢?她记起小时候常常梦到的一个场景:偏远的北方镇街上,人群如蚂蚁般在跑,天上飞着很多的风筝,她从镇街的北头撵到南头时,那里没有一个人,她看到一群皮影般的狮子在哗哗地闪动着,那血盆大嘴似乎就要吞了整个天空,她吓得扭头就跑,街上的人群却早已消失,镇街中央就站着一只白羽仙鹤。

日头金光灿灿,野风卷起街上的尘土。她拼尽全力跑啊跑啊,睁眼时却发现自己依然坐在身下的轮椅上,两边的铁把手上闪烁着明晃晃的亮光,回身去看,只见那只白羽仙鹤正疾步向她跑来,两边的泡桐树发出哗啦啦的响声,如同鞭炮在响。她吓得吱哇一声,那时她觉得自己如同陷入漆黑的泥沼当中,轮椅如同巨石般挂在脚上。她感到绝望,连两旁的怪声也听不见了,只有尘土依旧在面前飞舞。她以为那只白鹤会要了她的命,她当然也希望如此呢。

可她睁开眼睛时,发现白鹤就站在她的面前,一会儿看看她,一会儿又望向别处。她紧张得要命,生怕白鹤啄瞎了她的眼睛。但白鹤并没有去啄她,还卧在她的脚边。这时她向镇街四周看去,发现人们都将脑袋伸出窗口,朝她这边看着,人们的表情非常难看,眼珠子都快落在街面上。当她轻轻抚摸白鹤的羽毛时,人们全都关上了窗户。她依然能够听见人们的咒骂声和吐口水的声音,有人甚至将石头从窗缝扔了出来。她醒了,原来是场梦。

眼睁睁地看着大雪盖住了整个镇街,野猫躲在温暖的柴堆下面,长长地打着哈欠,狗卧在背篓下面睡了好长时间,老人靠在火炉边想着久远的往事,院落里的竹子被压成了弯弓。村镇上的中青年们尚未从南方赶回来,荒草正藏在大雪下面积攒着力量,开春后它们肯定很快就会罩住整个村落。巷道里一个人都没有,杨梅在村南头的沟边坐了很久很久,她推着轮椅回家的时候,还以为光阴已闪过了几个世纪,老鸹立在桐树顶上一连叫唤了三声。

在大雪之前,杨梅还坐着顺路的拖拉机去了一趟镇街。她在街道边坐了大半天,天快黑时,她才推着轮椅回到家里。她那时候满脑子都是一个奇怪的想法:变成一只真正的羊,而非大家口中的羊人。羊人毕竟还是用人的思维,只有羊才是用羊的思维。她将耳朵贴在地面上,倾听大地的声音,那时沟里的麦苗正绿得发黑,柿子树的树枝就像画家随意画出的凌乱的线条,野鸡藏在厚厚的荒草间,皂角已经从树上落了下来,到处都飘着野鸡那暗淡的羽毛。

年初时，南下的人们纷纷回来了，有坐绿皮火车回来的，有坐长途客车回来的，也有坐飞机回来的。村镇一下子就热闹了起来，到处都是人们那嘈杂的声音了。人们把南方的梦给亲人们讲，给野地里的草木讲，也给天上的星辰讲。他们给还尚未去南方的人说："南方好啊，遍地都是黄金呢，只要你勤快，一年下来腰包肯定鼓鼓的。"直说得那还未去南方的人口水都流在了地面上，人们盼啊盼啊，盼着今年赶紧过去，开年也跟着发了财的人去南方挖黄金。

我父亲没有回来。杨梅将村里从南方回来的人问了个遍，但没有人知道我父亲的下落，大家都说没有在南方见过他。杨梅推着轮椅回家后，背后就有了各种声音。有人说："外面有女人了，谁愿意回来呢？"我是没有见到说这话的人，如果让我碰上他，我一定会撕烂他那长满杂毛的黑嘴。人们把从南方带回来的快乐抛洒在村子里，狗就卧在门口整整咬了一夜，猫也站在墙头上提前叫唤起来。人们和村里所有的动物一同沉浸在获得财富的快乐当中。笑声整整持续了一夜。

一个决定

当人们的笑声如同炮弹一样在镇街上空炸响的时候，沟里的河水便开始倒着往回流淌，鱼从河里跳到荒野里等待春天的到来。后院里的动物们躁动不已，好像就要轰轰烈烈地干上一件大事似的。奶奶从她那漆黑的土屋里走出来，站在旭日下说了句："猫豹子就要从天上下来抓住你们这些不肖子孙了。"说完,又迈着轻盈的步子回到屋里。四处乱飞的灰尘如同无数只孔雀在飞舞,报纸背后的土不时会掉落在地上,老鼠伸出脑袋将掉落的土抱回洞里。

春天真的到来的时候,杨梅却发现了一个天大的秘密:她的肚子已经鼓了起来。她有意穿起宽松的衣服捂住凸出的肚子,然后躲在桐树背后失声痛哭。她很害怕,她从来没有过这样的恐惧。她突然觉得她的面前已经是高高的悬崖了。这究竟是怎么回事?她狠狠地在肚子上砸了几拳头,从未有过的疼痛叫她感到生不如死。她抱着面前的桐树哭啊哭啊,哭得桐树都弯下腰身来给她擦拭眼泪,哭得刚刚飞过去的鸟雀都反身回来听她倾倒肚子里的苦水。

她这才想起了那个黑暗的傍晚,那个被大火烧伤的傍晚,那个像魔鬼一样张牙舞爪的傍晚。她只要一想起来,就会感到害怕,双腿不由自主地打战。她不愿去回想那个被黑云笼罩的时刻,她亲眼看见无数只老鸹从天边飞过,很多星星亮了,又暗了下去,野狗卧在垃圾堆里发出怪异的嗷叫声。她没有想到的是,这样的事情竟然会让她的肚子大起来。头次经历这样的事情,她着实怕得要死,她在桐树背后哭了很久很久,天快亮时,她确信自己是怀上孩子了。

开春后,人们又纷纷坐上绿皮火车、长途客车往南方赶去了,先前没去的人也都怀着发财梦去了,先前去了的尚未发大财的人也去了。没用两周时间,小镇又快要成为一座空镇了。中青年们全都到南方发财去了，镇街上只能看到老人和儿童们。摩托车已经有很多了，到处都能听到摩托车那呜呜的声响了。很少再有人提起郭金龙的那辆摩托车了，也很少再有人想起张火箭的名字来了。很多学生都骑上了摩托车，不仅有镇长的儿子，也有农民的儿子。

杨梅把她的秘密锁在心里，跟谁都没有说，只有沟里的妖风知道，只有那棵她抱着哭泣的桐树知道。她以为只要她把消息压在心里，就不会有人知道了，可肚子一天一天地鼓起来，再过两个月，只怕瞎子都能感觉出点情况。她害怕极了，一个人躲在沟里，坐在羊群中间，默默地哭泣。她将羊羔抱在怀里亲吻，羊羔发出的稚嫩的叫声，让她深深感动。她似乎感受到了做母亲的感觉，如果将肚子里的孩子生下来，应该也会像小羊羔一样可爱吧？

毛毛虫般的恐惧，黑蚂蚁般的恐惧，正一点一点地钻入她身体的角角落落。父亲在南方杳无音信，我躲在外地又不愿回来，奶奶是她现在唯一的亲人。可她并不想把秘密告知奶奶，奶奶老糊涂了，什么都管不上了。有时候她想，奶奶的灵魂早已被山鬼抓到天上去了，只是肉身还在人间挣扎着。还有这群羊，如果她也是一只羊该多好，悄悄地躲在羊圈里，把羊羔生下来。那段时间，她心里着实慌乱得很，脑袋里总会浮现出一些千奇百怪的念头来。

她知道她怀的是谁的孩子，但她依然不敢相信那件事情。是镇长的儿子高飞强奸了她。他那张瘦小的脸，那副瘦弱的身板，她记得一

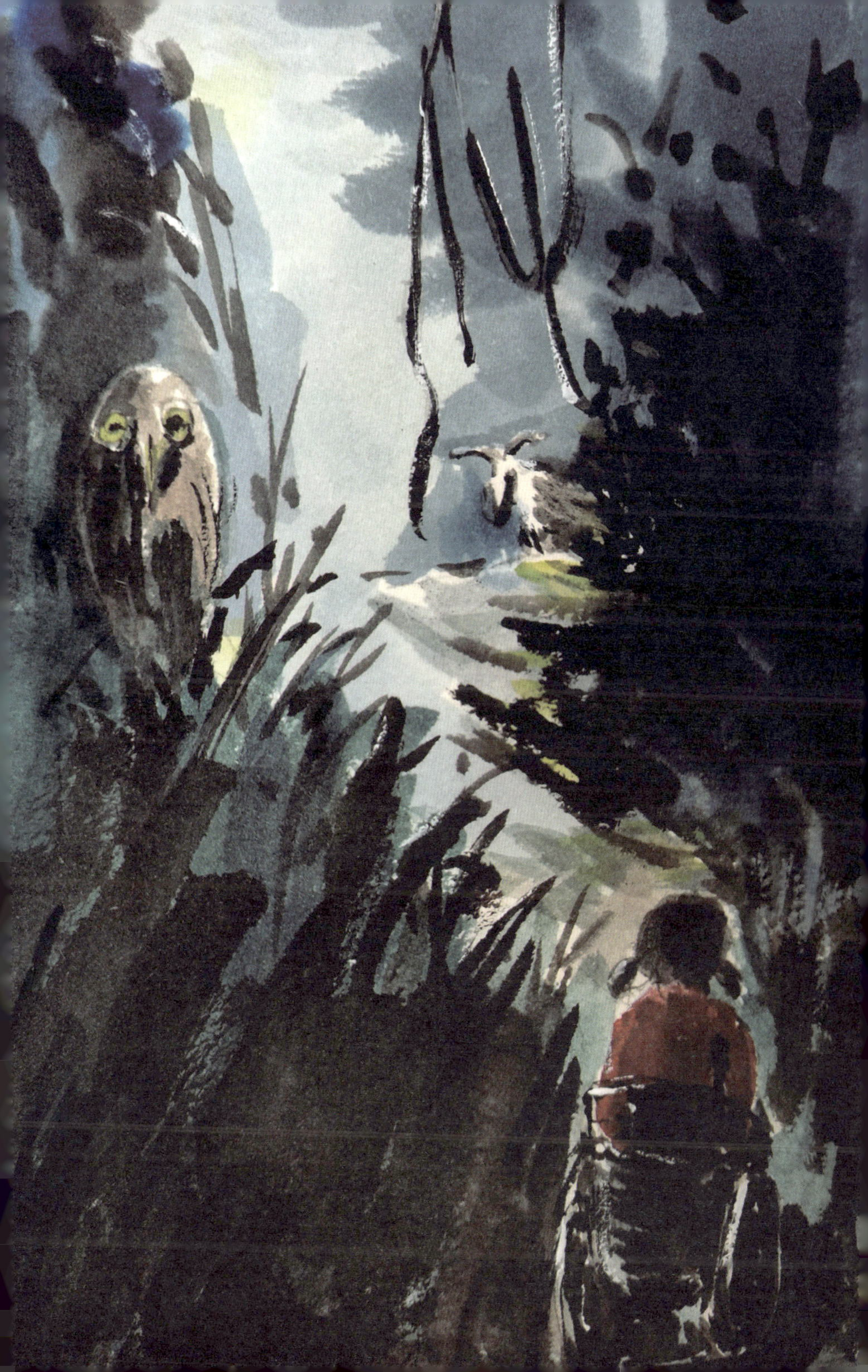

清二楚。那个叫她感到恐惧又撕心裂肺的傍晚,或许会永远如同噩梦般浮现在她的脑海里。在镇街西南角的草丛里,她拼命地喊啊喊啊,喊得泪流满面,喊得声都出不来了。没有一个人来救她。我父亲没有来,我也没有来。杨梅的手指都在地上抓出血来了,她全身如同筛糠,脸上现出惊惧的神情。

　　旁边的崖壁上,一只蝙蝠飞了出来,飞了几圈后,又飞了回去。那个傍晚如同冰窖一样湿冷,荒草从面前一直蔓延到遥远的野地里,灌木丛里躲着很多小动物。她盯着远处的野地看,甚至都忘记了魔鬼样的高飞,那个镇长的儿子,也忘记了他骑着摩托车飞速离去时的背影。她盯着远处的野地看,看那些荒草随风摇曳着,看着野鸡将脖子从草丛间伸出来又缩回去,烟云从天地相接的地方慢腾腾地升起来,她光着半个身子就躺在那满是荒草的野地里。

　　杨梅常常会想起那个时刻,又立即会闭上眼睛,希望这该死的记忆能够赶紧溜过去。她轻轻地抚摸着光滑的肚皮,想象着肚子里的孩子像小羊羔一样卧在里面。借着从对面梁上刮来的妖风,她轻哼起谣子给孩子听,给正在吃草的羊听。小羊羔朝着她咩咩叫的时候,她就感到满心的温暖,也咯咯地笑起来。她一笑,满地的荒草也跟着笑,刚刚从洞穴伸出脑袋的野兔也跟着笑,朝远处望过去,大地都在咯咯地笑呢,笑得满山的树都跟着摇晃起来。

　　当柏油马路两边的柳树抽出嫩绿的枝条时,杨梅的肚子已经藏不住了,不管她是用粗布盖在肚皮上,还是穿起极为宽松的衣服,肚子怎样也是遮掩不住了。村人尤其是那些妇女很快就看出了端倪,各种声音就顺着村巷传了出来。有妇女边嗑瓜子边说:"丢人哪丢人哪,这还未出嫁肚子倒先大了起来。"也有人同情地说:"不到二十的小姑娘,自小没妈,她爸又躲在南方不回来,良心叫狗吃了的她哥也不回来,可怜哪可怜哪。"

村人都斜着眼睛看杨梅。她什么也不说,也不叫,也不喊,也不骂。日头上来了,下去了,她推着轮椅出去了,回来了。她就像村子里的多余人似的,没有人在乎她的死活。奶奶在乎,但奶奶脑袋早已不够用了,一如既往地躺在那破败的土炕上,呻吟着,哼唱着。她早已是天上的人了,只不过现在差了道仪式而已。村人也都知道,我奶奶是在等着死,等着那道仪式,等着天上的人下来接她上去。风也跟着扬啊扬啊,把土扬到天上,又刮落到地上。

闲话开始像荒草一样在村子里疯长,像刚刚消融的雪水一样在巷道里流淌,但事实上没过多久,人们就不关心杨梅究竟怀的谁的孩子这件事情了。那个春天后,更多更有诱惑力的消息不断在村镇里炸响,谁谁谁又发了大财啦,谁谁谁又在南方另找女人啦,谁谁谁又跑到南方去当小姐啦,谁谁谁就要在镇街上开游戏厅啦。消息实在太多了,多得人们都听不过来了。人们左耳朵听着,右耳朵又出着。人们那机敏的耳朵几乎都跟不上消息的传播速度啦。

似乎是睡一觉起来，社会就会变个样子，消息自四面八方源源不断地飞进人们的耳朵里。人们受用着，也唾骂着。也似乎是一觉起来，天地突然就变了，镇街上一下子就繁华热闹了起来。现在镇街上可不仅仅满是摩托车，还开始能见到一些小汽车啦。镇街上也不仅仅开了游戏厅，还开始有了各类服装店、奶粉店、理发店、超市、手机店和网吧。杨梅就在镇街上给自己买了部新的诺基亚手机。黑色的，可以接打电话，也装有几种简单的游戏。这是她的第一部手机。

还没去南方的人们，都沉浸在甜蜜的美梦里，做着闪烁着金子般光亮的发财梦。乡镇上开始号召更多的人去南方打工，在外头挣了钱，发了财，再把财富带回到小镇上，争取早日带着全镇的人民奔上小康路。果真如此，没过多久，第一批在南方发了财的人，响应起乡镇上的号召，开始陆陆续续地从外面赶回来了。有人在镇街上开了手机店，有人在镇街上开了网吧，有人在镇街上开了酒吧，也有人开起了第二家、第三家游戏厅。

没过半个月，镇街上就有了四家网吧、六家游戏厅。骡子就是这个时候从南方回来的。他像变了个人似的，沉稳了许多。镇街最南头的那家网吧就是他开的。很显然，他在外面也挣了大钱，耳朵上镶了两个黄金耳坠，剃了个公鸡头型，左前方的头发染成了黄色。他右边的大拇指上也多了个疤痕，是烟头烫的，没人知道他在广东经历了什么，也没人知道他在外头如何发财的，也没人想知道。人们在乎的只是他在南方究竟有没有发财。

网吧、游戏厅里整日扎满了人,他们似乎在虚拟的游戏当中寻找到了自己未来的出口,通宵达旦地玩,没完没了地玩,玩够了,便骑上摩托车呼啸而去。镇街就是在那段时间变化起来的,那段时间,杨梅把手机里的游戏玩了个遍,坐在轮椅里一点一点地消磨着时光。也是在那段时间,她决定将肚子里的孩子生下来,为做这个决定,她思量了很久很久。

天国婴儿与悬崖下面的石头

羊贩子又来抓走了两只羊,卖了六百元,这些年杨梅和奶奶就是靠卖羊生活过来的。杨梅现在行动不便,平日就坐在院落里听鸟叫,玩玩手机里的游戏,偶尔也会恶作剧一次,随便拨出一个号码给远方的陌生人打电话。听到对方那焦急的询问声时,她一声不吭,当对方骂骂咧咧地将电话挂掉时,她会笑上好久。她觉得这样非常好笑,甚至有时候,她会大半夜拨打一些陌生号码,听着对方那不耐烦的声音,她会不由地咯咯地笑起来。

有一回,她随便拨通了一个号码,是一个女人接的。

杨梅说:"在吗?"

对方回答:"你是谁呀?"

她说:"是我呀。"

对方回答："原来是你这个狐狸精呀,没想到你竟敢把电话打过来啦,你个臭不要脸的,勾引人家的老公。狐狸精！不要脸！"

她吓得赶紧挂了电话,长长地吐了口气。她并不认识那女人,更不认识那女人的男人。看来这个男人是在外头有人啦。她也替那女人感到气愤,愤怒地对着院落里的竹子骂了几句,然后又嘎嘎大笑起来。还有一次,她将电话打过去时,是位老爷爷接的,刚接通,老爷爷便问:"找到我孙子了吗？找到我孙子了吗？"她心惊胆战,连忙回说:"我们还在找,不过你放心,我们一定会找到的。"那老爷爷说:"谢谢你们,你们都是好人。"电话挂后,她哭了好久。

有了手机后,她打过很多很多这样的电话,听到了各种各样的声音,这是她以前从未听到过的。她似乎在这些千奇百怪的声音里,听到了无数个令人感到悲伤的故事。有时候挂断电话后,她会沉默很久,当院落里的麻雀飞走的时候,她会觉得每个人都生活得不容易,原来每个人的身上都有别人难以理解的部分。她也突然发现原来人和人之间是永远无法相互理解的。人人都是苦痛的缔造者,同时也是快乐的消费者。她还会给陌生人打电话,她喜欢这样干。

杨梅经常会想到我,村镇上的人都在骂我良心叫狗吃了的时候,只有她理解并尊重我的选择。她其实给别人打电话的时候,经常会幻想接电话的那个人是我。她没有我的电话号码。似乎从某个时候开始,人与人之间的联系就只能依靠一堆数字了。她常常会望着门口那棵桐树发呆,我就是骑在那棵桐树的树杈上飞到远方的,也是从那棵桐树上消失在村镇的天空里的。她有时候也会觉得,人就是一粒灰,妖风一来,也就给刮得不见了。

父亲被刮走了,我也被刮走了。母亲就更别说了,我记忆里根本就没有母亲这个角色。杨梅并非我的亲妹妹,她也知道。就像小时候那样,她永远坐在轮椅上,而我则常常坐在桐树的树杈上。她盯着沟里的羊群看,而我则盯着树顶的鸟群看。她未来或许会变成一只羊,而我则会变成一只鸟,飞到遥远的地方,再也不回来。如果我在她的身边,我一定会想尽办法叫她打掉孩子的,可惜我不在。我恨自己的懦弱,也瞧不起自己。我会对我的所作所为忏悔。

杨梅被村人送到乡镇医院的时候,天上突然就下起了冷子,黑云压城般的气势吓得孩娃们到处乱跑。地上的叶子被风卷起,然后又被打落在地,和泥水搅浑在了一起。蜘蛛们更是慌了神,战战兢兢的,从网这头跑到那头,又从那头钻进了隐蔽的洞穴里。朝西天望去,暗云滚滚涌动,浩浩荡荡,山立即没了顶,沟不见了影,水倒着往上流,桐树、椿树、槐树、椒树、柿子树混成了一块墨绿色的土疙瘩,溏土浪飞。天地几近挨住。

有孩娃大喊:"天上有个黑窟窿,漏了。"天确实是漏了,电光四射,雨水漫天里洒,蛟龙张牙舞爪般伸出爪子在空中倒腾,不料被一声巨雷劈了半个膀子,然后你就看到天云再次翻涌起来,南边的黑云往北边跑,西边的闷雷在东边发出了巨大的响声,震得地面裂了无数细小的口子。孩娃们没有看见,可蚂蚁见了,黑老鼠、蚯蚓、骡子、铁犁、簸箕、碌碡全都见了。庭院里聚了水,水哗啦啦地淌进了地窖里,鸡便叫了起来,鸡一叫,羊也咩咩叫了起来。

外头雷声滚滚,杨梅躺在医院的病床上放声大叫,她满头汗水,前前后后挣扎了接近一个小时。孩子还是没有保住,难产窒息而死了。她听着外面的雷声,眼泪顺着脸颊滚落下来。她觉得整个世界都塌了,连医生的脸都像山鬼了。屋顶的电灯闪烁着惨白的光亮,半闭着眼睛去看时,犹如人的脑袋在面前晃晃悠悠,在寂静的走廊中,她听到新生儿那响亮的哭声,人们的脸面是如此狰狞,就像山鬼刚刚又从深山老林中跑了出来。山鬼也在哭呢。

杨梅在家里躺了很多天,奶奶将饭端到她的面前时,总会说些奇怪的话:"雨很大的时候,伞也会很大,没有伞的时候,蜗牛会把它的泥鞋给你送过来。该吃还是得吃,吃完了再去躺在温暖的炕上打滚撒欢儿。人活着就是受罪呢,死了也就解脱了,你毕竟还小,还需要时时刻刻把伞撑上呀。"其实杨梅从医院里出来的时候,她就已经不难受了,她只不过感到身体乏力,太累了。她只想睡觉,没黑没明地睡。那孩子本来就不该到这个世上来的,她只是恨她自己。

她看着无数粒灰尘在阳光下飞舞,蜘蛛将网从墙的上头拉到下头来,两只苍蝇被隔在玻璃里面不停地嗡嗡叫,那只橙色的老猫半眯着眼卧在窗台上,院落里静得很。这叫我想起小的时候,那时候杨梅就和我趴在炕上,静静地望着暖阳下面飞舞的尘埃,仿佛时间一下子就跨过去了好些年,又仿佛一下子又倒回到了好多年前。尘埃依旧在飞舞着,小镇却变了样,杨梅长大了,和当初许下的愿望一样,我也像候鸟一样飞到了遥远的地方,再也没有回来。

杨梅再次把轮椅推到镇街上的时候,镇街上依然车水马龙,人来人往,人们的脸上依然挂满笑容。她突然觉得,每个人的痛苦都和镇街上并没有什么关系,无论谁重病卧床,还是谁死了,镇街上的人们永远笑容满面。这样想的时候,她也释然了许多,也更加喜欢到镇街上来了。轮椅就靠在镇街十字旁的那棵槐树上,看着人们那不急不缓的神态和那超脱于尘世的样子,她的脸上也挂起笑容来。也有孩娃会偷偷朝她做鬼脸呢。

她还碰上过骡子。骡子戴着黑墨镜,骑着一款红色的弯梁摩托车,他并没有和她搭话。她听人说,骡子现在不但开着那家名叫红树林的网吧,而且还经营着两辆长途半挂车,都是在更靠北的地方拉煤,一年下来收入可不少呢。她还听说,骡子以后要在镇街上开足疗店呢。她这时候想起了小的时候,骡子和我把她扶上张火箭的摩托车上时的场景,沿着那条长长的下坡路,她张开双臂如同一只即将起飞的大鸟。她却怎么也没有飞出小镇的天空。

忏悔书

我是村镇的罪人,是父亲的罪人,也是杨梅的罪人。我知道村镇早已淡忘了我,可我现在必须向村镇认罪,向父亲和杨梅认罪,向我常常骑在树杈上头的桐树认罪。我小时候总想着像鸟雀一样飞离村镇。我不明白南下的人们为什么还要回来。当我定居在西安城里,再次回望的时候,我才渐渐悟出了一个道理:人是地上长出来的树,无论树叶飘到哪里,它都有着树身的记忆。树就算枯死了,也会化成泥土,滋养出新的小树来。我是被砍伐掉的树木,被运到了远方。

我踩着那块偏远的土地长大,土地的深处依然埋藏着我曾经的身影。野兔在沟里刨开厚厚的树叶时,总会嗅到一股苍老而又苦涩的气味,妖风把那气味给吹散了,气味依然飘荡在村镇跟前的野地里。我的骨血诞自那块土地,我的记忆来自那块土地,我的快乐和痛苦依旧来自那块土地。我因为那块土地而长成了今天的模样。可我一转身,忘记了那块土地的模样,也是一转身,就彻底断了与那块土地的联系。土地并没有怨恨我,也没有责怪我。

我以为我飞得远远的,就不会再感知到那块土地的温度,我也以为我住得高高的,就不会再想起那里的人和事。可我错了,从我定居在西安城的高楼里后,多年下来,楼房并没有真正接受过我,我就像被囚禁在铁笼里的困兽,夜里我只能躺在床上暗暗地低号。我总会想起那块土地来,我总觉得我不属于西安这座城市,也不属于这座高楼。村镇还能容下我的困顿的心灵吗?杨梅还能认下我这个良心叫狗吃了的哥哥吗?我恨自己恨得咬牙切齿呀。

羊群总会浮现在我的脑海里,羊人也是。我喜欢过杨梅,但我知道她是我的妹妹,我从来没有对她说过这些话。甚至正因如此,我才开始躲起她来。我坐在树杈上对着鸟雀说自己的心里话,鸟雀听听也就飞走了,它们什么也听不懂。我就去想杨梅那张白皙而又清秀的脸,想她推着轮椅在夕阳中离去时的背影。那时候我坐在树杈上,将杨梅想象成了天上下来的圣女,我喜欢她那挂在嘴角上的微笑,喜欢她那比泉水还要干净的眼睛,也喜欢她的沉默。

直到今天,我依然将这份喜欢深深地埋在心底。刘娜并不知道我和她结婚是因为我在她身上看到了杨梅的痕迹。我的第一份爱情就是对杨梅的单相思。在杨梅跟前,我从来没有表现出一丝的痕迹。我是她的哥哥,她是我的妹妹。就算不是亲的,我也不敢将那份心思流露在眼睛里。有时候,我会跑到那条通向外面世界的柏油马路上,将摘下的狗尾草扔进她刚刚走过的夕阳中,也会侧耳去听她走过的地方,看能不能听到她给落日里的石牛说过的话。

当人们一窝蜂似的往南方拥的时候,我甚至都想着带上杨梅一起坐绿皮火车南下广东,广东就算黄金遍地,我们也不贪图这些,只希望能够离开村镇。我并不清楚杨梅在想些什么,也不知道她是否想着离开村镇。我看着一地的野花开了,又败了,看着满沟的柿子树枯了,又绿了。我踏上绿皮火车去千里之外求学的时候,没有人送我,我望着窗外那些送行的人,突然想到了杨梅。我猜她现在在沟边坐着,看对面苍茫的山梁。我的眼泪流了很久。

我曾为我来自那块土地而感到羞愧,曾在人们面前刻意去编造我的过去。我根本不配做那块土地的儿子,也不配做杨梅的哥哥。那时候我一方面为自己的谎言而感到扬扬得意,一方面也为自己的谎言而感到害怕。我害怕有一天人们会戳破我的谎言,并且远离我这个恬不知耻的家伙。有时我会无缘无故地为人们眼里的笑而寝食难安,在电闪雷鸣的夜间我会祈求上苍能为我隐瞒我的鬼话。数年下来,我抑郁了。没有人能够理解我骨子里的悲伤。

现在我必须为我的所作所为而忏悔,必须对着星辰来揭开心里的伤疤,否则我可能连活下去的勇气都没有了。我要向杨梅忏悔;要向父亲忏悔;要向那块土地深深地鞠躬忏悔,希望它还能接受我这个不孝的儿子;要向天上的明月和飞禽忏悔,希望它们还能够寻找回我丢失在乡间里的梦;要向满沟的羊群忏悔,希望它们在出神的片刻能够继续守护着杨梅的寂寞;要向一直守在那块土地上的人们忏悔,没有他们的坚守也就不会有村镇的今天。

我原来以为我的飞离将会带给我很多东西,今天我才发现失去的总要比得到的多。我也以为我的逃离会让我成为一个更加诚恳的人,但今日我才发现我的逃离让我变得更加虚伪、自私、冷漠。偌大的西安城里,我再也寻不见一棵能叫我骑坐上去的桐树,我在家里的墙上挂了很多桐树的画,可哪一棵才能真真正正给我提供一个弯弯的树杈?我感到痛苦不堪,我的灵魂被城市死死地压在楼房里面,整日对着窗外那暗淡的日头喘息着、挣扎着。

还能回到村镇上吗?还能像世世代代守在那块土地上的人们一样生活在那里吗?还能再次见到山鬼吗?还能看到夕阳下杨梅那孤独的背影吗?有时候我就趴在窗边静静地看南山,真的不敢相信山的那头还有着一个活泼的世界,我是希望落日能托着我沉入山的那头去呢。土地啊土地,我不知道以后是否还会有人继续守在你的上头,但昨日与你的告别叫我生不如死,叫我人不人鬼不鬼而永生感到羞愧呀。今天我也算是将肚子里的苦水全倒出来了。

希望村镇能够原谅我这个在城市里流浪的不肖子,希望杨梅能够原谅我这个不辞而别的哥哥,希望那块土地能够宽恕我。我每天都会跪在窗口处向上苍和神灵祈祷,我会把我最美好的祝愿送给我的村镇和那里的人们。我和杨梅肯定还会再见的,当然不是现在,现在我根本没有脸回去见她。我把我埋在心里的话讲给天上的星星听,并不祈求它能够听懂什么。有些东西不需要懂,也不需要讲明白。沟里的妖风会明白,沿着沟路往回走的羊群会明白。

天黑以后,猫头鹰就会卧在沟边的柿子树上发出瘆人的叫声,雾气在夜间渐渐散开,那时候会有很多已经死亡的魂灵走入密匝匝的槐树林中,周边的树枝乱蓬蓬地伸向四方,屏住呼吸去听时,就能听见人们的哭泣声。有的人死了好多年了,有些人刚刚死去,有些人死在了外面,灵魂却回到村镇上的墓地了。也有些灵魂还在外面漂泊着,可能永远也不得回来了,也有可能明日就回来了。猫头鹰那忧伤的叫声总会唤醒那些茫然的灵魂。安息吧,我的土地。

也是在夜间的梦里,我看见村镇边上的山梁被水泥厂一点一点吞噬着,原先成片的麦田被石灰厂、炼油厂替代,没有人能够看到村镇的眼泪。村镇的眼泪随着沟里的小溪一同流向远方去了。一些鸟雀也飞离了村镇,但我想,有朝一日它们肯定又会飞回来的。沟里不仅埋藏着古时候的泉水和石头,还埋藏着人们的记忆。只是像我这样的鸟雀重新回到村镇上的时候,那被我筑在树杈上方的巢窝还在吗?只怕早已被狐狸和黄鼠狼给叼走了吧。

现在呀,就让我在城市里向着村镇深深地忏悔吧,就让我在秦腔悲戚的声音里放声哭泣吧,就让我在跳跃的烛光中声嘶力竭地哭喊吧。我的哭声不仅仅是给村镇里的人们听的,更是给埋在地下的人们听的。突然想起一个情景:少年在野地里迷失了回家的路,他跑呀跑呀,却怎么也跑不出脚下的野地。当他蹲坐在地上恸哭时,他才发现自己站在长满荒草的坟头上,他吓得昏了过去。他肯定会醒来,也肯定会寻到回家的路。

抒情时代

逃跑的兔子

杨梅依然独来独往,像洞穴里的野兔那样小心翼翼地生活着。现在她在沟里放羊的时候,就没有过去那样无聊啦,她天天拿着手机玩"贪吃蛇"游戏,在贪吃蛇死亡与复活的过程里消磨着光阴。

手机里还有个软件她从来没有打开过——腾讯QQ,她不清楚那是什么东西,是一款手机游戏呢,还是一个工具?她折腾了大半天才明白这是一款聊天软件,于是她在那个阳光灿烂的午后,坐在青草遍地的塬顶上,给自己注册了一个用户名,并起了个网名——守望的鱼。这是她在草拟的众多网名里选择出来的,除此之外,她还想了夕阳下的石牛、无泪、细嗅蔷薇、温柔的疯子、冷阳阳、屋檐下面的羊人等,想了很久,她决定还是用"守望的鱼"这个网名。

她填写好了自己的基本信息,并选了一个女孩的头像。没过一个钟头,手机里就传来了一个中年男人咳嗽的声音,她打开QQ,发现有人要添加她为好友,对方的网名叫"逃跑的兔子",基本信息里显示是男性。那天下午,有六个人先后加了她的账号,什么"哥的寂寞比河还长"啦,什么"天涯倦客"啦,等等。令她印象最深的是那个名叫"逃跑的兔子"的人,她觉得这个名字很有意思,兔子为什么要逃跑呢?难道兔子犯下什么过错了吗?她为这个网名还笑了几声。

叫"哥的寂寞比河还长"的人很快就发来了消息,手机同时也传来像铃铛在响的提示音。对方发来：你好。杨梅也就跟着回：你好。对方又问：你是哪里人呀？她就跟着答：我是陕西永县的。对方回：噢，多大啦？她答：16了。对方接着回：好的，我是湖北人，多多联系呀。她答：好的。对方就再没回消息。除了"逃跑的兔子"外，其他加她好友的基本都给她发消息打了招呼，她非常期待"逃跑的兔子"能发来消息，但等了很久，对话框依然没有动静。

她很快就感受到了网上聊天所带来的快乐，这是"贪吃蛇"游戏所无法给予的。当她按着发送键将消息发给对方时，渴望对方回复的热烈之情便时时刻刻地涌动着。和她聊天最多的是"哥的寂寞比河还长"这位好友，通过聊天，她不仅知道了对方是湖北孝感人，还知道了他真名叫刘浩，今年19岁，目前在西安打工等信息。"哥的寂寞比河还长"告诉她，他现在跟着他堂哥在西安学习摩托车修理技术，等技术学好了，他就回到老家孝感的那个小镇上开一家专售摩托车的店。

他还告诉她，他堂哥脾气不怎么好，常常对他发火，骂他是个蠢货，好几次他差点用铁扳手砸了堂哥的脑袋。他在西安城里也没有朋友，修摩托车之外就在租住的民房里睡觉。他还说，西安城虽然很大，却大得几乎没有他容身的地方，他现在就想回到他老家的那个小镇上，可他堂哥还要让他再学上三年的手艺。杨梅其实有很多问题想问他，她很想知道关于西安的一些消息，要知道她连县城都没去过几回呢，去的几次还是早年父亲到县医院给她检查腿的情况。

■ 抒情时代

她为发现 QQ 这个聊天软件而感到激动，好几个晚上都没有合上眼睛，她坐在沟边朝半坡上吃草的羊群呐喊，释放内心那些久违的快乐。原来通过这样一个小小的软件，就能了解到外面的情况，就能交到知心的朋友。她虽然没有见过"哥的寂寞比河还长"，但她几乎把心里话都给他说了，只有一点她从未开过口，那就是她的身体状况。有一次，"哥的寂寞比河还长"问她为什么要取"守望的鱼"这个网名，她想了很久，她说她也不知道为什么会取这个名字。

她把同样的问题抛给了他。他说：哥在西安城里修理摩托，又没有什么朋友，哥寂寞呀，哥的寂寞比长江还要长呀。杨梅为他的回答整整笑了一个上午，一想起这句话，她就抱着手机咯咯笑起来。她觉得他是个很有意思的人，她很喜欢这个朋友。她已经拿他当好朋友对待了。他又问她：如果有可能，你愿意来西安找我吗？我们以后可以见面吗？这个问题叫她感到紧张，她不知道该如何回复他。他是她的朋友，她从来没有想着去欺骗他。

那只羊羔跑到她身边咩咩叫了几声，又顺着沟路下到半坡的草滩去了。她想告诉他，她是很愿意去西安找他并和他见面的，但她不想告诉他她的身体情况。就算她想去西安，这双坏腿也限制着她的自由，她恨得咬牙切齿呀，她狠狠地在左腿上砸了几拳头，眼泪扑簌簌地滴落下来。他很快就又发来了信息，是一连串的表情，还补了句：你是不愿和我见面吧？好难过。看到这句信息，她的心都快要碎了，她没有勇气去面对这个问题。她害怕失去。

就在她想着该如何去回答的时候,"逃跑的兔子"给她发来了信息。她查看了一下"逃跑的兔子"的基本信息:男,106岁,现居西安。天哪,他106岁啦。她咯咯笑了两声。他发来的信息是:你好呀,很高兴认识你。她回了句:你好,我也是。你106岁了吗?对方回:哈哈,这个你也信呀?我呀,也就比你大几岁而已,给你当哥还差不多。她回复:你怎么知道你比我大几岁呢?"逃跑的兔子"回复:查看你的基本信息呗。她回:你就相信我的?他答:直觉吧。

"哥的寂寞比河还长"还在追问她:怎么,你对我不放心吗?她打开对话框,回复:我相信你,但是我……他继续追问:你怎么啦?我看你就是对我不放心,害怕我欺负你吧?她回道:才不会呢!我不知道该怎么跟你说,你想听吗?其实也没有什么啦,不过你可不要觉得我欺骗你呀。他说:你说吧,我听着。她抬头看了一眼对岸的山梁,鼓起勇气说:我是个残疾人,坐着轮椅可以到西安来吗?这句话发出去后,她倒觉得轻松了许多,她等着他的回复。

令她感到难过的是,此后,"哥的寂寞比河还长"的对话框就再也没有闪动过。好几次,她是想着发消息过去问问他的,问问他是生病了,还是提前回了湖北老家。但她没有发,她一直在等他的回复。可他就像人间蒸发了一样,永永远远地消失在了她的对话框里。这时候她才想到,原来QQ里的朋友是说消失就消失的,是说不见就不见的。

她其实也想到了，他肯定是嫌她是个残疾人。看着那个不再闪动的对话框，她难过了好长时间。

她好几天都没有登录QQ，似乎是在对抗着什么，但那日当她迎着夕阳走上平坦的柏油马路时，她突然觉得这一切有点荒谬。她觉得，QQ上的好友就像虚拟的朋友，一旦把他们太当回事，那么她必然会承受很大的精神压力。她去了一趟镇街，像吹了一股风，就什么都不见啦。从镇街南头路过时，她看见了骡子开的红树林网吧，那几个字在阳光下格外耀眼，就像是蘸着红色的油漆写上去的。她其实蛮想进去的，看看这个网吧究竟是个什么样子，但她又觉得不好意思，毕竟很多人不喜欢这个地方，都在斥骂这个地方。她这样想的时候，骡子竟已经站在网吧的门口看着她了。他的公鸡头非常扎眼，整个人显得有些猥琐。还是他先开的口："不进来看看吗？"

她没有想到自己会径直将轮椅推到网吧门口，夕阳就像跳跃的火焰在面前晃动着，映得骡子斜眯着眼睛。她跟骡子寒暄了一阵子，其间有好几次她都不知道该说点什么，就那么沉默着，她甚至听到了阳光摔碎在地上的响声，脑子里就像有一台电扇发出嗡嗡的声音。她半眯着眼睛朝门里面看了几眼，但阳光太过刺眼，什么也看不见，一团漆黑。骡子斜靠在贴着白色瓷砖的墙上，右手搓着左手的大拇指，冷不丁的，他突然问："知道你哥的消息吗？"

"不知道，他再没回来过，我也不知道他在哪里。"她冷冷地回了句。

"这狗✕的。"骡子丢下一句话,又沉默了许久。

"进来看看吧。"骡子向她发出邀请。

"我可以进来吗?"

"当然可以。"

骡子又叫了个人,方才将轮椅里的杨梅抬上了台阶。果真如人们所说,网吧里多是些中小学生,他们都沉浸在游戏所带来的快乐当中,不时还会传来叫骂的喊声,烟味很重。骡子为杨梅挪开了电脑跟前的靠椅,又为杨梅打开了一台电脑。那个鬼魅的下午,网络为她打开了一个全新的世界。她在电脑上学会了登录QQ,她还发现,QQ最有意思的地方不仅仅是聊天,还有QQ空间,里面有一个QQ农场,可以"种菜""偷菜",她为自己的发现感到激动。

也是那个下午,她在空间里更新了第一条动态。她写下:我希望我能够重新认识这个世界,我更希望世界能够重新认识我。她还在自己的信息栏中写了一句个性签名:故事很长很让人心酸,没有风也没有酒,我却依然讲得泪眼婆娑,像阁楼里的老猫。这句话是她在网上搜索到的,她很喜欢,就拿来当成了自己的个性签名。除此之外,她在网上下载了几张很喜欢的图片,又上传在了自己的空间里。她还在留言板上写了一句话:重新拥抱这个天真的梦幻。

也许是因为"哥的寂寞比河还长"的缘故,她和"逃跑的兔子"聊天时就很谨慎。她用了很长时间去忘记"哥的寂寞比河还长",她也删除了和他的对话。"逃跑的兔子"似乎也很谨慎,他很少问她什么,只是那样不痛不痒地聊着,你一句我一句地往下接,没有什么激动,也没有什么负担。渐渐地,同"逃跑的兔子"聊天,就成了她生活里的一部分,她每天醒来第一件事情就是打开手机,看看"逃跑的兔子"是否发来了消息,就像期待早晨的第一束阳光一样期待他的消息。

聊了许多天,她也不知道他的真名叫什么,她也懒得去问,也不知道他是哪里的人,现在做着什么工作。他也没有问她这些情况。她觉得这样就挺好的,对对方私密的信息一概不了解,也不需要去了解,两个灵魂仅仅是因为某种情感上的波动而联系在一起。她不会因为好奇他生活里究竟是个什么样的人而受到干扰,他也不会因为她是一个残疾人而断绝和她的联系。他说:我们呀,就像天上的两颗寂寞的星星,相互借着对方的光来温暖自己。

她觉得"逃跑的兔子"和"哥的寂寞比河还长"不一样,"逃跑的兔子"话很少,就像个诗人,她总在脑子里想象出一个面带忧郁的青年男子,总会浮现出他坐在河边抽烟时的幻影,她觉得那个男人就是"逃跑的兔子"。她甚至想,他起"逃跑的兔子"这样的网名也是在表明自己想逃脱现实的想法,但她没敢问他。和"哥的寂寞比河还长"不同,有时候她跟"逃跑的兔子"随便扯上那么几句,都会感到满足,她有时候觉得他好像和她的处境非常相似,她和他就像拥有着同样的一个灵魂。

杨梅把很多沟里的见闻都讲给"逃跑的兔子"听,他非常喜欢听这些东西,他还说他的老家非常偏远,荒凉得很,他有好些年没有回过老家了,所以杨梅的诉说,让他觉得似乎重回了一趟家。杨梅把她的羊群介绍给了他,她还说,她和羊有着同样的一颗心,小时候村上人总叫她羊呢,不过现在没人叫了,不叫了反而好像跟羊疏远了,那时候她可常常在羊圈里睡觉呢。她几乎没有什么交心的朋友,羊算是吧,可是羊后来不是被卖了,就是被杀了。

"逃跑的兔子"告诉她,他尽管现在生活在城市里,但一点也不感到快乐,他现在不是为自己而活着,而是为自己的家庭而活着,他更希望生活在乡间。他还给她讲了自己很多小时候的故事。他也有着不快乐的童年,但现在当他回忆童年的时候,他发现童年的那些不快乐,竟然成了今天所有快乐的源泉,他感到不可思议得很。小时候他和伙伴们玩捉迷藏的时候,总要去寻找那块无法被别人发现的地方,现在才觉得这个地方只在自己的心中。

杨梅和"逃跑的兔子"还聊过通宵。当聊天越来越深入的时候,她决定将她的身体状况告知他。她不想欺骗他。她害怕得到与"哥的寂寞比河还长"聊天那样的结局。但她还是鼓起勇气跟他说了:我是小儿麻痹症患者,我想我必须告诉你,你是我的朋友,我不想骗你。她将这句话发送过去后,对话框安静了很久,长时间没有传来消息的叮咚声,她有些担心。就在她几乎感到绝望的时候,他突然发来了信息:我是你的朋友,你更是我的朋友,我不在乎你说的这些。

她哭了很久。泪眼中,她看到羊群正在天空里奔跑,它们的牙齿上长满了绿色的水草,蹄子毛茸茸的并挂满了珍珠。她以前经常想:世界这般辽阔,人们真正能够彼此理解吗?抛开人情世故,人们的心灵真的能够在一块碰撞吗?在村镇里生活的这些年,她从来没有遇上一个能够走进自己内心的人,小时候她以为我会是那样的人,但后来我毕竟也像鸟雀一样飞离了。"逃跑的兔子"会是那样的人吗?她看着他发来的那句话,就像触碰到了初春时的阳光。

郊区边上的大嘴

当我在城市边缘地带行走的时候,我总能听见鱼儿在河流里翻腾的声响,各种昆虫藏在荒草滩上齐声鸣奏起悲戚的歌曲来。但是这些轻盈的歌声都被远处轰隆隆的剧烈响动所淹没,脚下是塔吊细长的黑影。踏着黑影往前走,就能感受到城市正在暗暗向四周涌动着,如同可怕的海浪一样在吞噬着沙滩。鼓声从大地深处源源不断地传来,士兵的号叫声、战马铁蹄的嘚嘚声、神兽在天庭里的助威声,拧成一股可怕的风暴向前迈进,震得河流都在前头转了弯。

荒草被机器的吼叫声所征服,土地被建筑工人那孤独的声音所征服,河流被水泥砌成的河床所征服,齐齐整整的麦田被高速公路所征服,鸟雀被海报所征服。朝河流消失的地方望去,能亲眼见到海市蜃楼正在被恢复成现实,寒鸦集体朝更北的地方飞去,塔吊上面发出的声响,笼罩了整个城市的边缘。城市似乎正在通过超声波来传递着自己的饥饿感,它巨大的胃正在发出咕咕的叫声,嘴巴吞噬青色的石头,吞噬寒冷和古老的神话,也吞噬土地最初的面孔。

　　河滩的东侧是一块篮球场,一些建筑已经显出巍峨的身段来,藏匿在水泥砖里的消息已经在河滩上所有的植物中传遍了。风从河岸上卷起来的时候,草木就朝高耸的半身楼房高呼起万岁,它们早已归顺城市,期待着未来的和平解放。它们都很清楚,高楼总会像野草一样漫山遍野地疯长,总会踏破所有反抗的门槛。连禾苗里的蚂蚱都知道建筑时代正在来临,它们鬼精得很,早都连同那些无家可归的动物藏到南山茂密的丛林里去啦。

　　我斜靠在柳树旁的电线杆上,蚂蚁正成群结队地向南山的方向挺进,高楼的黑影从北面斜压过来,野鸡从身边惊叫一声,遥遥飞去。看来这块麦田也是守不住啦,身穿蓝色布衫的大爷坐在地头发呆,他可能也在思量着未来的变化,但从他的笑容中可以看出,他还是相信这块麦田是能保得住的。快到正午的时候,他用搭在脖子上的毛巾擦擦汗,然后若无其事地顺着小路回去了,高楼就在他的身后高声号叫着,但他好像什么都没有听见,继续往前走。

　　空气脏兮兮的,风筝飞得很高,附近的村庄就像挂在天上的星星,摇摇晃晃,随时都有掉下来的可能。莫要再哭泣啦,也莫要向南山吐

■ 抒情时代

露自己郁闷的心情啦,什么用都不管的,蜘蛛迟早要用网来罩住这里的,低声啜泣只会让空中的水泥看不起你们。也莫要怨恨谁,整个世界都在干同样的一件事情,从另外的角度去看,你们要从地面走到天上去,到时候伸手就能够着月亮和星星,随便打声喷嚏都能吓走云团,使者从天上来接你们啦。

在傍晚的蓝色幕布下,我经常往荒无人烟的郊区跑,尤其是在那些茂密的灌木丛里,总会碰上松鼠和野鸡,躲在树枝下方的幽深处,感觉地面上丢满了各种各样的故事,有些好像是很久很久以前写的,而有些好像是新近才写下的。轰隆隆的声音依然在向四面八方涌动着,若干年后,这里肯定会被城市的大嘴连皮带核一同咽下,什么都不会吐出来的,到了那个时候,这些乱丢在地面上的故事还会被野风捡拾起来吗?或许就像什么都没有发生过一样?

在史学家那里也不会找到答案,他们没有工夫也没有精力去写这么渺小的东西,和所有人的看法都一致,他们也认为这是大势所趋,毫无回旋的余地。我想起小时候那些纷纷南下的村人,那些站在塔吊上头或者吊在半空中的人是他们吗?他们是不是替城市刷好了牙齿,然后帮助城市张开血红的大嘴,用闪电般的速度吞吃着他人的故乡和那些尚未命名的荒草地?说不定哪天也会吞吃了我们的村镇。像大鱼吞了小鱼、小鱼吞了虾米那样。

当我从郊区的坟场绕过时,抬头就能看见城市那血淋淋的大嘴,还有那比珍珠还要晶莹的牙齿,比较起来,郊区的野地、麦田、河床就显得极为呆笨。看来那天迟早都要来的,它们都要被那血淋淋的大嘴吞了的。看来它们也都明白是怎么回事了,也都在静静地等着,等着被那大嘴连皮带核给吞吃下去的那一天。那棵千年老豹榆树在等着,刚刚播种回来的老头儿在等着,麻雀在等着,野鸡在等着,那堆被人盗了的古墓在等着,猫在等着,满是荒草的矮山丘在等着。

那条河的确是倒着自东向西流去,清晨来临时,站在河流拐弯的地方,拎起身后的寂静,连星辰都是透明的。那股如虎狼一样凶残的力量就蕴藏在辽阔的寂静中,浮动着,也酝酿着。当绿皮火车从河流上方的铁桥上驶过时,那些靠在窗口的疲惫的脸,叫我想起早年村镇里向南方拥去的人们。那就是同样的脸,光阴并没有风干了什么。我也看到远处的高楼上面,逐渐浮现出一张张清晰的脸来,他们朝着我和河流哈哈大笑着,笑得高楼都跟着摇晃起来。

笑声中,河流两岸的工厂都清晰可见,高高的烟囱正向天空喷射出惨白的烟雾,工人们在机器轰隆隆的响声里铆足了干劲,为了明日美好的幸福生活,万物都保持着良好的秩序。一些鱼儿却逆流往上游游去了,尽管它们知道上游的水流过于湍急,并不适合生活。一些蝴蝶飞进南山了,毕竟这里的空气不再令它们那么好受。一些鸟雀往西边的村镇飞去了,毕竟这里听不见鱼儿的歌声。只有野草疯了般在河滩上蔓延开来,它们简直是想占领整个河床。

我把林丛间的槐花抛撒在郊区的公路上,让槐花的清香去洗涤郊区已经肮脏不堪的胃,香气在郊区的血管里汩汩流淌的时候,郊区才可能恢复以往的天真。现在要把山里的槐树林移到这里已经来不及了,工厂已经在相继建设,高楼就要从城市里压到这里来,所有的田野都无法幸免了,野兔还可以逃到山里,但土地是躲不过这一遭了。人们是要把故乡搬到城市里,又从城市里迁移到郊区里的高楼上。人们的登天梦就要实现了,都要爬到天上去啦。

有几位在美术学院学习绘画的大学生,正坐在郊区边的土坎上,画着面前所看到的景象。时不时他们那里就会传来一阵笑声。我走上前去,看见他们把工厂、远处的楼房、河流、麦田和逃跑的兔子都画在画里了。若干年后,当城市真正征服了这块郊区的土地时,大地上不再长满荒草,不再堆满城市的建筑垃圾和生活垃圾,而是站满了高耸入云的楼房,四周车水马龙,有电影院、大型超市、美容院等,那时候,他们还会相信曾经的现实和那些画作吗?

卡车一辆接一辆往郊区涌来,把城市消化后的垃圾倾倒在郊区的野地里,卡车咆哮而去的时候,向四周蔓延开的灰尘几乎要遮蔽太阳。古城的钟声再次响起,像鞭炮般在雾蒙蒙的城市上空接连炸响,响声越密集,人们的快乐就会越多。就这样,郊区被城市虎视眈眈地盯着,在寒冷的雨夜里瑟瑟发抖,在等待着被吞吃掉的命运。郊区在哭泣着,哭声却被淹没在城市的笑声中,只有大地和河流听到了郊区的哭声,悲戚戚的哭声。

如果我现在将这些变化讲给杨梅听,她肯定是没有办法相信的,可事实上这种吞噬已经在轰轰烈烈地铺开了,郊区的村镇和农田迟早都要被城市吞吃掉。会有新的郊区出来,也会继续被吞吃掉。城市的胃口是深不见底的黑洞,就像树叶上的青虫,啃呀啃呀,啃完了这片树叶再去啃新的树叶。青虫就算死了,也会有新的幼虫出来继续啃,没完没了地啃,啃得树叶落完了,还要藏在枯叶下面,等来年的绿叶抽上来时,再接着啃呀啃呀。

我想起了村镇上那些年迈的老人,小时候总觉得他们像活佛一样坐在门口,一整天都不说一句话,嘴唇微微动弹着,看着四处撒欢的少年,他们只是笑笑。他们才不担心什么城市的大嘴呢。

面具脸

杨梅觉得,"逃跑的兔子"是个很靠谱的人,他似乎随时都在线,只要她发过去消息,没有多久,他都会及时回复。现实生活中他会是一个什么样的人呢?富家公子?打工青年?有时候她自己会虚构一张脸出来,自己在脑海里画上他的眼睛、鼻子、耳朵等,也会想象他有着金属般悦耳的声音;有时候她也会虚构出一张滑稽的脸,额头、嘴角、鼻子和耳垂上都长着大大的痦子,阴沉的脸面上挂着许多愁云。这样想的时候,她就会咯咯笑出声来。

她觉得"逃跑的兔子"懂得太多了,什么都了解,总会蹦出一些奇妙的想法来,他也给她讲了很多她从未听闻过的东西。比如宇宙的边缘和黑洞,还有那些她经常见到的星星,他给她一一介绍了名字。如果"逃跑的兔子"现在将他的真实姓名告诉给她,她可能会不相信的,她现在已经习惯了这个网名,有时候她会觉得,他就像在她生命深处住着的那个人,都希望能够从现实生活中挣脱开去,变成宇宙里的一颗星星。那样的话,她和他都会在永恒的寂寞里获得永恒的快乐。

她和"逃跑的兔子"约定礼拜五下午视频,他央求了她很长的时间。她很害怕,轮椅和双腿永远是她的噩梦。她不想让"逃跑的兔子"看见她坐在轮椅上,可"逃跑的兔子"说他什么都不在乎,他只是想看看她。她也不想让他不开心。她发现自己已经暗暗地喜欢上了"逃跑的兔子",尽管她还从未见过他,甚至连他叫什么都不知道,但这么长时间的聊天,让她觉得,"逃跑的兔子"就是她欣赏的那种人。

她喜欢和他聊一些虚无缥缈的东西。从小到大,她从来没有跟别人聊过这么多的东西,和她聊天最多的可能是那些小羊羔,她和它们说说话,讲讲故事,它们就朝着她咩咩叫,仿佛什么都听明白了。答应与"逃跑的兔子"视频后,她心里就慌乱起来。她盯着沟里吃草的羊看了很久很久,她觉得自己现在就像那只站在危崖上吃草的羊,既想着够到那些鲜美的酸枣树叶,又担心从危崖上滚落下去。

周三的那场大雨过后,她将轮椅推到村东南角的涝池边上,有好些妇女在水边洗衣服,她们声音高亢,说说笑笑,溅起的水滴在阳光下呈现出好多种色彩,有个少年提着自制的鱼竿坐在水边钓鱼,斜着望去,他的鱼竿就像戳在了太阳里。她沿着那条弯路来到高台上头的桐树边上,风将她的脸庞吹进了水里,摇摇晃晃的,那时候她以为自己就是从水里游出来的鱼。望着深绿色的水面,她在黏稠的梦里探看着未来的影子,自己还编了两根辫子。

那些声音洪亮的洗衣妇女离开后,她还在桐树边上坐着,风越来越大,树顶的鸟也飞走了,树叶间发出哗啦啦的响动。她转身往西边看时,热风正在往高处升腾,她看见好多人从热风里跑了出来,沟边的土也被扬起来,声音像鬼在叫。她揉揉眼,却见一个人影钻进了涝池里。转眼看过时,那钓鱼的少年刚刚提起手里的鱼竿,鱼钩上挂着的不是滑溜溜的鲫鱼,竟是前任镇长儿子高飞那张白皙的脸,他对着杨梅笑,笑得绿水都皱了起来,四周的蜻蜓都吓跑了。

杨梅脸色惨白,后背上冒出了冷汗,她的双手死死地抓着轮椅两边的把手。那张被挂在鱼钩上的脸还在对着她笑,她到死都没有办法忘记那张脸的。那张脸叫她想起小时候见到的山鬼,那时候山鬼似乎无处不在,有时藏在天上的白云里,有时候就在林丛间的树叶下面。

少年将鱼钩抓在手里,将小鱼放进了身旁的透明袋子里。原来是条小鱼,虚惊一场呀。她擦擦额头上的汗,慌乱中又整理了自己的辫子,她在水里似乎都能看见自己的倒影来。绿油油的影子,像一条水怪。再次想起周五要和"逃跑的兔子"视频时,心里就有些后怕。她想起"逃跑的兔子"说过的一句话:"所有人都是毛茸茸的,包括我们自己;所有的距离也都是毛茸茸的,包括我们之间的距离。"当她望着水中的倒影时,她感到连自己的脸都是毛茸茸的。

困在袋子里的小鱼差点跳了出来,那张满是血污的脸直愣愣地面对她,要不是野草和日头的约束,那张脸早已跳了出来。她的心紧紧地揪成一团,似乎只要一放松,就会被抓到水下去。一地的野草都被震得摇曳起来。她就像被抓到了天涯海角,人人都在审判她的肉身和灵魂。她怕得要死,脸上浮现出一种惊惧的神情,嘴唇也跟着抖动起来,她后悔答应了"逃跑的兔子"。

这时,只见少年坐起身来,收了鱼竿,然后提着袋子顺着大路走去了。那张脸却还在袋子里挣扎着。少年越走越远,那张脸也越来越远,咆哮的声音也渐渐止息了。树枝依然在风中摇摆着,远处的土依旧被扬上半空,太阳四周像蒙着一层暗黄色的面纱,阳光里满是灰尘,蜻蜓再次飞回到水面上。她的脸色渐渐恢复过来,刚才所经历的如同一场久远的梦。她俯下身子,折断了几根狗尾巴草,然后别在自己的辫子上,还对着水面咯咯笑了几声。

她推着轮椅往回走的时候,神色安宁,仿佛什么都没有发生过。在那条弯路上,她碰见张火箭正领着儿子迎面走来。张火箭面容憔悴,胡须浓密,头发乱糟糟的,他儿子眼睛很大,走起路来蹦蹦跳跳的。

张火箭不时要训斥他几声,他便又回到张火箭的手掌下面,他的手掌一直捂在他儿子的后脑勺上。他儿子盯着杨梅看,眼睛深邃得如同一潭清水。她并没有和张火箭打招呼,这些年,张火箭过得并不怎么好,他很少出门,话也少,年纪轻轻的,头发倒白了很多。

六年前,和张火箭认识的那个姑娘意外怀孕,那时候,他们还不是男女朋友关系。夏天最热的时候,姑娘的肚子就藏不住了,张火箭便匆匆地和她举行了婚礼。婚后一个多月,她就生了个男孩,婚后三个月,他们又匆匆地离了婚。没有人知道他们离婚的真实原因。村上的老人只是在叹息,叹息声都快要压塌张火箭家的屋顶。但离了就是离了,张火箭带着儿子一起过,她则南下去了广东,再也没有回来过。这六年间,关于张火箭的各种传闻从来没有断过。

杨梅推着轮椅从张火箭和他儿子身边经过后,仍回头看了几眼,她心里不由得咯噔了一下,不到三十岁的张火箭显得那么苍老,半驼着背,身影里镶满巨大的孤独。张火箭儿子突然转过身看她,还吐了一下舌头。但张火箭的大手从天而降,一把搂回了他儿子小小的脑袋。两人继续往前走,张火箭并没有回头。也是在那个时候,杨梅再次想起小时候她坐在张火箭摩托车上的情景,想起张火箭那个时候灿烂的笑容和他脸上的那份神气。

连续两晚她都没有睡踏实,各种怪梦不断地浮现在脑海里,醒来时面前又会浮现出张火箭和他儿子的背影。还有"逃跑的兔子",她非常激动,也非常害怕,那种复杂的感情只有她自己能理解,她害怕周五下午的视频会成为她和他之间的最后一次见面。她想象出各种各样的脸来,但没有一张脸能够和她心目中的"逃跑的兔子"对应起来。

周五那天,杨梅一大早就起来编好了辫子,吃过饭后,她在村南头的麦场里坐了很久。那里有棵矮梨树,梨花开得正艳,四周蜂蝶围绕,梨花的香气令她眩晕,但并不生厌。几个小孩在村子的巷道里比赛滚铁环,铁钩和铁环摩擦的声音清脆响亮,几个老人则靠在附近的麦草垛上晒太阳,嘴里还嚌着旱烟锅。她摘下了几朵梨花放在手心里,又挨近了闻梨花的清香,那时候她希望自己就是那朵梨花,悬在细细的枝头上,感受这个季节里最温柔的阳光。

直到影子斜斜地拉在地面上的时候,她才推着轮椅去了镇街上。镇街西头的空场上搭着十多米高的布帐篷,有人正坐在外面拿着大喇叭高声播报着帐篷里面的情况。原来是杂技表演。很多男人纷纷走了进去,女人和孩子很少。她一想就明白里面是怎么一回事儿,便又推起轮椅朝红树林网吧赶去了。骡子正坐在里面抽烟,见杨梅过来,他连忙叫人出来将杨梅和轮椅一同抬了进去,网吧里人声鼎沸,也早已满员,但骡子还是为杨梅找了台电脑。

和往常一样,登录上 QQ 后,先打点农场,偷别家的菜,再更新更新空间的说说动态,然后就是等待,等着"逃跑的兔子"上线。她那会儿很紧张,总要转过身朝四周望望,心里好像有鬼似的。她明白,和一个陌生男人在网络上视频,一旦被村人知道,就又要传得沸沸扬扬了。当她确定这里除了骡子外并没有村上的人时,心里才长长地舒了口气。对骡子,她是放心的。他不是那种长舌的人。等到"逃跑的兔子"发来"在吗"时,她心里瞬间就被一种巨大的兴奋裹挟起来。

"在。"

"是在镇上的网吧里吗?"

"是的,你呢?"

"我也是在网吧里。"

"噢。"

"怎么,不高兴?"

"没有的事儿。"

"方便视频吗?"他问道。

"方便。"说完这句话,杨梅的心脏几乎都要跳了出来,但她依然表现得非常镇定。就像有天大的好消息突然落在了身上的那种感觉,她的双手抖了起来。她不知所措,就那样坐着,呆呆地等着。骡子抽烟的同时,也斜着眼睛偷偷往她这边瞟了一眼,他只是觉得杨梅怪怪的。这时,网吧外头传来刺耳的声音,很多人都将脑袋拧出去探看,骡子也走到门口去看。是一对夫妻在街上吵架,女人骂的话不堪入耳,男人骂了几句,便朝前头走了。

她和"逃跑的兔子"接通了视频。在那个瞬间,她感觉自己就如同跳到了悬崖下面,层层的迷雾将自己包围着,四周什么都看不见,却能听见自己心脏狂跳的声音。整个山谷都在回响。令她万万没有想到的是,"逃跑的兔子"竟然戴着一个孙悟空造型的面具。他就那样静静地看着她,她也不清楚面具下面的他是什么表情,说实话,她有些失望,她可没有预料到这样的状况,甚至有种被欺骗的感觉。但她还是那样静静地坐着。可紧接着,她就听到了他哭泣的声音。

他的双手捂着面具,暗暗啜泣着,全身都跟着抖动起来。她很诧异,不知道是因为什么。她无法看见他真实的表情,更无从知晓他为什么会抱头痛哭。她愣愣地坐着,不知道该说点什么。他为什么会戴面具呢?难道他的脸上有什么伤疤吗?她的脑袋里闪过了好几个问题。但当网吧里的人们都将脑袋重新拧回来的时候,"逃跑的兔子"已经重新调整好了情绪,他端正地坐在对面,哭声也止息了。他的面具显得非常滑稽。她也没想到自己会笑了两声。

"失望啦?"他说。

"还好吧。"

"你不想问我为什么会戴面具来吗?"他问。

"你要是不想说,我也就不问了。"

"以后我会告诉你原因的,不过我还是要说声对不起。"他说。

"没什么。"

"对不起。"

"你戴着面具真的就像猴子。"她又冷笑了两声。

"哈哈,你很漂亮。"他说。

"谢谢。"她其实想把自己的身体情况再次给他强调的,但话到嘴边,她又咽了回去。和他一样,以后再说吧。她想。

她和"逃跑的兔子"就这样聊了好长时间,而事实上从那个下午开始,她觉得坐在对面的并不是"逃跑的兔子",而是一只没有悲伤没有泪水没有眼角纹的猴子。猴子的眉毛就像两轮弯弯的月亮,无论它听到什么,脸上总会挂着那种死气沉沉的笑容、鬼魅的笑容、滑稽的笑容、虚伪的笑容。但那种笑容叫她感到心安,就像重新回到了遥远的《西游记》当中,翻个跟头就能飞出十万八千里,就能坐在天宫里吃上一整个下午的蟠桃。

透过猴子面具,她似乎看见了一张湿漉漉的脸刚从雾气缭绕的城市深处逃离到乡间的屋檐下,那张脸上满是伤痕,有被女人抓过的伤痕,有被沸腾的热油烫过的伤痕,有自己故意抠烂的伤痕,也有被谎言刺破的伤痕。屋檐下的他瑟瑟发抖,全身湿透,鞋子也早已丢失在逃跑的路上,就像一只离家出走的小燕雀。他的泪水混着汗水滴落在院子里,竹丛间的菜花蛇也伸长了脖子探看着未来的天气,而他也不知道自己究竟是在南方还是在北方。

在面具的笑容深处,她看见在长长的城市走廊里,老鼠从前面的房子门口逃窜,他双手抱着头斜靠在左侧的墙面上,暗淡的光影里根本无法辨别出他的面孔，只能看到他的身体在猛烈地抽搐着，谁也不知道他刚刚经历了什么，在他的身上又发生了什么。走廊外头雷声滚滚，那辆黑色的老款桑塔纳在偷偷地哭泣，没有人也没有别的车和它说话。他抬起瘦小的脑袋时就闻到了走廊里散发出的霉味儿，仿佛记忆和城市的祖先已经在此发酵了数千年。

她以为那是山鬼呢，但当模糊的现实逐渐清晰起来时，直到她看见面具那呆板的笑容时，她才想起那就是"逃跑的兔子"，才想起她现在是坐在骡子开的红树林网吧里和"逃跑的兔子"视频着，以至于在后来的交往当中，只有当她的脑子里出现那张面具时，她才能够想起对面的"逃跑的兔子"。她总会走神，总会忘记很多东西，也总会想起很多的东西来，甚至一些从未见过也从未听过的梦幻都会闪现在她的眼前。即便是坐在阳光灿烂的午后，她依然会觉得笑容湿漉漉的。

月亮从西天跑动起来时，她推着轮椅穿行在漆黑的公路深处，两侧的墓地深邃得什么也看不见，但猫头鹰的叫声就像是从脊背后面发出的。她脸上挂满了汗珠，于是就拼命地推动着轮椅，但无论是经过转弯处的沟边，还是路过柏油马路西边的大槐树，她总会觉得身后有什么人跟着，最令她感到恐怖的是她以为是那只猴子在跟着她，是"逃跑的兔子"带着那张猴子面具在追她，朝着她发出咯咯的怪叫声。两旁的野草丛间不时有昆虫冲入黑夜深处。

无论是穿行在夜间的柏油马路上，还是坐在妖风肆虐的沟边，她总能辨出点什么来，是蝙蝠在追随着古老的夜鸟，还是面具自身在寻找着那只真实的猴子？她记起很多古老的味道，有被啄木鸟从树的缝隙间啄出来的槐香，有被石头覆盖了的稻花香，也有被孔雀和狼群抛弃的牡丹花香，那时候她就像战战兢兢的松鼠一样穿行在温柔的夜色里，她踢翻了山鬼献来的美味佳肴，也阻挡了猫头鹰最后的退路，那时候她是夜晚的圣女，是神的孩子。

那只猴子就坐在院门前面的桐树上，面具上闪烁出银光，笑容像铃铛一样在夜间敲响，村子的巷道里也蹲满了戴着面具的猴子，它们都在等着什么命令。杨梅推着轮椅躲在张火箭家墙垣的背后，但她的身后就有一只猴子正在死死地盯着她，她又将轮椅推到那间就要塌了的水房背后，但水房顶上也卧着一只猴子，猴子的嘴里还发出咿咿呀呀的怪叫声，她发现在村子的巷道里已经无处可藏，连月亮都被黑云罩住，她只好退回到羊圈里重新睡下。

午夜时分，她猛然惊醒过来，刚好见到那只母羊朝她眨巴着眼睛。公羊眼睛里则闪着深绿色的光，透过那道绿光就能看见那张猴子的面具，它在朝着母羊的眼睛微笑着，那笑容令她感到恐惧。其他的羊全躺在湿漉漉的羊圈里，被遥远的梦境统治着。羊圈的木门就像古时候的圆形柱子，直直地插在夜色当中，天空才不至于很快就塌陷下来。似乎阴沉的深夜正在朝羊圈和她的身体四周压过来。

最直观的变化是她的胸部，像有风在鼓动着，像野外的石头在夜晚的边缘处渐渐变大起来。显然是谁打开了她身体里最隐秘部分的开关,所有的秘密就像花蕾一样在积蓄着力量,她听见很多声音在夜晚里密集起来,它们是要篡改她身体内部的历史,让含苞待放的花蕾接受春雨的滋润,在最后的时间里全部开放完毕。她既感到惊讶,又感到害怕。她将双手捂在刚刚变尖起来的乳房上,就像捂着森林深处的蘑菇。大雨过后,蘑菇都会疯长起来。

她并不知道这个变化是因为什么,她将自己紧紧地裹在衣服里,躲开人群,她甚至都不敢坐在沟边和羊羔说话了。那些天的她显得神神秘秘的,而身体其他地方的变化更令她感到羞耻,她难以相信自己的身上会发生这么多细微的变化。她怀疑自己是被山鬼上身,或者是有什么妖婆对她施了法,她甚至将一些红色布条紧紧地缠在胸上,希望继续和那股隐秘的力量对抗下去,可她非但没有抑制住胸部的增大,一段时间下来,她的乳房已经变得圆鼓鼓的了。

她变得鬼鬼祟祟的,和猫头鹰一样在夜间活动起来。她解开身上的红色布条,穿着宽松的衣服坐在羊圈的角落里。角落里没有一丝的光,如同夜晚里的黑洞。她将自己埋在羊群当中,闻着那股熟悉的羊膻味儿,她在想象着未来的日子。她得出了一个奇怪的结论:意识是无法控制身体的,就像她无法控制住自己的胸部一样。原来在她的身体内部隐藏着很多山鬼,它们都在暗暗地表演着最精彩的魔术,她没有办法拒绝,只能呆呆地观望着。

尤其一到后半夜,她就看到藏在她身体里的鸟雀都会齐刷刷地飞出来,它们在幽暗的夜色里啄着各种吃食,甚至连羊圈里的羊粪都吃。她的身体跟着膨胀起来,如同面团在湿漉漉的铁盆里发酵着,她也一一听清了那些膨胀的声音和飞舞的音符。她发现那些声音充满了暧昧和欲望,就盘绕在她身体四周嗡嗡地鸣叫。在见到这张猴子面具之前,她听过各种各样的声音,但她从来没有听到过自己的身体里会飞舞出如此细密又如此黏稠的声音。

就像猛兽在夜间号叫,那些声音汇聚成一条水流湍急的大河,浩浩荡荡地朝她奔涌而来。她那时才明白野猫在墙头上发出的怪叫声,才理解无数的嫩芽会在夜色深处钻出地面,大地把它的欲望也全顺着地缝释放了出来。她的乳房再也无法用布条裹住,身体里的森林变得越发幽深,阳光都难以穿透下来,枝头上的鸟雀们一起对着天空唱起情歌来。大地上一切的欲望都在滋生蔓延,每个角落里都涌动着暗流,地窖里的火焰早已高过了那栋白色的楼房。

春天的时候,万物复苏,燕子又从南方赶回到北方的村镇里,那时她就像甲虫一样趴在地上,将脸紧紧地贴在草丛里。远处石山崩塌,积雪融化,顺着青翠起来的山沟缓缓流淌而来。当山上所有的积雪都开始消融的时候,河水就在沟底里泛滥起来。那个时候,她的身体内部也随着河水一同在咆哮,潮湿的气息、大雨的气息、河水泛滥的气息,都在整个村镇上空涌动着。村镇里的人们都换了衣物,脸上都现出红晕，都在对春天兴奋地诉说着冬天的故事。

她顺着弯曲的小路，在沟坡的平坦处采摘了许多娇艳的野花。她发现她的身体开始适应春天的律动，欲望也开成了花朵，挂在草丛间或者高高的枝头上。尤其在那些极其茂密的灌木丛里，很少有人往那些地方去，但她在那里发现了很多从未见过的野花，她一朵也叫不上名字来。花瓣上沾满了晶莹的露水，远处的树丛沙沙作响，肯定有野兔在里面钻着。正如她身体里的花朵一样，她摘到的野花都显得生机盎然，就像休息好了的样子。

在那场密密匝匝的雨水里，她的身体完全盛开，所有隐秘的地方都打开了一扇窄门，她在雨水里狂奔乱跳，庆祝这场花朵的盛宴。雨水都是为她而落的，都是为她身体里的花朵而落的。她将双手掬起的雨水洒在乌黑亮丽的辫子上，脸颊羞得通红，她从来没有体验过这种酣畅淋漓的感觉。她跪在地上，向上苍祈祷，祈祷上苍能够原谅她身体里的罪孽。雨水是有罪的，大地是有罪的，所有刚刚在春天里开放的花朵都是有罪的，她的身体更是有罪的。

她把羊赶到一块，给它们喂吃春天的草料，羊一边吃着，一边朝着对面梁上的石牛咩咩叫。她已经接受了身体上的变化，接受了那些在夜晚深处里的号叫。她常常会猜想起"逃跑的兔子"那真实的脸，他真实的脸更会点燃埋在她身体深处的火药。那只猴子还会常常爬进她的脑袋，她坐在沟边的大树旁边，对着从没有见过的他吹起口琴。大地被染上了天空的颜色,水流是蓝色的,鸟雀的歌声也是蓝色的,她吹了很久很久,却仿佛什么都没有吹过一样。

"还在听吗?"

"在的。"

"会失望吗?"

"还好。"

"我不知道该说什么。"

"哈哈。"

"真的很高兴,发自内心的。"

"是吗?"

"是的。"

绵羊倒悬在绳子上

杨梅收到了"逃跑的兔子"寄来的一封信。她在镇街上将信封拆开的时候,周围没有什么人,旁边的木头电线杆上挂着很多的电线,有一大段电线已经快拉到了地上。邮局门口摆着几家小吃摊,但吃饭的人很少,时不时会有拉石头的大卡车经过,地上的土就被扬起来。阳光刺眼,街道两边新栽的中华槐被尘土盖了厚厚的一层。躺在银行门口的那个熟悉的流浪汉,偶尔也会坐起来读读身边的报纸,有四条流浪狗卧在他的跟前,一动不动,不知道的人还以为它们死了呢。

■ 抒情时代

　　信封里装着一张黑白照片,照片里有三只绵羊,也不知是什么缘故,可能是受到了惊吓,它们都高高地跳了起来。摄影师就是在绵羊跳起来的时候抓拍到的。照片右下角的空地上坐着一位戴帽子的中年男人,没猜错的话,他应该是牧羊人。照片最下面的空白处写着:绵羊倒悬在绳子上,逃跑的兔子,2015.8.23,摘自一位加拿大诗人的诗集。她将照片抬到半空,放在明晃晃的阳光下面细看,但还是无法理解这句话,照片上并没有什么绳子,绵羊也并没有倒悬。

　　但她很喜欢这句诗,当镇街上的土再次被卡车扬起来时,在阳光下她似乎真的就看到几只绵羊倒立着朝太阳深处跑去,然后被牧羊人像晾晒衣服一样倒挂在绳子上。她将这句诗默念了好多遍。她甚至都在想:如果把家里所有的羊都倒悬在绳子上,该是一幅怎样让人震撼的场景?如果所有的羊都倒立着行走,倒立着在沟里吃草,又会是怎样一幅让人震撼的场景呢?镇街上扬起的土呛得她剧烈地咳嗽起来,然后她就盯着照片里飞起来的绵羊哈哈大笑起来。

　　她将照片插在轮椅后面的布袋里,想起来的时候她就拿出照片放在太阳下面看,然后她就朝着羊圈里的羊咩咩叫起来。也是当倒悬的羊常常出现在她脑海里的时候,她发现自己喜欢上了"逃跑的兔子",尽管直到现在她还没有见过他真实的模样。她喜欢他言语里的艺术气息,喜欢他的沉默,喜欢和他聊天时的感觉。她总会抱着那张黑白照片睡觉。她甚至觉得,照片里的绵羊就是"逃跑的兔子",兔子在逃跑的时候,应该也会飞舞起来。

她可能会将这个念头一直埋在心里,就像将种子埋在春天的土地里。她不在乎这粒种子能否结出果实,她一点都不在乎。她觉得自己确实是陷入恋爱的泥沼里了。她从来没有体会过这种奇妙的感觉。她全身仿佛都在开花,竭力吸收着春天灿灿的阳光。面具下面的他究竟会是什么模样呢?像刘德华一样帅呢,还是跟镇街上的那个流浪汉一样丑?其实她根本不在意他的模样,她只是在想象着,只是在享受着这种暗恋过程中的快乐。

隔一段时间,"逃跑的兔子"就会寄来黑白照片或者文艺类卡片,她将收到的全部卡片都放在床头的木匣子里,没事干的时候,就翻出来看看。她觉得"逃跑的兔子"好像和所有人都不一样,他似乎更向往那种抽象的艺术,或许在那种抽象的黑白照片内部,还存在着一个鬼魅的世界。她没有和"逃跑的兔子"交流过这些想法,因为她自己也相信,在这个现实世界的外面还有着一个幽暗的空间。"逃跑的兔子"和倒悬在绳子上的绵羊都应该看得见吧。

视频聊天的次数越来越多了。"逃跑的兔子"还戴着那张面具,她总会去猜测面具下面的那张脸。她丝毫没有表露过自己的爱恋,但她明白对他的爱恋是越发浓烈了。她甚至想到他也是那样的,尽管面具下的他显得那般冷漠。他问过她很多不切实际的问题,包括我父亲的问题。她没有隐瞒,将知道的信息全部告诉给了他。关于父亲的消息,她是从广东打工回来的杨冠军那里打听到的。杨冠军说:"东西南北中,发财到广东,你爸就躲在广州市白云区发财呢。"

说完父亲的情况,她就像掉进了云海当中,身体感到轻飘飘的,脸色发白。村人都说我父亲在广东发了大财,又娶了个城里的老婆,还生了个小儿子呢,当然不会回来了。但杨梅相信父亲,她坚信父亲不是那样的人。她隐隐感觉父亲可能是出了什么事,但她又只能坐在轮椅上等着。有时候她坐在村口的柏油马路上,面朝公路的远方,每当班车从远处开来的时候,她总会觉得父亲就在上面坐着,仿佛父亲随时都有可能将行李从班车上提下来。

小时候她就那样坐在村口等父亲,父亲从矿山回来时,天基本都黑实了,他很少会提前回来,每当公路远方闪现出摩托车那如豆般大小的灯光时,她便将双手举起来在空中摇晃着。直到父亲的摩托车在她跟前停下时,她才会停止招手,推着轮椅跟父亲回家。父亲南下广东的那几年,她依然会坐在村口等着父亲回来,但那个时候,村镇上的摩托车已经很多了,等来的往往是无尽的失望。也是在那段时间,村镇上的猫头鹰跟着多了起来,叫声像人在哭。

当年同父亲一起南下广东的人,基本都已经回到了村镇。当然也有在外面有了家庭的人,他们再也不会回来了。村人说我父亲就是那样的人。回到了村镇的人们,要么和张火箭一样,继续种起了庄稼,要么再次背着铺盖去了西安,重新去做他们的发财梦。但人们很快就发现，当初一窝蜂一样拥到南方去的人，并没有几个发了大财。他们依然在村镇里叹息着、做梦着、过活着。像骡子那样发了大财的人，整个村镇上屈指可数。人们也不知道这是为什么。

村上成立了两家建筑队，队中有大工，有小工，有管事管钱的。很多年轻力壮的人都加入了，他们没有南下广东。当西安郊区里的高楼、工厂如雨后春笋般拔地而起的时候，没有人知道很多活计就是他们干的。他们就像城市里的蚂蚁，到处爬，爬到哪里，盖到哪里。很快地，村镇上就有了许多的建筑队，他们都一窝蜂地拥入了西安。越来越多的高楼和工厂被盖起来。依然有很多人怀着美好的发财梦，乘着绿皮火车或者长途客车南下去了广东。

杨梅把这些话都讲给"逃跑的兔子"时，"逃跑的兔子"什么都没有说。面具上的脸永远在对着她微笑着，仿佛这个世界上就从来没有什么令人感到悲伤的事情。如果说她小时候还很茫然的话，那么她现在已经实实在在地感受到了这个世界的变化。村镇已经变得不像原来的了，都在朝着新的方向发展着。楼越来越多了，车越来越多了，往城里拥的人更多了。人们都沉浸在发财的美好梦境当中。闲人是越来越少了，人们都忙着挣钱，仿佛这个世界上的钱永远也挣不完似的。

"再过上十年，你想想。"

"怎么？"

"再过上十年，世界会成为什么样子？你想想看。""逃跑的兔子"

问道。

"啊,我也不知道。"

"我们可能是无法想象的。"

"人会变吗?"

"也许会的,也许不会吧。"

骡子又在镇街上买了两家门面,网吧的规模又翻了两番。需要上网的人越来越多了。现在连一些老人也要进到网吧里了。儿孙可能就在遥远的广东或者其他地方,只有在视频里才能见到他们呀。网吧里的声音也就越来越复杂了,不仅多了叫骂的声音,还有笑声和哭声。而这些声音是在很短的时间里多起来的,短到她几乎都没有意识到呢,世界就已经变了一个模样。她依然会将轮椅推到村口的公路上,等着父亲随时提着行李下车回家。

人们走路就像脚底下踩了风火轮,脚步跟火箭一样快呢。似乎是睡一觉起来整个世界发展的速度就快了起来。楼是越来越高了,隧道是越来越深了,人工湖是越来越像大海了,公路是越来越长了。但人们还不甘心哪,人们的理想是把楼房盖到天上去,把隧道从地球中心贯通起来呢。城市里什么都在变,睡一觉起来说不定哪一块空地上就建起高楼大厦了。人们恨自己不能身缠万贯呢,也恨自己不能上天呢,更恨自己不能坐上火箭飞呢。

"逃跑的兔子"把自己在西安的见闻全都告诉给了杨梅。杨梅也把在村镇上的见闻全都告诉给了"逃跑的兔子"。她还会盯着那张黑白照片看,还会想着那句深奥的诗。几只绵羊倒悬在绳子上,晒着暖洋洋的太阳,吹着古老的风,晾晒着光阴。风起来了,又跑远了,太阳起来了,又落下了,绵羊依然倒悬在绳子上。似乎在倒悬之外,所有的吃食、奔跑、沉默和咩咩叫都是徒劳的,牧羊人吸烟的时候,把绵羊的梦吸了进去,也把它们死亡般的睡眠吸了进去。

杨梅感到茫然,不仅仅是因为逃跑的兔子的话,也不仅仅是因为现实变化的速度。她感到自己的身体里的声音既渴望出来,又渴望永远消失在体内的密林里。就像一只掉队了的候鸟,在天空里漫无目的地飞着,不知道该落在哪里。村子里除了小孩外,有点力气的年轻人都出去找活了,和小时候一样,她依然推着轮椅穿行在血红的夕阳里。她的行为越来越怪异,有时候在午后短暂的睡梦里,她甚至希望自己永远也不要醒来,就那样俯身在辽阔的黑暗里。

"逃跑的兔子"也给她讲了自己童年时的悲伤故事。"逃跑的兔子"的父亲也在南方打工,他和他父亲也好多年没有见过了。她觉得她和"逃跑的兔子"都是不幸的人。但她依然给"逃跑的兔子"讲,她相信她父亲会回来的,他只不过可能现在就悬在哪座高楼上面作业着。父亲不会丢下她的。她还对"逃跑的兔子"说:"我父亲呀,就像一条鱼,从北方的上游,游到南方的下游,他在大城市的海洋里游呀游呀,他肯定是游丢了,找不到河流的方向了,但他肯定能游回来的,我相信他。"

冬季,镇街上发生了一件大事。核桃村的二十多个村民联合冲进街西头的"好多梦"游戏厅里,砸了所有的游戏机,并打伤了游戏厅的老板。事后的处理结果很多人都不知道。但杨梅知道的是,骡子很快就摘了网吧的门店牌,门面好几天都关着大门。村上一连死了好几个老人,雪下得比往年都大,唢呐的声音整日覆盖在村子的上空,披麻戴孝的队伍几乎站满了整条公路。纸钱的黑灰在空中乱舞,妖风怒号,两边的大树和乌鸦也跟着队伍哭了好久好久。

杨梅从网吧出来时,天色尚早,公路太滑,她只好沿着镇街背后那条小路往回走。路上一个脚印都没有,轮椅的轮子从雪地上碾过时,就会发出咯吱咯吱的声响,好几次,轮椅差点滑到野地里去。到田野开阔处时,远处白茫茫一片,连鸟雀的踪迹都看不到了,她停在小路中央,眼神里充满了惆怅,似乎远处并非什么公路,而是万丈深渊。山鬼可能就藏在前面的雪地里。继续往前看,发现公路弯弯绕绕,盘旋到了天上。她不知该停在这里还是继续往前走。

下部　我们(2015)

16

张火箭的儿子张红星离家出走是上个礼拜的事情,但今天早上张火箭才骑着他那辆烂摩托车挨家挨户问了一遍,没有人知道他儿子张红星的下落。人们在村口议论纷纷,都提到了张火箭经常酗酒并暴打他儿子的事实。人们都在咬牙切齿地咒骂着张火箭:当年他结婚不到三个月就把媳妇打跑了,现在又隔三岔五地打儿子,没黑没明地喝酒,人不人鬼不鬼的,儿子不跑才怪呢!这些年,村镇上的年轻人都到外面挣大钱去了,他连屁股都不抬一下,窝囊呀。

人们嘴上都骂着张红星永远不要回来,可心里都希望张火箭能尽快把他给找回来。在二月中旬,雪总会纷纷扬扬地飘起来,村里的野猫也都躲在麦草垛下面昏昏欲睡着,公路上一个人影都没有,人们的私家车都在院门口停着。村口的大喇叭反复通知着即将到来的大风天气,让人们提前做好大棚蔬菜的防护。张火箭捏着手电筒从公路上出现的时候,一只肚子圆鼓鼓的野狗斜穿过公路,跑进了野地。它还朝着黑夜汪汪叫了两声。

但没过几天,张火箭就忘了他儿子张红星离家出走的事,又喝上酒了。他身着一件灰黑色的夹克,宽松的长裤里就像灌满了野风,脖子上青筋暴起。他摇晃着从镇街上回来时,浓烈的酒气把树上的麻雀都熏飞了。被他埋进体内的炸弹随时都有爆裂的可能。人们将脑袋拧过去,用余光去瞅张火箭,心里都在恨恨地骂着。就在人们又将脑袋拧转过来时,他正好将手里的酒瓶狠狠地扔向了旁边的电线杆。酒瓶炸裂的声音把所有的人都吓下了一跳。

好些天的傍晚或者后半夜,人们总能听见从张火箭家里传出来的怪叫声。人们无法辨别出那究竟是什么声音。有时候像很多的乌鸦在叫,有时候又像好多男人在怒吼着什么。那些声音随着夜间的青烟在村庄上空升腾,在巷道里到处乱窜。人们都说张火箭完了,他显然不会再去找他的儿子张红星了。生活是彻彻底底地把他折磨疯了,有人说张火箭家里的怪叫声是他在学野猫叫,这些年他身边一个女人都没有,性欲像青苗一样在夜间蓬蓬勃勃地生长呢。

但谁都没有想到,三日后的张火箭又四处去打问他儿子张红星的下落了,他甚至还到镇上的派出所报了案。人们隔着门缝看到,深夜时他会握着手电筒从巷道里走回来,那几天村子里寂静得很,连每晚在桐树上鸣叫的猫头鹰都昏睡过去了,就像什么都没有发生过一样。张火箭将自己埋在漆黑的墙角处,观望着烟头上那团忽明忽暗的火光,他以为过道的旁边有个人影,走上前去才发现那只是一团密匝匝的灌木,便用尽全身力气踢断了几根野树枝。

他坐在村口新修的公交候车厅时,太阳已经在天边摇摇欲坠了,电线杆在地面上拉出了长长的阴影,红云低垂在屋顶上方,瓷砖上的光芒就像盛开的向日葵。他捡起地上的那份报纸看了几眼,也不知什么新闻激怒了他,只见他红着脸将报纸撕成了碎片,接着又拿起放在身边的酒瓶,猛灌了几口。很快地,前面高耸的屋顶就遮挡住了最后的夕阳,他被覆盖在阴影里,就像在丛林里迷失方向的困兽,被那件他穿得泛白的蓝色夹克紧紧地裹在里头。

等了两周,他儿子张红星还没有回来,人们咒骂的声音越来越多了。人们这才想起他儿子张红星离家出走已经不是第一回了。现实生活点燃了埋在张火箭心底的炸弹,让他成了一个易怒的家伙。他很少同村人来往,人们总会听到从他家院里传出来的叫骂声,他单手拎着他儿子张红星狠狠地踢,根本听不到他儿子那令人头皮发麻的哭声。张红星七岁时,头一回尝试离家出走,在沟里藏了大半天,最后还是被在沟里放羊的老汉发现并带了回来。

张火箭给他儿子张红星道了歉,但很快他又趁着酒劲揍了他儿子张红星一顿。这次他儿子跑到了镇街上,在银行门口和那个流浪汉睡

■ 抒情时代

■ 174

了一夜,第二天他把他儿子张红星找回来时,声泪俱下地再次给儿子道歉,并发了毒誓,甚至差点给他儿子张红星跪在了地上。但他没有记住自己发过的毒誓,很快又暴揍了他的儿子。他儿子张红星继续离家出走,他则继续喝酒,对着苍天发脾气。这些年里,他一次次把他的儿子张红星捉回来,但这次他没能捉住。

很少有人知道他就是当年和郭金龙进行摩托车比赛的张火箭。他骑着那辆烂摩托车在村镇上四处打问时,心里充满了失落,他记恨那些对他摇头的人,他觉得整个村镇上的人都不是什么好东西,他还在心里咒骂着他儿子张红星,并发誓把那崽娃子找到后非打个半死不可。他几乎把每个村子都跑遍了,可还是没有他儿子张红星的半点消息,当他在夜里骑着那辆摩托车回来时,疲惫感和失落感突然就压垮了他,他和摩托车一同狠狠地摔在了公路上。

他身上被摔伤了好几个地方,躺在公路边上的荒草里,他丝毫都没有感到疼。他看着月亮在追着黑云跑,在缭绕的黑云里,他看见那个拿着砍刀的男人正坐在石头上喝酒,桂花正纷纷扬扬地飘洒下来。毫无征兆的,他突然就抱着摩托车放声大哭了起来,他后悔暴打了儿子。如果儿子再也不回来,那他的生活就如同雪山一样轰然崩塌了,再也没有什么希望和盼头了。他从来没有像今晚这样伤心过,也从来没有像今晚这样号啕大哭过。

那是一个很容易让人们忘记的夜晚。寒气很重,薄雾弥散在月亮四周,果园里不时有黑影闪烁,躲在地头的野狗汪汪叫了几声。那颗挂在天边的星星几乎要掉在地上。他这时想起还有一个地方没有去——中学。他站起身拍了拍屁股上的土,费了好大的力气才把摩托车扶了起来,就又往镇街的方向去了。他的身上就像背负着什么重大使命。那辆烂摩托车发出的声音犹如炸弹一样在夜色里不断炸响着,直到听不见摩托车的声音时,那条野狗才又叫了几声。

寒假期间,校门紧锁,门卫都回家过年去了。校门是高高的铁栅栏,最上面的铁刺如同尖刀,他看了看,觉得自己是无法翻进去的,于是又将摩托车骑到学校门口的低矮处,踩在摩托车上面翻了过去。但整个人刚好就掉在了那个雨水冲刷出来的大坑里,他好半天都没有站起来。他忽然听到前面的教室里有什么动静。顺着操场跑过去的时候,他就像一头凶猛的野兽。四周阴森森的,连夜鸟都没有,据说操场下面以前就是埋人的坟场。

教室里黑漆漆的,什么也看不见。他打开手电筒,明显感到有什么东西藏在讲台下面,屏住呼吸走上前去,才发现是一只花色野猫,吓了他一跳。他站在讲台上面,借着手电筒的光往下面看,仿佛觉得他儿子张红星就端坐在下面。他是一个不爱说话的孩子,好像也没有什么朋友,总是独来独往。他儿子张红星很少跟他说话,或许对老师讲的话要比对他讲的多。他和儿子都是那种沉默的人,不过他是那种很容易被点燃的人,他无法控制他那易怒的情绪。

■ 抒情时代

七年前吧,我正坐在沟边和"逃跑的兔子"聊天,猛然抬头,见张火箭的儿子张红星就站在我的面前。他的眼睛圆鼓鼓的,头发又浓又密,脸色泛黄,眼神里充满着无奈。我问他话他也不答,就那样静静地站在风中看着我。我朝他微笑,又将手机展示给他看,不想他突然走到我的轮椅跟前,蹲下身,将脑袋靠在了我的怀里。我抚摸着他的脑袋,也不知为什么,眼泪突然就流了下来,他在我的怀里那样躺了半下午,我总觉得他的眼睛里藏着一丝忧郁。

后来他儿子张红星就经常同我坐在沟边,他喜欢将脸贴在我的腿上,然后一句话也不说,听着沟里的风声。他的脖子和脸上总带着伤,一直到我们非常熟悉时他才对我开口说话。他的声音很小,音色柔和,嗡嗡嗡,像蜜蜂在飞。我问他将来长大了想干什么,他朝我摇摇头,又点点头,然后露出可人的笑容。我现在还记着他曾问过我的那个问题:"姐姐,你说我们以后可以飞走吗?"我愣了半天,只是朝他笑。我记得我小时候脑袋里也常有这样的问题。

张红星九岁那年,被邻村一个比他大两岁的少年挡在公路上,那时正是酷热的夏天,麦浪淹没了所有的风景,热气往半空升腾,不眨眼的话,很容易产生幻觉。大他两岁的少年是他们村上有名的刺头,因为力气大、下手狠,所以几个村的少年都怕那个家伙。他把张红星挡在半路上时,周围一个人都没有,知了趴在树上拼了命地叫。少年一连问了张红星好几个问题,张红星都没有搭理他,继续朝前走。那少年怒了,冲上前来一脚便将瘦弱的张红星蹬倒在地。

"问你话呢,你没听见?"少年怒不可遏。

张红星抬起头看着他。

"你是不是哑巴?"少年的脸都涨红了。

"不是。"张红星的声音很小。

少年:"噢,能说话呀！我以为你是哑巴呢！不认得我是谁?"

张红星:"不认得。"

少年:"知道我是哪个村的吗?"

张红星:"不知道。"

少年:"真不知道还是假不知道?"

张红星:"真不知道。"

少年:"我看你是欠打,你知道吗?"

张红星:"不知道。"

少年:"狗✕的。"少年又给了张红星一脚。

少年:"疼不?"

张红星:"嗯。"

少年:"这下知道我是谁了吗?"

张红星:"不知道。"

少年:"你狗✕的。"少年一连又给了张红星三脚。

少年:"老子河道村黑旋风。"

张红星:"什么?"还咯咯笑了几声。

少年:"你狗✕的真的是记吃不记打。"少年抬起右手,但没有扇下去。

少年:"记住老子是谁了吗?"

张红星:"记住了。"

少年:"老子是谁?"

张红星:"黑旋风。"又咯咯笑了几声。

少年:"你狗✕的。"少年的脸通红,补了两脚。

少年:"从老子裆下面钻过去。"

张红星:"什么?"

少年:"从老子裆下钻过去,还要老子说第二遍?"

张红星:"什么?"他脸上满是汗珠,太阳太毒了。

少年:"你狗✕的。"少年走到他面前,并张开双腿。

少年:"钻!"

张红星:"嗯……"他脸色很难看,额上的头发都湿透了。

少年:"钻呀!"

沉默。热风不时从麦地里刮过来,天上的云都静止了。

少年没有想到张红星会突然朝他扑上来。

少年更没有想到张红星会死死地咬住他的耳朵。

少年的手也死死地掐着张红星的胳膊。

少年的耳朵火烧火燎地疼啊,疼得他吱吱哇哇地大叫起来。

张红星甚至都忘记了少年还掐着他的胳膊,他只管咬啊咬啊。

少年的喊声摇得麦地里的麦浪都翻滚了起来。

少年又是叫爸又是叫爷又是叫祖宗地喊啊。

那一刻,张红星也不知道自己的牙齿正像钳子一样死死地夹住少年的耳朵。

少年又是叫爸又是叫爷又是叫祖宗地喊啊。

少年喊着喊着声音就变了,喉咙里就发出杀猪时才会有的猪叫声。

少年像猪一样叫唤了一阵后便张开大嘴哭开了。

少年哭啊哭啊,哭得连四周的知了都停止叫唤了。

张红星这才意识到了什么,才松开了像钳子一样的牙齿。

少年就像麦袋子一样扑通一声倒在了公路上。

少年捂着左边的耳朵号啕大哭呀,他的脸上和手上都糊满了鲜血。

少年看见手上的鲜血时才感到害怕了,捂着耳朵跑回家了。

张红星看着少年渐渐消失在麦浪深处的背影,突然觉得有些无聊。

他摸了摸自己干裂的嘴唇,然后盯着在牙齿上沾到鲜血的手指头看了很久。

他就像刚刚做了一场梦,不清楚刚才发生了什么。

他在麦地旁边站了很久很久,直到有些发昏时,才迈着沉重的步伐回家了。

就像什么都没有发生过一样,麦浪还在涌,热风还在刮,知了还在拼命地叫,狗还是吊着舌头卧在阴凉处,天上的白云还静止着。

快到一点半的时候,天上突然刮来了一股凉风。很快,热风又跟着来了。在家里睡觉的人们,听到了一声响亮的骂声。人们闭上眼睛又昏睡过去了。

但很快就又传来了第二声、第三声、第四声、第五声和第六声,然后,叫骂的声音就如同豌豆掉在地上那样叮叮当当地响开了。

风刮得热气乱窜。门前的狗冲上前去,咬啊咬啊,咬了几声后就又吊着舌头卧回去了。人们这才觉得不对劲,就放弃了午休,纷纷出来了。只见一个中年女人领着一个男孩正站在张火箭家门口破口大骂着。

就是那个少年和他的母亲。村上很多人都认识那个女人,很多年前,人们就见识过她的厉害了。人们心里犯着嘀咕:张火箭招惹她啦?要是真的招惹了这个女人,那可真是自己找罪受啊。人们在心里替张火箭叹着气。

那是好几年前的事情了。她男人钻到我们村苟二梅的家里,苟二梅的丈夫年初就去南方打工了。她找到她男人后,用铁锹砸破了她男人的脑袋。她又撵到苟二梅的家里,抠烂了苟二梅的脸,还砸了苟二梅家的锅。

少年他妈："狗×的咬了我儿的耳朵,是狼呀还是狗？"

少年他妈："敢咬我儿的耳朵怎么不敢出来？"

少年他妈："全家人都不得好死呀,咬我儿的耳朵。"

人们就看到张火箭领着他儿子张红星出来了。

张火箭："出什么事了？"他当然认得这个女人。

少年他妈："看把我儿耳朵咬成啥样了？！你那狗×的儿子是狼啊还是狗啊？咬我儿的耳朵,狗×的,狗×的,全家都是狗×的才咬我儿的耳朵。"

张火箭："谁咬你儿的耳朵了？"

少年他妈："是猪×的狗×的驴×的咬我儿耳朵了,咬了我儿的耳朵还不承认,全家没有一个好东西,欺负我儿他爸去广东打工了不是？"

张火箭："红星,你咬他耳朵了？"

张红星："嗯。"

张火箭："咬个X！"他一脚就把他儿子张红星蹬倒在旁边的沙堆上。

少年他妈："看见没有？我儿耳朵都快叫你那狼崽子咬掉了,看见伤口没？欺负我们娘俩呀,不叫我们活了呀咬我儿的耳朵,不叫我活了啊。"

张火箭:"孩子可能是耍呢。"他侧脸怒视了一眼他儿子张红星。

少年他妈:"不叫人活了啊,不叫人活了啊。"她突然躺在地上打起滚来,少年低着脑袋站在一边,手掌还在耳朵上捂着。

张火箭:"我们去医院给看还不行吗?"接着,就一脚将他儿子张红星从刚才的沙堆上,踢到了前面的空地上。张红星脸色发白,一声不吭。

少年他妈:"狗×的苟二梅前些年勾引我男人,今天狗×的又咬了我儿的耳朵,这个村子就没有好东西啊!"她的眼泪和鼻涕淌在了一起。

张火箭:"你说赔多少钱?你先起来好不好?"说完又给了他儿子张红星一脚。张红星没有站稳,倒在地上,又很快站起来,靠在那棵椿树上。

少年他妈:"没有一个好东西啊!你那狗×的儿子是狼啊还是狗啊?咬我儿的耳朵,狗×的,狗×的,狗×的,全家都是狗×的才咬我儿的耳朵。"

人们越听越觉得刺耳,越听越觉得不舒服,有些男人就回去了,继续睡他们的午觉去了。紧接着,一些女人也跟着回去了,继续睡她们的午觉去了。

少年他妈骂呀骂呀,哭呀哭呀,滚呀滚呀。一天当中最热的时候到了,孩娃们上树的上树,回家的回家,太阳下面稀稀拉拉地站了几个小孩围观着。张火箭满面汗水,蹲在门口。他儿子张红星依然靠在那棵椿树上。

少年他妈骂呀骂呀,哭呀哭呀,滚呀滚呀。少年他妈骂着骂着也骂得没劲了,哭着哭着也哭得出不来声了,滚着滚着也滚不动了,就一骨碌站起身来,再次把少年拽到张火箭的面前。张火箭吓得灭了烟,也立即站了起来。

少年他妈:"你说咋办?你看看,我娃耳朵都快被咬掉了。"

张火箭:"你想咋办?"

少年他妈:"还能咋办?你赔钱,我到医院给我儿看病!"

张火箭:"多少钱?"

少年他妈:"说得好像你亏了似的,你要不赔,我就报案!"

张火箭:"赔,你说多少钱?"

少年他妈:"五千。"说完,就白了张火箭一眼。

张火箭:"这么多呀?"

少年他妈:"那我现在就去报案!"

张火箭:"赔,赔,赔。"说完,就狠狠地剜了他儿子张红星一眼。

张火箭就进家里取钱去了。

少年他妈干咳了几次,又使劲咽了几次唾沫。

张红星:"河道村黑旋风?"脸上露出鬼魅的笑容。

少年:"狗✕的。"刚说完,他妈转身就甩了他一个响亮的耳光。

张红星低着头闷闷地笑了几声,也只有他自己听见了。

张火箭把钱拿出来的时候,班车刚在村口掉转了方向。

张火箭:"你数数吧,五千。"

少年他妈接过钱,径直装进口袋,又白了张火箭一眼,说:"好好管管你的儿子吧,比狼还恶毒比狗还厉害呢,狗都下不了这么重的口!"说完,拽住少年的衣领转身离去了。张红星靠在椿树上,目送着少年和他妈离开了村子。

班车按完喇叭,刚离开村子时,张火箭一脚又将他儿子张红星蹬倒在地。

地上腾地就扬起了一股黄土,已经好些天没有下雨了。

张火箭狠狠地揍了他儿子张红星一顿后,就回家睡觉去了。

就像什么都没有发生过一样。

狗照样吊着舌头卧在阴凉处,还是没有什么人出来。

张红星顺着公路走了很远,在一片开阔的麦地旁边,停下脚步。

他先是看了看天,天依然蓝,白云还是静止着,热气翻滚。

他像狼一样冲进麦地里,他拼了命地往麦地深处跑。

他跑啊跑啊,跑得全身一点力气都没有了,才躺在麦地里睡着了。

那时候,他在亮晶晶的梦里希望自己是一株麦子。

那时候,他也希望自己就像石头一样长睡不醒。

那天晚上他是在麦地里睡过去的,夜晚的麦地里依然带着白天的温热。

那是他离家出走时间比较长的一回,他就睡在如同海洋一样汹涌澎湃的麦地里,带着一身的伤,做着荒诞的梦,哼着昨天的歌,干嚼着还不太坚硬的麦粒。那是他所有离家出走里最刻骨铭心的一回。他跟麦地里的蚂蚱说话,跟麦穗说话,他相信他的话蚂蚱和麦穗都听懂了,他也相信这些话会传到那些和他做着一样的梦的人的耳朵里。他只要一想起那个自称河道村黑旋风的少年,就会笑起来,他也想不明白为什么会冲上去咬住少年的耳朵。

躺在麦地里,周围麦浪滚滚,太阳刺得他连眼睛都睁不开。但当他眯缝着眼睛的时候,眼前就会出现唐老鸭的面孔。唐老鸭真名叫杨小勇,是村上杨骏利和贾梅梅的小儿子,杨骏利和贾梅梅很早很早就到广东打工了。唐老鸭是在三年前的暑假死了的,死在了距村子不远的水库里。他和村上很多的同伴,眼睁睁地看着唐老鸭跳进了水库,咕咚咕咚了几声,就再也没有上来。直到第二日,村人才同水库的管理人员将唐老鸭的尸体从淤泥里打捞了上来。

唐老鸭就藏在刺眼的太阳光下面。

张红星:"唐老鸭,唐老鸭,你不是说你会游泳吗?"

唐老鸭:"狗✕的,我的脚被挂在淤泥下面的塑料袋里了。"

张红星:"唐老鸭,唐老鸭,你在那边还好吗?"

唐老鸭:"都好着呢,好吃好喝地伺候着老子呢。"

张红星:"真的吗?"

唐老鸭:"老子骗过你吗?"

张红星:"哈哈,那能把我捎过去不?"

唐老鸭:"我刚问了这边的人,说不行,你还没到时间呢。"

唐老鸭:"慢慢等吧。"

张红星:"你帮我问问到什么时候我才能回去。"

唐老鸭:"我刚问了这边的人,说你还远着呢。"

唐老鸭:"慢慢熬吧。"

张红星:"你盯着那边的人,我要是到时间了,叫人赶紧把我接过去。"

唐老鸭:"你那边不好吗? 想来这边过?"

张红星:"你又不是不知道这边好不好。"

唐老鸭:"到了来这边的时候,你自然会过来的。"

张红星:"别诳我。"

唐老鸭:"老子什么时候诳过你?"

唐老鸭说完那句话后,就消失在了刺目的日光里。

张红星还记得,唐老鸭在水库里淹死后,他奶奶就出院门去寻他了。人们只看到唐老鸭他奶奶顺着公路走了,嘴里念叨着什么,没有人知道她是去找她的孙子唐老鸭。她再也没有回来。人们都知道,她的脑子早就不够用了,鬼知道她到什么地方去了。那时候张红星也是躺在麦地里。原来一个人说丢就丢了,原来一个人说消失就消失了。他用手掌遮住太阳,试图在天空的尽头找到唐老鸭和他奶奶的影子,但天上除了一堆堆的白云外,什么都没有。

张红星后来还告诉我,那时候,当他大白天躺在麦地里的时候,总会做一些奇怪的梦,刺眼的阳光让那些梦显得更加怪诞。他说他曾经梦到一只七星瓢虫,那只七星瓢虫大概有车胎那样大,从遥远的星空深处飞来,落在他的面前,朝着他张开血盆大嘴,嘴里黏稠的唾液不时地会滴在地上。他很害怕,甚至当他睁开眼睛看到刺眼的阳光时,那只七星瓢虫依然站在阳光下面。他还问我是否做过那样的梦,我并没有回答他,只是朝他微笑了很久。

从教室里出来,张火箭又在操场上站了会儿,他将自己完全置身在黑暗里,依然什么都没有发生。一望无际的黑暗里,只有孩子们遗留在校园里的笑声仍在夜色中跳动着。他伸长耳朵听了很久,还是没有听到他儿子张红星的笑声。他只好捏着手电筒顺着来时的方向走,操场上有很多砖块,也有些枯萎的干草,他越走越感到步伐的轻盈,就像是夜晚在驮着他走。他大脑里模模糊糊的,也不知道夜晚究竟要把他驮到什么地方去,他只是漫无目的地往前走着。

他将校园的角角落落都窜了一遍,甚至还握着手电筒进女教师厕所里看了看,发现里面并没有什么不同的地方,只不过比男教师厕所多了几面隔墙。他笑笑就出来了。站在操场上他才想起自己今晚是来找他儿子的,于是又爬上操场边上的矮墙,跳了下去。他跳到了一堆枯萎的草丛里,摔倒在地上时,手背被干草划拉了几条口子。他很快就找到了那辆烂摩托车,骑上摩托车时,他突然不知道该往什么地方走,回家,还是到别的村子继续寻找?

那个时候,他心里绝望得很,突然觉得人活着真没意思,他骑在摩托车上大喊了一声,街道西边的垃圾堆里就传来阵阵的犬吠声。他在想,他儿子张红星会不会已经回到家里了?会不会就坐在庭院门口等着他回来?或者已经翻墙进到家里睡了?要是那样的话,他确实现在就该回去看看。但他很快就否定了这个想法,在他儿子张红星离家出走的历史当中,可从来没有出现过这样的情况,可他究竟在哪里呢?真的就人间蒸发了?

他将摩托车发动起来,摩托车的轰鸣声在夜里显得非常刺耳,沿着回家的方向刚走了一小会儿,他又转过方向骑了回来。他不想回家,至少现在还不想回去。于是他就借着那辆烂摩托车微弱的灯光,沿着公路四处游荡起来。他也不知道自己在哪里,反正就沿着公路走,遇上岔路口时,也不停下来,随便骑就是了。冷风中他感觉自己清醒了许多,当在一条笔直的公路上快速骑起来时,耳边就产生怪异的轰鸣声,他觉得自己在飞,飞往另外一个幽暗的世界。

他突然就想到了张红星的姨妈家。

他把小镇上该找不该找的地方都找了,却唯独忘记了张红星的姨妈家。

他感觉脑袋上就像被谁打了一棍。

他再次停在公路中央,不知该怎么办。

他害怕去那个地方。

但他还是去了,硬着头皮去了。

那条公路他非常熟悉,但那种熟悉的感觉令他感到眩晕,甚至产生恐惧。他时而快起来,时而又慢下来。他也不知道自己究竟是在干什么。到张红星他姨妈家门口时,他双腿都软了,自从他跟妻子离婚后,他再也没有来过这个地方。他看见她在门口坐着,她也看到了他,但她怎么也没有认出将摩托车停在她家门口的人就是张火箭。她上上下下地盯着他看,快速在记忆里找寻与来人有关的讯息。他也盯着她看。她明显老了。毕竟十几年已经过去了。

她说:"你是?"

他说:"我来找星星。"

她说:"张火箭?"

他说:"是我。"

她说:"你滚!"

他说:"我来找星星。"

她说:"星星不在我家,你赶快滚!"

他说:"星星肯定在你家,其他地方我都找了。"

■ 抒情时代

　　她说:"星星又被你打跑了？你可真有本事！"
　　他说:"让星星出来,我带他回去。"
　　她说:"星星就是在这里,都不可能跟你回去！"
　　他说:"看来星星是真的在这儿了。"
　　她说:"你快滚吧。"
　　他说:"星星！星星！"他朝里屋大声喊起来。
　　她说:"你快滚吧。"她把他往外推。
　　他说:"求求你了,把星星还给我。我不能没有他。"
　　她说:"星星是人,不是什么东西。"
　　他说:"求你了。"他扑通一声给她跪在了地上。
　　她说:"星星不在我家。"她没有想到他会跪在地上。
　　他说:"你让我进去找找,可以吗？"
　　她双手插在兜里,没有接话。
　　他站起来,跑了进去。边跑边喊他儿子张红星的名字。
　　但他儿子张红星确实不在里面。
　　他突然觉得自己就要完了。生活突然坍塌了,以至于他骑着摩托车离开时,连她骂的话一句都没听见。
　　公路上,他感到四周所有的景物都在升腾,像热气一样在升腾。
　　雾轻飘飘的。
　　世界轻飘飘的。

摩托车轻飘飘的。

他自己也轻飘飘的。

他也不知道自己会飘到什么地方去。

17

我一直在寻找我父亲的下落。我不相信他就这样人间蒸发了,人们都说他在南方有了新的家庭,可我不信这样的鬼话。我总感觉他就藏在南方街道的某个角落里,可他究竟为什么要将自己藏起来呢?他是跟我一样不愿意回来了,还是得了什么怪病而失忆了?2005年至今十年间,我乘飞机往广州飞过多少回,连我自己也记不清楚了,多数时候,是去参加我的新书发布会或者读者见面会。我专门飞广州去找过父亲,不过那也是好几年前的事情了。

2007年4月,我的长篇小说《寻找杨梅》在广州的一家大型出版社出版,在此之前,本省的一家文艺出版社曾多次联系过我,北京一家出过很多畅销书的出版社也联系过我,但都被我一一拒绝了,这并不是因为我孤傲,而是因为我从一开始就打算将这本书放在广州的出版社出版。潜意识告诉我,我父亲会在广州看到这本书,当然这种想法本身就很可笑。但我还是坚持了我的想法。让我万万没想到的是,出版不到两个月,这本书就加印了三次,销售了近五万册。

两个月里,我的微博关注量增加了七万人,很多读过《寻找杨梅》

■ 抒情时代

■ 192

这部长篇小说的读者纷纷给我私信留言,表达他们对这本书的喜爱。他们说,这本书写出了一个女性内心的苦闷和孤独,尤其是这种后现代的叙述方式,深得他们的喜爱。这些年,他们太少读到像这样好的长篇小说了。有人在我微博下面评论说,因为这部长篇小说,我个人完全可以算得上是当代中国极杰出的小说家之一。各地报纸的连续宣传和评论更是起到了推动的作用。

人们说,这部长篇小说,不仅保持着纯文学的严肃性,还能在畅销书榜占有一席之地,实属罕见。6月份,出版社在广州白云区的一家展览中心为我举办了新书发布会,现场来了近千人,签售会一直持续到下午六点多。当我坐在台上分享这部长篇小说背后的故事时,我仿佛看到父亲和杨梅就坐在下面。尤其是坐在前排最左侧的那个女人,她和她身下的轮椅,更肯定了我的那种幻觉。我憋着眼泪。好几次,我想站起来告诉大家,那个女人就是杨梅。

我一边分享我的创作故事,一边在人群中寻找着,我究竟是在寻找什么呢?我的父亲会躲在人群中的某个角落吗?想到这里,我甚至有些激动。但我很快就否定了这个愚蠢的想法,父亲是坐着绿皮火车来广东打工的,他怎么可能会出现在这种场合呢?我感到失落,眼泪不由得流了出来。人群中突然爆发出雷鸣般的掌声来,我看见很多人也都跟着我流泪了。有位读者说,他听了我的分享,既为我的创作感动,也突然觉得他的人生有了新的希望。

有个读者还问了我一个问题："小说里的杨梅是真实存在的,还是你虚构出来的人物?"那本来是个毫无艺术价值的问题,但就是这个问题,叫我沉默了很久。我不知道该怎么回答他。那一刻,我内心无比痛苦。我为什么要来参加这种无聊的发布会呢?我突然觉得自己就像一只窘迫的猴子,人们围着观看我的表演。那个时候,我甚至觉得坐在下面的人都是我们村镇上的人,想到这里,我更加恐惧。村镇上的人都恨我,都在背地里骂我。我脸都白了。

当我走在广州的街道上时,我恍然觉得周围每个人都来自我们村镇。他们那沉重的身影里流淌着我们村镇的血液。就是这些不时闪现在脑袋里的想法,让我做出了一个艰难的决定——我要寻找我的父亲。新书发布会后,出版社又接连搞了两场大型签售会和一场研讨会,于是我又在广州待了两天。

这两天里,我神情恍惚,如同梦游。研讨会上,有位著名评论家表示,这部长篇小说深刻地反映了我们这个时代每个人的孤独,同时,这本书的出版和畅销,也预示着当代中国后现代文学已经抵达了一个新的高度,这是整个华语文学的骄傲。

我如坐针毡,实在没有什么心情听他们在这里胡说八道。我在想,如果要寻找父亲的下落,就必须回一趟村镇,向那些当年同父亲一起南下的人打问打问,否则即便每天住在广州,也不能得到半点有用的信息。研讨会结束后,我忙说家里有事,连饭都没吃,就径直去了机场。飞回西安后,我在家里又住了两天。这个时候,刘娜已经被提为副处级干部了。她工作繁忙,加班到半夜是家常便饭,还要到处应酬,回到家里总显得疲惫不堪。

也是在那段时间,我们总会因为一些小事而吵架,她开始变得急躁,很容易对我和孩子发脾气,但我最害怕的是她的冷战,她不吵,不闹,也不说,甚至干脆就住在单位。我们渐渐疏远起来。当初的爱情早已消逝在光阴的尽头,甚至在一次吵架中,我差点说出要离婚的话。话到嘴边,我又咽了回去。无休无止的吵架和冷战,已经将我们拖入了透明的危机当中。同所有人一样,这种危机就如同隐形的炸弹一样时时刻刻埋藏在生活的泥沼里。

我将儿子送到学校后,又很快收拾好了行李。临走前,我总觉得自己好像忘记了什么,心里有些发慌。楼道里的黑暗如同阴霾一样沉沉地将我覆盖在里面。我全身隐隐作痛,虚无和莫名的痛苦再次掐住我的脖子。这种感觉和几日前在新书发布会上的感觉是非常相似的。自己仿佛时时刻刻行走在黑夜里。这样的黑夜是黏稠而又冗长的,我甚至再次回到了童年的恐惧里,坐在树杈上像夜鸟一样惊叫。于是我又返回家里,给刘娜留了张纸条:

我想我一直对你隐瞒了一件事情。对不起,娜。但我从未想过要去欺骗你。现在一时半会也说不清楚,我想以后你都会明白的。我可能要离开一段时间,去调查一件我自己都难以置信的事情。我很少给你提起过我的父亲,没错,这件事和他有关。我必须去做。如果再不去做的话,我想我可能会恨我自己一辈子。可能需要一两个月的时间,也可能两三天就回来了。无论怎么样,你不要担心我的安危,我很好。另外,你照顾好儿子和你自己,他晚上睡着后喜欢乱蹬被子,如果你的工作不太忙的话,多抽出点时间陪陪他。等我回来。

写完这张纸条后,我感觉轻松了许多。我背着行李就下楼了,就像穿行在久违的阳光里,身上的负担都被风吹散了。我甚至在街道上蹦蹦跳跳起来,也不在乎四周人们的眼光。坐地铁去长途汽车站的时候,我觉得自己就要去完成一项光荣的使命。自从我在西安买房定居以来,我可从未有过今日这样的解脱感。那种紧绷的感觉终于离我而去了。一直以来,我都想离开,直至今日才有了这份勇气。地铁上的人都显得慈眉善目,似乎都在朝着我微笑。

到玉祥门站时,上来了一个中年男人,他抓着扶手,背对着我。他身穿一件劣质的纯黑色外套,裤子因为太短,连褐色的袜子都露了出来。我一下子就紧张了起来,他的背影太像我的父亲了。他们个头都差不多高。我手心都出汗了。在他那幽深的背影里,我似乎看见父亲正蹲下身,将杨梅从炕上抱到轮椅上。我忍不住站起身来,站在他的背后。我的心狂跳着,多少年了,我终于要见到我的父亲了。我带着恐慌的心情,在那个中年男人的肩膀上轻轻拍了一下。

"嗯?"他看着我,脸上满是疲惫,头发乱糟糟的。

"对不起,认错人了。"我连忙说。

"嗯,没事。"他又转了过去。

他那张疲惫不堪的脸,叫我揪心。眼球里满是血丝,脸色蜡黄,眼袋深处似乎藏匿着深不见底的愁苦,这不禁叫我再次难过起来,我想起了父亲。他会不会也像这位中年男人一样出现在地铁上呢?他的脸肯定同这位中年男人一样,满是倦意。我噙着泪水出了地铁站,然后进到汽车站里。买票,进站,上车,在这个过程中我如同行尸走肉,也不知道自己在干什么,只是跟着人流排队,往里走。我满脑子都是那张疲惫不堪的脸,满脑子都是父亲那模糊的幻影。

车站门口站满了人,到处都是司机高声呐喊的声音,有客车司机的,也有出租车司机的。我这才想到,自己是要回村镇了。我将脑袋靠在玻璃上,那种震颤的感觉很快就传遍全身。隔着玻璃我依然能感受到车站外面的人声。路上的车流叫人眩晕,就在那一瞬间,心里泛起的酸楚突然将我完全吞没。我拉起车窗上的布帘盖住我的脸,然后就失声哭了起来。我不知道自己这些年究竟是为了什么而活着,但此时此刻我觉得时间和过往的一切都是毫无意义的。

哭泣让我明白,这些年间,我既不属于村镇,也不属于这座城市,就像幽灵一样在街道和高楼里飘荡着。我的根被自己砍断了。我常常出现在各种高端的大型活动上，常常在各地巡回演讲、做报告，但其实那个每日每夜坐在树杈上的我早已死了，我究竟是谁，连我自己也不清楚。我将布帘从脸上拿掉时，大片的阳光猛然间盖住了我的上半身，眼睛被刺得眯缝起来，两边的树木就像人影一样闪到后边。客车完全离开城市后，视野逐渐开阔了起来。

五个月前，我还曾回过一趟村镇。那是我这些年间头次回去，回去参加我奶奶的葬礼。没有人认识我，直到我趴在奶奶的灵牌前放声大哭时，人们这才想起了我是谁。那是一场很冷清的葬礼，父亲从头到尾都没有出现过。人们都在诅咒我的父亲，尤其是我的那些亲戚，把世界上最难听的话都骂了。他们在背后肯定也是这样骂我的，但我既然能够鼓起勇气回到村镇，我就已经不在乎这些闲话了。葬礼过后，我的几位堂哥在老屋背后将我狂揍了一顿。

我不记恨他们，我甘愿被他们揍。杨梅那个时候已经是大姑娘了，和小时候一样，她依然坐在轮椅上，还是那样沉默。她和我前后没有说几句话，她肯定也恨我，而我也不知道该对她说些什么。在奶奶的葬礼上，她一声都没有哭，只是静静地坐在一边，看着进进出出的人们，谁也不知道她在想些什么。她的性格一点都没有变，还是像以前那样孤僻。门前的那棵桐树还在，比以前粗壮了很多。从树下面走过时，我依稀看到那时的自己正骑在树杈上看着我。

■ 抒情时代

葬礼过后,人们都散去了,村子再次安宁下来。村子里的小孩子,没有一个我认识的。他们看我就像看一个陌生人。而事实上,我也曾像他们一样生活在这个村子里,骑在桐树和柿子树的树杈上。现在我却成为他们眼里的陌生人了,村子真是无情啊。人们看我时的眼光也都变了,都像在打量一个外来的人。当我走到桐树跟前时,连树上的麻雀和乌鸦都哗啦啦飞走了。天哪,就连它们都忘记我了,也都不认识我了。那种感觉,真的非常糟糕。

"杨梅。"杨梅推着轮椅朝沟边去时,我叫住了她。

"哥,有事吗?"她停住轮椅,转过身看我。

"没事,就问问。"

"嗯?"

"你和谁聊天呢?看你一直抱着手机。"我刚说完,她的脸竟然涨红了。

"没和谁聊呀。"她将头低了下去,脸依然通红。

"骗我。"我咯咯笑了起来。

"网友。"她说。

"见过吗?"我说。

"算见过吧。"她也咯咯笑了,然后转身推着轮椅走了。

"什么叫算见过吧?"我问。

她没有吱声。阳光透过树叶在她身上留下晃闪闪的图案,巷道被深蓝色的天空淹没,那时候,她就像一条黑鱼,向河流的尽头游去了。我脑子里也闪现出黑鱼的影子来,她似乎从羊人进化成了黑鱼。举行葬礼前,家族的人就已经帮杨梅把羊全卖了,连羊圈都拆了。村人都知道,没有卖羊的钱,葬礼是没有办法举行的。奶奶的死亡意味着我们家养羊历史的终结,从那以后,我们村上就再也听不见咩咩叫的声音了,羊也像黑鱼一样朝着河流尽头游去了。

  我回来时,奶奶住过的老屋还没有被拆,木头屋檐和低矮的窗户吐露着古旧的气息,仿佛有一双沧桑的眼睛正透过窗户看我。我抬起手臂,竟不敢推开这扇早已掉漆的红木门。木门上面歪歪扭扭地写了几个字,字迹潦草,那是我在很小的时候用毛笔写上去的,直到现在,字迹还未被时光擦去,那个童年的我似乎就正站在门口盯着我,眼神透出一丝茫然。他怎么会想到若干年后的自己会变成这副模样?我咽了口唾沫,鼓足勇气推开了木门。

  屋内透出一股发霉的气息,挨着木柜的墙上挂着一个相框,里面全都是过去的老照片,有我的满月照,有父亲和母亲的结婚照,还有全家人的合影,都是黑白照片。照片里也有一些不认识的人,大概都是些不常来往的亲戚吧。在相框的右下角,夹着一张彩色照片,是在杨梅很小的时候父亲带她到镇街上的照相馆里拍的。那时候,她刚被父亲抱养回来不久。对我的母亲,我丝毫没有印象。照片里的母亲,浓眉大眼,发辫垂在胸前,非常秀气。

相框里的这些人现在都在什么地方呢？面对这个落满灰尘的相框，我再次体会到一种虚无感。木柜上摆着很多杂物，大多是奶奶用过的。其他地方同我小时候一样，几乎没有什么变化。只是糊在墙上的报纸更加黄旧了，有些地方还挂着不少蜘蛛网。炕围上的旧报纸引起了我的注意，陈旧的报纸上满是长长的抓痕，一条接着一条，因为太过密集，就像无数条蚯蚓在墙面上爬。我猛然想到那都是奶奶抓的，这个想法令我头皮发麻，全身都颤抖起来。

透过阳光下乱舞的尘埃，我似乎看到奶奶此刻就坐在炕上，面色枯槁，苍老的手指摁在墙上。当羊圈里传来咩咩的叫声时，她就在墙面上狂抓起来，抓得墙上的土都掉落下来，抓得手指血肉模糊。她银白色的头发在幽暗的光影里如同鸟雀在飞舞，干涩的吼叫声被掩埋在炕席下面，只有躲在墙角的老猫听得见。她从墙面的左边抓到右边，又从右边抓向左边。当她觉得双手无法抓裂墙面的时候，她甚至坐起身来，用牙齿贴着墙面啃噬起来。

没有人议论过这些墙面上的抓痕，毕竟这间老屋很快就要被拆掉了。见到奶奶的遗体时，她的脸颊深深地塌陷了下去，就像被雨水冲刷出来的深坑，她面色平静而又慈祥，嘴微微闭着，看不出有什么奇怪的地方。但我还是能够感受到奶奶的牙齿上沾满鲜血和泥土，透过那层像水面一样透明的白布，我看见奶奶的双手就像两把锋利的铁钳。村里的人都知道，奶奶在最后的几年，早早就疯掉了。

这次回来，我为杨梅带了我的长篇小说《寻找杨梅》，她看到这本书后，会感到惊讶呢，还是会唾弃我？我写了她，一个我想象中的她。她会接受小说里的杨梅吗？客车还在高速公路上行驶着，四周的人基本都睡着了。我从背包里掏出这本小说，封面上的那个女性轮廓，是我自己当时为出版社画的，抽象中又带着一丝哀伤。在小说里，我一直在寻找杨梅，直到结尾，我依然没有寻见她。她会喜欢这部悲伤的小说吗？我将书抱在怀里，想象着久远的事情。

空旷的乡野里到处都能看见麻雀，茂密的槐树林、纵横的沟壑，苹果园如波浪般在远处展开，随着地势逐渐升高，温润朦胧的薄雾向四周扩散开来。阳光在山丘上熠熠生辉。而远山的山影里如同落了层厚厚的雪，车经过跟前时，才发现山丘里的槐花盛开了。从来没有什么地方能像这里一样让我感到亲切。一路上，我毫无睡意，外面的风景令我陶醉。到县城后，我又得转乘通往村镇的班车，因为时间尚早，我不得不在汽车站里等了将近四十分钟。

从县城到我们村镇，需要经过一段盘山公路。路陡弯急，以前冬天时常常发生车祸。我没有想到我们这里已经通了高铁，山上也栽了很多松树和柏树，过山底时，能依稀看见那条清澈的小河。小时候我和张火箭、骡子常常到这里钓鱼，小河还像以前那样缓缓流淌着，只是童年的我们已经被风带走了。上次回家，杨梅告诉我，骡子现在混得很不错，从广东回来后，他便在镇街上开了家网吧。让我没有想到的是,张火箭竟在好多年前就已离婚。

  暖暖 春天的风
  蝴蝶 也恋爱了
  花开 明亮起来
  装扮 我的 love love(爱爱)

  镇街十字路口的音像店门口正在放这首很火的《香水百合》。

  杨梅并不在家,邻居也不知道她到哪里去了,只说奶奶去世后,她的行踪就很让人捉摸不透,常常在很晚的时候才回来,有时候甚至都不回家。我又问了几个大人和正在路边玩耍的孩子,他们也都不知道她去了哪里。我只好坐在那棵桐树跟前等她回来,那些站在门口的村人不时地朝我投来怪异的目光。我看了几眼桐树,又将树身抚摸了好几次,却再也没有勇气爬上去。正当我朝着树冠上面张望时,旁边的那个少年忽地跑过来,刺溜溜地爬上了树杈。

  傍晚时,猫头鹰都在远处的槐树上叫了起来,杨梅还没有回来,公路上静悄悄的,什么也看不见。我枕着夜鸟的叫声睡着了。我也不知道什么时候被人叫了起来,还以为是杨梅回来了,坐起身看时却发现并不是她,而是一个陌生的女孩,不到二十岁的样子。她说:"你是大鹏哥吗?去年你回来我见过你,你是在等杨梅吗?她可能到后半夜才

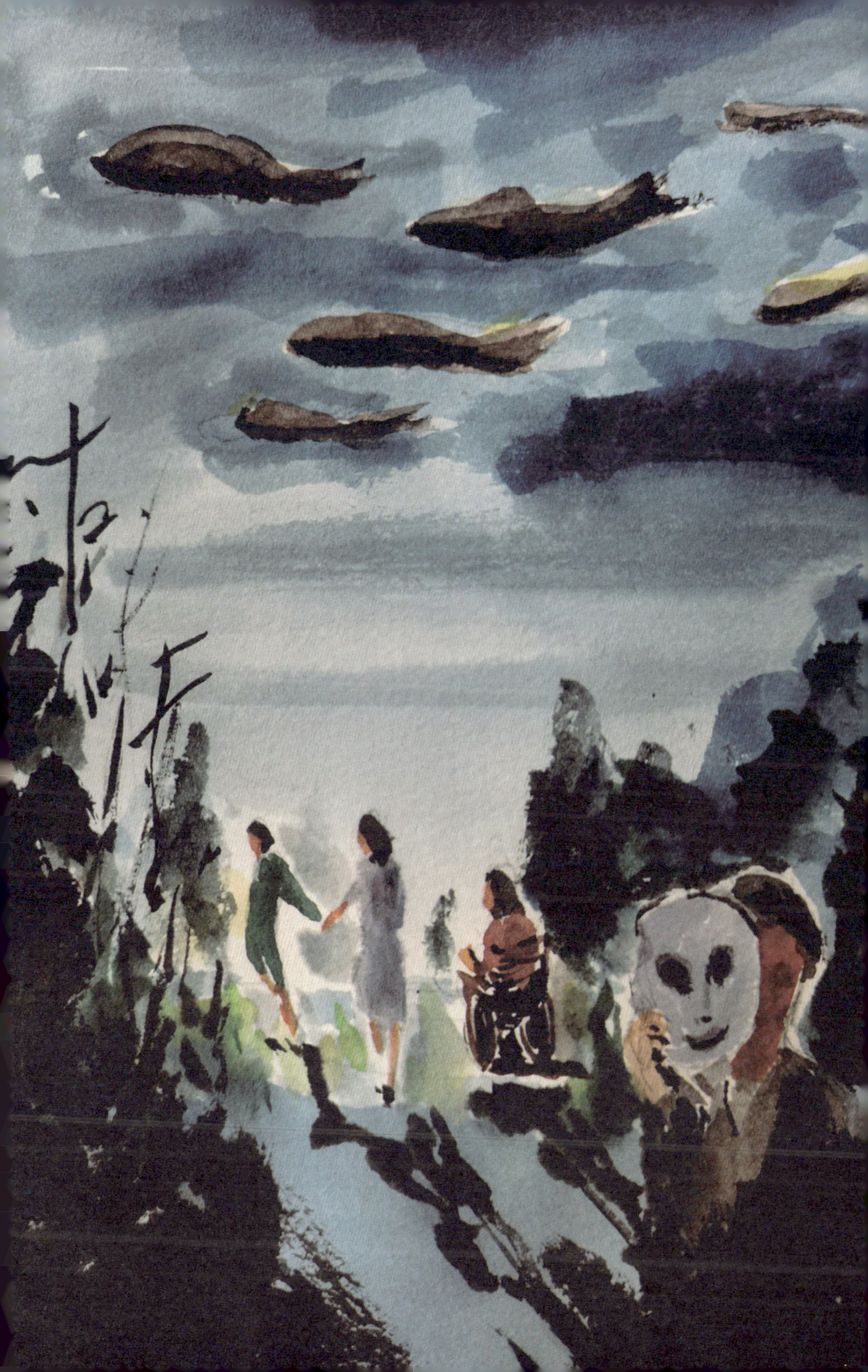

会回来。她现在还在镇街背后的荒地里,正在参加我们的夜莺女生会,有很多人,光咱们村就有三个呢。"

我好奇地问:"夜莺女生会?是干什么的?"

她接着说:"说起来你可能不相信,我们成立了一个女生组织,名字就叫夜莺女生会。据说国外也有这样的社团呢。我们目前有二十多个女生,年龄大多在二十岁左右,我们太无聊啦,总得找点事干,杨梅也在里面。你可能要问我们成立这个女生会究竟是要干什么。我们什么也不干。我们只在午夜时分学夜莺叫,我们站在沟边,站在树背后,像狼一样怒吼,我们可得把憋在心里的那股气给释放出来呢。我们只想做我们自己。"

黑暗中,我目瞪口呆。她见我不说话,就又兴奋起来,继续说:"白天,我们是平庸的人,但到了晚上,我们便是黑夜的王者,我们想干什么就干什么,想文身就文身,想唱什么就唱什么,想喜欢谁就喜欢谁,我们会对着辽阔的沟野大声喊出我们喜欢的男生的名字。我们是游荡在黑夜里的王者。我们也不用再为自己是女生而感到自卑,在午夜的幽暗时刻,我们只属于我们自己。要不是我爸打电话说家里有事,我也不可能现在就回来。"

她说完就急匆匆地走了,我也没有认出她是谁。她的话令我感到震惊,我甚至觉得她是在梦里对我瞎说了一通。猫头鹰的叫声再次将我拉回了现实,此时此刻,我的妹妹杨梅正和村镇上别的女生一同像猫头鹰那样叫着。夜晚寒气逼人,借着幽暗的月色,我似乎听见了她们在荒野里发出的呐喊声。我背靠在桐树上,放眼看去,觉得四周的灌木丛间隐藏了无数双眼睛,正怒气冲冲地看着我。那些绿莹莹的眼睛似乎随时都能将夜晚点燃。

后半夜时,杨梅果然同我们村的另外两个女生一起回来了,她们将轮椅推到我家门口后,便匆匆离去了。杨梅对我的回来反应很平淡,她坐在轮椅上看了我一会儿,并没有说话,然后径直往家里去了。我再次想到了黑鱼,没错,她们像是一群黑鱼,匆匆地闪现在月色里,又匆匆地消失在夜晚的尽头。我也不知道为什么最近总会想到黑鱼,而不是鲫鱼、草鱼、鲶鱼,或者带鱼。或许和她们的夜莺女生会一样,黑鱼们也更喜欢:

游在夜晚

我:"你参加了夜莺女生会?"
杨梅:"是的。"
我:"什么时候的事情?"
杨梅:"我为什么要告诉你?"
我:"我是你哥。"
杨梅:"噢。"
我:"然后呢?"

杨梅:"然后什么?"

我:"什么时候参加的?"

杨梅:"一年多了。"

我:"什么性质的组织?"

杨梅:"你究竟要干什么?"

我:"我起码得保证你的安全!"

杨梅:"你?别开玩笑了。"

我:"我是认真的。"

杨梅:"你可别开玩笑啦。"

我:"能不能好好说话?"

杨梅:"不能。"

我:"你变了。"

杨梅:"是你变了。"

我:"对不起。"

杨梅:"算了吧。"

我:"那个女生会安全吗?"

杨梅:"嗯。"

我:"以后你不要去了。毕竟你的身体……"

杨梅:"我喜欢,我乐意,这是我的自由。"

我:"你大了,要听话。"

杨梅:"我的事你少关心,也不需要你关心。这个家,你想回来就回来,不想回来就永远不要回来。我习惯了,无所谓的。"

我:"对不起,杨梅。"

杨梅:"没事的,我习惯了。"

我:"你胳膊上是什么?"

我:"你文身啦?!"

我:"你怎么能文身呢?!"

杨梅:"又碍你什么事了?!"

我:"你怎么能文身呢?!"

我:"你文的什么?"

我:"什么?兔子?"

杨梅:"嗯。"她推着轮椅走了。

庭院里空荡荡的,竹丛隐隐在动,月光如同白色的粉末铺在地面上,屋檐在我的脚边留下暗影。似能听见水珠滴滴答答的响声,还有老鼠啃食木头的声音。我将耳朵贴在地面上去听,那些声音就更加清晰了,我对着下水道大喊,幽暗的深处也会传来喊声,我以为是父亲要回来了,激动得用手掌拍起地面。但当月亮被黑云遮住时,那些声音就消失在下水道里面了。如果声音可以在下水道里无限循环的话,我想父亲应该能够听见我的喊声。

我将我的计划告诉了杨梅,她开始还很冷漠,但当我讲完所有的打算时,她跟我一样激动起来。她说她也想加入这次寻找计划。我告诉她,在村镇上找到线索后,我还要飞广州去寻找,可能需要很长一段时间,考虑到她的身体状况,她只能留在家里等我的消息。她突然就哭了,她说她也想父亲,她根本不相信别人的鬼话,她相信父亲还深爱着我们。这时,我把我的长篇小说《寻找杨梅》送给了她。她看见书的名字,惊讶地看着我,愣了好半天。

杨梅:"你的书?"

我:"是的,刚出版不久。"

杨梅:"怎么是找我?"

我:"对不起,没有告诉你。"

我:"我把你写成了一个故事。"

杨梅:"你当了作家?"

我:"算是吧。"

杨梅:"羽兔是谁?"

我:"我的笔名。"

我们必须尽快找到有关父亲的线索。

杨梅:"当年同父亲一起到广州打工的是南北村的两个人,一个叫刘广胜,一个叫刘北斗。是刘广胜的亲戚在广州联系的活,说是在什么工程项目上,三年前刘广胜就从广州回来了,但当我知道他回来的时候,他已经出车祸死了。后来才听人说,他从广州回来后,挣了不少钱,就买了辆大卡车,专门跑临县拉煤,不久后,就在山里的弯路上翻车了。车把他压在了下面,他死了。也是村里人跟我说的,父亲当年和他一块去的广州。"

我说:"刘北斗呢?"

杨梅:"他四年前回来的,比刘广胜早了一年。但他脑子不够用了,见人只是傻笑。他怎么了? 都说他在广州那边跟别人打架,被人用钢管把脑袋打坏了。他家人还去了一趟广州,但什么用也没有,谁知道究竟是谁打了他的脑袋? 都说是一群人打的。就是知道谁又会说呢? 都过去四年了,他家人也习惯了。他媳妇和他离婚了。我有时候想,父亲在广州是不是也出事了,不然他怎么会这么多年都不回来呢? 但我只能在家里等着他回来。"

杨梅的话,让我无地自容。

我:"你再找过谁吗?"

杨梅:"找过。"

我:"谁?"

杨梅:"刘广胜他媳妇。"

我:"她怎么说的?"

杨梅:"她说她什么都不知道。"

我:"不可能。"

我:"按你说的,她现在是最重要的线索。"

杨梅:"可我找过她好多次,她都说她什么都不知道。"

我:"我再去找她。"

在南北村找到刘广胜媳妇时,她正在苹果地里锄草。

我:"阿姨,你好。"

刘广胜媳妇没吱声,她可能没有听见。

我:"阿姨,锄草呢?"

刘广胜媳妇抬起头,看着我说:"噢,草高了,来锄锄。"

我:"我想向你打听个事。"

刘广胜媳妇:"向我?什么事?"

我:"关于你丈夫的事。"

刘广胜媳妇:"他死几年了。"她继续埋头锄起草来。

我:"还有我爸的事。"

刘广胜媳妇:"你爸是谁?你找刘广胜问去。"她连头都不抬一下。

刘广胜媳妇:"看见没?刘广胜就在下边那片地里,你找他问去。"她站起身给我指了指。下边的麦地里果然有一座新坟。

我:"阿姨,我没有开玩笑。我爸当年同广胜叔一起去的广州,他直到现在还没有回来,没有人知道他的消息,我只能来求助你。"

刘广胜媳妇:"你是那个姑娘什么人?坐在轮椅上的,来过好多回。"

我:"那是我妹妹,我是她哥。"

刘广胜媳妇："噢。可我什么都不知道。"

我："求你了,真的求你了。"

刘广胜媳妇："你问刘广胜去,他就在下边的麦地里呢。狗×的说死就死了,给我留下一屁股的事情,我容易吗?"

我："求你了,阿姨。"

我扑通一声跪在了地头。

刘广胜媳妇："你这是干什么? 你起来,你起来。"

我："你不答应我,我就不起来。"

刘广胜媳妇："好,我答应你了。"

我："真的?"

刘广胜媳妇："丑话说在前头,刘广胜要是以前欠了你家钱,你别问我要,要的话你问刘广胜要去,他就在下面的麦地里。"

我："我不要钱,只想打听点事。"

刘广胜媳妇："狗×的说死就死了,三天两头有人跑来问我要钱,都说刘广胜在外面欠了他们钱,狗×的倒是问刘广胜要去呀,我只有一条命。"

我："我不要钱,只想打听点事。"

刘广胜媳妇："你说吧,你想打听什么?"

我："我想知道广胜叔他们之前是在广州什么地方打工的。"

刘广胜媳妇："广州呀。"

我:"我想知道具体地方。"

刘广胜媳妇:"这我怎么知道?"

我:"不是你家亲戚的亲戚找的活吗?"

刘广胜媳妇:"是我娘家那边的人。"

我:"能帮我问问吗?求求你了。"

刘广胜媳妇:"怎么问?打电话?现在电话费贵得很。"

我从钱包里掏出二百元塞进了她的上衣口袋里。

她立马就将手机掏出来了。

她朝电话那边吼了一阵子,该问的都问了。

我说:"再帮我问问广州那边负责人的电话。"我又给她塞了一百元。

她又朝电话那边吼了一阵子,也都问了。

刘广胜媳妇:"你记!广州市白云区人云镇黄岭村,那边联系人叫啥?小弹丸?噢,小药丸,外号小药丸,电话:1320191××××。好,记下了。"

电话就挂了。

刘广胜媳妇:"都记下了?"

我:"都记下了。"

刘广胜媳妇:"那还有什么事吗?"

我:"没有了。"

刘广胜媳妇:"那我锄地了。"

我:"谢谢。"

刘广胜媳妇:"后面再有什么事找刘广胜问去,别问我了。"

我:"知道了。"

我将这些消息全部告诉了杨梅。

杨梅:"真的呀?她都对你说了?"

我:"当然是真的。"

我:"现在最要紧的事情,就是去这个地方,尽快打问到父亲的下落。"

杨梅:"我要跟你一起去。"

我:"不行。"

杨梅:"可是我真的很想去。"

我:"你就在家里待着,我在那边有消息了,立即给你打电话。"

杨梅:"好吧。老天保佑呀!"

上午十一点多,我在村口坐上了去往县城的班车。送我上车时,起风了,杨梅的头发就在风中乱舞起来。她坐在轮椅上,情绪激动,不住地对我招手。我也向她挥手,叫她回去。那时候,坐在轮椅上的她,就像一只孤独的燕子。后来,她就成了一个黑点,再后来就什么也看不见了。一个令人感到沮丧的念头突然就浮现在脑海里:如果父亲还在那个黄岭村的话,他为什么一直都不回家呢?这么多年了,他会不会去了别的地方？

　　从县城到机场没有直达车，我只好高价叫了辆出租车，到机场时，正好是下午两点十分。我先订了机票，时间尚早，就又在机场里吃了碗牛肉拉面。那趟飞机晚点了四十分钟，起飞时已是晚上八点。飞机很快就进入了高空，打开遮光板，从窗户望下去，只能看见星星点点的灯火。飞机上的乘客多数都睡了，只有很少的几个人还在聊天，或者在翻阅杂志。我想起了杨梅小时候常常说的山鬼，现在飞在高空又远离了人间的我，算不算是山鬼呢？

　　途中，我还是昏睡了过去。父亲躺在地上，他大声喊我和杨梅的名字，他说他的腿和胳膊不见了，脸也不见了，他也不知道自己在哪里，他让我和杨梅赶紧来接他回去。我猛然惊醒，原来是在做梦。飞机还在高空中飞行，窗户外面几乎什么都看不见了，偶尔还能看见一两点微弱的灯火。原来从天上往下看，人间显得如此渺小呀，就像在梦里穿行着。有人醒了过来，有人还在睡。也不知他们去广州是要干什么呢，回家？出差？还是同我一样去寻找父亲？

　　到广州时，已是晚上十点四十，我就近找了家旅馆住了下来。次日一大早我就赶往那个村子。中途，我给那个小药丸打了电话，但他不是正在通话中，就是暂时无法接通。我打了几十个电话，都没有消息，我又接着打，但很快对方就关机了。我忍不住骂了几句，班车上的人都转过来看我，如同在围观一场笑话。那个时候，我对世界充满了绝望和恶心,但我真的能够逃脱吗?纵使我一直坐在飞机上,又真的能够逃脱吗?

黄岭村位于丘陵地带,四周多是些低矮的山丘,树丛繁茂,房屋密集,少说也有两千多人吧。站在村口,热风朝我涌来,令我生出一种荒诞的感觉。我甚至不相信父亲还会在这个地方。可不知为什么,冥冥中,我觉得父亲和这个地方有着千丝万缕的关系。我在村子里前前后后转了一圈,又问了几个人,但他们什么都不知道。我该怎么办?继续留在这里,还是飞回西安?我决定先在人云镇找个地方住下来,直到找到父亲的线索后再离开这个地方。

第六天的时候,我给刘娜写了封信:

原谅我到现在还没有回来。此前我跟你说过,我一直对你隐瞒了一件事情,我想你应该猜出几分了吧?没错,我向你隐瞒了我的家庭情况,这么多年里,我其实也隐瞒了自己。直到现在,我才鼓起勇气来面对。我有个妹妹,名叫杨梅,她患有先天性小儿麻痹症,从小就无法行走,一直在轮椅上坐着。我还有奶奶和父亲,去年我说我要去外地参加一个文学活动,我骗了你,我其实是回老家参加奶奶的葬礼。我从小就自卑,希望自己能逃脱村镇,并和贫穷的过去一刀两断。我欺骗了你,更欺骗了自己。我不愿让你和儿子知道我的过去和出身,我是多么愚蠢呀。这么多年了，我没有睡过一宿的踏实觉，灵魂一直不得安宁。你肯定是瞧不起我的，我甘愿被你和儿子唾弃。我也是从杨梅那里知道，我父亲自从十多年前去了广东后，就再也没有回来过。他就像从人间蒸发了，永远地消失了。杨梅告诉我这些的时候，我心如刀割，恨不得当场就割腕自尽，我愧对杨梅和父亲。前些天我的新书《寻找杨梅》在广州首发时，我决定去寻找我的父亲，我必须这样，否则我会悔恨终生。现在我就住在我父亲当年打工的那个小镇里，好几天了，一点消息都没有打听到。你说我还能找到父亲吗？我怎么总觉得他就在这个村子里，这种预感会准确吗？希望能够得到你的原谅，我很想念你和儿子。你最近一切都好吧？等我找到父亲后，我想带你和儿子回老家一趟，儿子肯定会很高兴的。我很好，勿念。

写完这封信后，我在黄岭村外的路边坐了很久，对面是平缓的丘陵，高处长满高高的树木，低处则是连片的灌木丛。鸟鸣不绝于耳，似乎是在对我诉说着什么。我也不知道为什么，总觉得我父亲就住在这个地方，面前的风景仿佛在什么地方见到过。风从耳边刮过时，与父亲有关的那些秘密也就被带过来了。我站起身，立马朝村里走去，我必须尽快打听。当我穿行在村子里的石板路上时，父亲仿佛就躲在哪个隐秘的地方静悄悄地等着我。

没有消息。太阳又落下山头了。走在黑漆漆的村巷里,月色皎洁,远处的树影深处传来夜鸟的怪叫声。父亲似乎就和夜鸟一同藏在山里,声嘶力竭地向我号叫着,他责骂我怎么这个时候才来寻找他,责骂我是这个世界上最不孝的儿子,他命令我现在就把他接回家去,他在这个破地方早就待不下去了。我跪在湿漉漉的石板路上,心跳加速,脸色惨白,我不知道该怎么办。夜鸟在茂密的树顶上发出扑棱棱的声响,中间还夹杂着父亲越来越微弱的声音。

父亲长成了一棵树
父亲变成了一只黑色的夜鸟

我感到父亲就站在我的身后,同夜鸟一样,就栖息在高高的树杈上。他也可能正坐在村口的拱桥下面,打捞着天上的月亮。我回头去看时,只见父亲像猴子一样倒挂在村口的路灯上,脸上像盖了层厚厚的霜,比月光还要白皙。他不时地朝我吐舌头,他的眼睛盯着河边的石头。后半夜时,父亲又跳到了别人家的屋顶上,同月亮一起跳起舞来,鱼儿也跟随着歌声从河水里跳出来,他在朝那只蹲在树丛间的野猫笑。我的父亲还在这个世上,他没有死。

好几天来,我的脑袋里总会浮现出那个可怕的念头:父亲死了。但现在当我站在黄岭村的夜风中,当我从小河里蹚过去的时候,我看见父亲就藏在石头下面,就躲在大榕树的背后,就同那些刺猬一样,钻在灌木丛间哼着歌曲。于是我也跟着爬上了树杈,就像小时候一样,父亲总会在某个神秘的时刻,骑着那辆宗申摩托车穿过岑寂的夜晚,然后出现在村口。而现在的夜晚早已成为辽阔的汪洋大海,父亲在里面游啊游啊,却再也没有游上岸来。

我进到茂密的丛林间,朦胧的月色下,不时有人影闪过,风声就像绿豆撒在地上了似的,连夜鸟都不叫了。接着我就听见林丛深处有人说话的声音、生铁片落在地上的声音、喜鹊拔毛的声音、房屋倒塌的声音。显然父亲正躲在某个地方自言自语,风声里他的话语微微有些颤抖,甚至带着哭腔。我躺在杂草丛生的野地里,脑袋枕在木头上,透过树杈分明能看到半空中的人影,旁边还有条弯弯的木船,原来他刚才是在天河里游荡。

我住在人云镇的第九天,总算打问到了一些重要的线索。是在黄岭村的一家商店里买烟的时候,和老板聊到的。那老板个头不高,肤色偏黑,五十多岁的样子。他手里拿着把蒲扇,很健谈,我蹲在他家商店门口抽烟的时候,他走出来和我攀谈了起来。但他说的本地话我一句也听不明白,我将烟头掐灭,并说我听不懂他的方言。于是他便说起了生硬的普通话,他说他经常要去外面进货,什么人都要来往的,说几句普通话一点问题都没有。

"外地人?"他问。

"陕西的。"我说。

"陕西人有意思,爱听戏,说话还声大,是不是?"

"是的。"我又点了根烟。

"前些年村上就有个陕西人,经常来我商店里买烟呢……"

"真的? 你确定是陕西人?"我猛然站了起来,并打断了他的话。

"当然真的,他说自己是陕西人。就在那边的山坳里盖工厂呢,离这里不远,每天下工了,他就坐在河边那里听戏,笑声很大。"

"你看是这个人吗?"我从背包里掏出父亲年轻时拍的照片。

"哎呀,好些年了,我也记不清了。"

"你确定是陕西人,对吧?"

"确定呀。怎么了? 你找他?"

"是的,我父亲在这边失踪了。"

"失踪了?"

"嗯。你知道他现在的下落吗?"

"那就不清楚了。"

"你知道他什么时候走的吗?"

"这个也不清楚,好像有一天他突然就不见了。"

"他是在前面盖工厂?"

"是呀,不过那家工厂效益一直不好,两年前也倒闭了,老板都跑了。"

"跑了?"

"跑了。"

"当时盖工厂的那些人都走了?"

"早都散了。"

"再没有办法联系到了吗?"

"肯定的,都是外地人,厂子盖好后就都走了吧。"

我再次瘫坐在了地上。

"对了,我想起一个人。"

"谁?"我猛地站起身来。

"没错,就是他,武老二。"

"他是干什么的?"

"当年盖工厂时,他就是看工地的,爱吹牛,到处吹他的能耐呢。"

"他住在哪儿?"

"就在前面,不远。"

"叔,能带我去吗?"

"走,我带你去。"

很快,我们就找到了这个武老二。

"不记得了,不记得了。"武老二正在门口择菜。

"叔,求求您了。"

"人家不让说的。"

"你干了什么亏心事,还不让说?"商店老板说。

"我能干什么亏心事呀?我是好人。"武老二说。

"那有什么不能说的?"商店老板说。

"就是不让说。"武老二说。

"叔,你看看这张照片,这是我父亲,他好多年没有回过家了,家里人都快急疯了,你如果知道他的下落,请告诉我呀。"我扑通一声给武老二跪下了。

"这是你父亲?"武老二的脸一下紫了。

"是的。"

"不是说这个老陕西没有亲人吗?"武老二明显慌张了起来。

"我能骗您吗?他人在哪里?"我哭了出来。

"武老二,你别兜圈子了,有什么就说什么。"商店老板说。

"我被他们骗了。"武老二说。

"你赶快说,到底怎么回事?"商店老板说。

"你父亲已经、已经……"武老二哽咽了起来。

我的脑袋就像被谁砸了一棍,嗡嗡直响。

"他已经死了,好多年前的事了。"武老二继续说。

我全身颤抖起来,大脑眩晕。

"你还好吧?要挺住呀孩子。"商店老板说。

"叔,你继续说,怎么回事?"

"那是1999年的事了,当时正在盖工厂的办公楼,你父亲站在顶层的脚手架上搞粉刷,可能是没有站稳,掉了下来,五层楼高吧,当场就摔死了。我当时负责看守工地,出事后,负责人都跑得没影了,没人知道他们跑到哪里去。剩下的都是湖北人、山东人、河南人,除你父亲外,再没有一个陕西人,根本没有办法联系到你们那边,后来包工头就带人把你父亲埋在那边的山上了。再后来,包工头和其他工人也都散伙了,都去别的地方找活了。"武老二说。

"刘广胜和刘北斗呢?他们和我父亲一块来的广州。"我问。

"根本没有这两个人呀,工地上的人我都认识,但没有这两个人。或许他们一块来广州后,就散开各干各的去了。"武老二接着说。

"他埋在哪里了?"我泣不成声,全身瘫软。

"就在那边的山头上。"武老二指着说。

"孩子,你没事吧?"商店老板说。

"没事的,谢谢了。"说完,我就从武老二家里出来了,直奔那山上去了。

山顶平缓,长满了细叶榕,我的父亲就被埋在树丛旁边的空地上,坟墓旁边的石头上刻着三个字——老陕西。看来我的父亲确实是被埋在这里了,埋他的工人可能连他叫什么名字都不知道。隆起的坟墓上满是绿色的荒草,四周盖着厚厚的落叶,到处都能见到黑色的石头。当我跪在坟墓前面的时候,头脑就开始发昏,我似乎看见父亲就安安静静地躺在草丛深处,朝着我微笑。林丛间很寂静,一丝风都没有,太阳就在远处的河面上跳着怪诞的舞。

我甚至都哭不出来声,银黑色的恐怖死死地掐住我的脖子,四周的静谧随时都能将我掩埋。我的脑袋里满是遥远的幻象:父亲穿着一双肥大的雨鞋走在雨林里,头发与树叶长在一起,他跟跟跄跄地跑下山头,然后跳进平静的潭水里,他挣扎着试图游出来,但深水区成群的黑鱼咬住他的身体,他动弹不得。这个幻象似乎很早以前就出现在我的梦境里了,那是年轻时的父亲,那时他常常会在后半夜醒来,总觉得什么东西挂住了他的身体。

刻字的石头下面传来奇怪的声音,像深沉阴郁的咳嗽声,又像嘻嘻哈哈的笑声,父亲可能正躺在地下面抽烟,旁边还摆着播放秦腔的录音机。那是另一个世界。我往前跪了几步,又将剩下的烟全点给了父亲,还将新买不久的浪琴手表放在了那块石头旁边。父亲以前总是稀里糊涂地活着,根本不在乎时间,我用旁边的落叶盖住手表,希望父亲日后能腾出点时间到这边看看,看看现在是白天还是黑天,看看太阳刚升起来还是已经落下去了。

风从四面鼓起来的时候,我还在那里跪着,树叶就在空中旋起来。我相信我的父亲就藏在密林深处,他随时都有可能走出来,我现在只需在这里等着,直到他出现在我的面前时,我再接他回陕西老家。风在树枝上吹起哨子来,我甚至在透明的风中看见了父亲苍老的身影,

下部　我们（2015）

他从高空中重重地落下来，鸟雀都停止了呼吸，看着他身上的鲜血在地面上开出灿烂的花儿来。他躺在褐色的石头上，背对着苍天，似乎只要一转过身，他就会跌入更幽深的山谷里。

死亡就在面前盯着我，我的身体早已被大卸八块，只有那根弯弯扭扭的树藤在牵着我。我似乎在等待着什么，一个毫无意义的故事？一个哀伤的梦？我躺在坟墓旁边的落叶堆里，任蜘蛛、毛毛虫和跳蚤钻进我的鼻孔，河流正在我的胸膛上翻涌，大地深处的根须正从四周冒出尖来，然后缓缓扎入我的身体。我明白父亲的身体和他死亡的消息正在同我合为一体，他白皙的牙齿正贴在石头上，白光腾腾，他迟早会啃完山冈上所有的树皮和树根。

那只野猫一直在朝我咪咪笑，直到它绕着榕树跑到我跟前时，我才惊讶地发现那正是父亲。他平躺在荒无人烟的沙土上，衣服上沾满了血污，半张脸都不见了，他的头发混着泥水长到了大地深处。他还在对我咪咪笑，只是很多牙齿都不见了，左眼也不见了，是被山上的老鼠吃了吗？我冲上父亲的坟顶，赶走了藏在四周的蝙蝠、老鼠、狐狸和苍蝇，那只逃窜到树顶上的老鼠，还在偷偷地朝我这边张望，它是要转达给我一些关于父亲的秘密吗？

草丛里钻了风，便朝四周摇曳起来，远处的河面上也起了波纹。林丛间的低洼处还蓄着雨水，想来没到半夜的时候，月亮升上半空，父亲总会踩着潮湿的树枝和落叶，四处乱跑的吧，他也许会坐在对面的山头上,朝这边唱古老的秦腔。南方的雨林是无法理解父亲粗犷的声音的,落叶也是,但父亲从来没有停止他的低吼。暴雨来临时,林丛间就会发出哗啦啦的响动,连猴子都躲起来了,他却依然赤身裸体地站在空旷的地带上,观看着清水深处的黑鱼和卵石。

我在林丛深处采回了很多的野花,然后将它们盖在父亲的坟墓上。我本来还打算将父亲的墓迁回陕西呢,但当我将四围的荒草拔光的时候,我决定让父亲永远安息在这里,永远不再动这里的草木。临走之前,我还挖了些湿土装在了背包里。当我距父亲的坟墓越来越远的时候,我再也无法抑制住内心的哀伤,泪水如同小溪一样缓缓流淌下来,并发出叮咚叮咚的脆响声。父亲怎么会想到自己永远睡在了这个地方呢?我朝他挥了挥手,然后离开了山冈。

我直接回了西安。那段时间,我没有回村镇。我将从黄岭村带回来的湿土放在了一个小陶罐里,直到今天,这个陶罐依然在我的书桌上摆着。我总觉得父亲就在我的身边,他会在我湿漉漉的梦里来看我和我的儿子,有时候他还会给我讲很多那个世界里的笑话,很多晚上,我都会在咯咯的笑声中醒来。刘娜盘问了我很多的事情,我把过去隐瞒的都告诉她了。但我没有把父亲的死讯告诉她,包括杨梅。月底时,我给杨梅寄去了一封信:

杨梅,最近还好吧?我从家里出发后,第二天就到了那个黄岭村,这个村子在一块山坳里,我打听了好多天,都没有打听到父亲的消息。我只好在人云镇住了下来,每天一大早就赶到黄岭村,这里的人都说广东话,很难听明白,但总还能听明白一些的。我住在人云镇的第九天,总算打听到了父亲的消息。刘广胜媳妇的亲戚说得没错,父亲当年就是和刘广胜、刘北斗在这里干活的,他在建筑队里当小工。八年前,他在工地上认识了一个当地女人,她离过婚,带着两个孩子,后来父亲就同她过在一起了。在另外的一个镇,另外的一个村子里。我见到了他,他现在过得很好,也很幸福,他说他永远也不会再回来了,他对不起你和奶奶。他还说他很想你,日日夜夜都在想你,他也叫你不要为他担心,他什么都好。他已经不认我这个儿子了,和我断了父子关系。但我并不恨他,我本来就是一个不孝子。你在家里好好生活,不要为他操心什么了。那本书看完了吗?如果你喜欢,我过段时间再寄给你些别的书。照顾好自己。

2009年,我的长篇小说《寻找杨梅》获得了南国文学奖,这也是我写作生涯的一个重要里程碑。同年6月份,我到广州领奖,奖金10万元。次日早,我搭车去了黄岭村,我将奖杯和证书埋在了父亲坟墓的右边,将《寻找杨梅》这本书埋在了左边,他肯定没有想到我会成为一名作家。我给他点了很多的烟,临走前,将四周的荒草拔了一遍。我决定再为父亲写一本长篇小说,来祭奠他短暂的一生,名字我都想好了,就叫《我的父亲在南国睡着了》。

后来,我又回了很多次村镇,有时是自己一个人,有时会带着刘娜和儿子。村人也都逐渐接受并认识了我们。那几年村镇的变化实在太大了,几乎隔一段时间回去,村镇都会变上一个模样。我劝说了好多次杨梅,希望她能搬到西安和我们住在一起,但她都拒绝了。她的性格变得更加古怪,更让人捉摸不透了。那次我亲眼见到她朝一个孩子大吼大叫,吓得那孩子坐在墙垣跟前哭了很久。她胳膊上的那个兔子刺青如同庭院外面明晃晃的日头一样刺眼。

当我全身心投入长篇小说《我的父亲在南国睡着了》的写作中时,我常常会产生奇怪的幻觉,我看到父亲像一股白气从书桌上的陶罐里冒出来,他的脸面逐渐清晰,他甚至在梦中对我说了很多的话。他站在我的面前,定定地看着我,目光好像凝固了般,他的脸上甚至挂着诡异的笑容,他是在嘲笑我的写作吗?还是对我的这本书根本就不屑一顾?他孤零零地坐在我的书桌上,不时会翻翻我以前写的书,偶尔他也会满屋子地跑起来,好几个花盆都被他撞倒了。

我把父亲关在我的书房里,生怕他跑进外面的街区,那样的话他肯定无法找到回家的路。我好不容易才把他从那个世界里接回来,怎能叫他又轻而易举地逃掉呢?他渐渐对我不满起来,变得极其暴躁,先是有意拔掉我养了好多年的绿色植物,又将我的被子、枕头、床单等物件乱丢一地,他见我还坐在电脑跟前打字,就高声咒骂起我来,并将我所有的书撕成了碎片。

他的头发一天比一天长,银灰色的发丝在暗淡的光影里像鸟雀一样盘旋,我的长篇小说写过半的时候,他明显闹腾不动了,静静地坐在我的书桌上,眼神呆滞,面色蜡黄,就像一只白毛鬼。我给他讲述了我在广州寻找他的故事,也讲了他以前在矿山的故事,他望着对面墙上的油画,沉默了许久。我问他还记不记得那些事情,他对着墙上的油画摇了摇头。他什么都不记得了,也什么都忘了。他背靠着我的书架,跷起二郎腿,嘴里发出哼哼唧唧的声音。

令我感到难受的是,我眼睁睁地看着他的身体一天比一天小,却丝毫没有办法。我的长篇小说推进得越快,他身体缩小得也就越快。当我的长篇小说竣工的时候,他便消失在了我的书房里。他重新像一股白气那样钻进了书桌上的陶罐里。他认得陶罐里的土。痛苦与欢乐同时向我袭来,我像父亲一样在书房里癫狂起来,我一边对着窗户大喊大叫,一边又将撕碎的书烧成黑灰。直到那本长篇小说定稿时,关于父亲的幻影才从我的面前完全消失。

这本书,我写了四年。四年间,我陪着父亲在书房里同吃同住,我不仅挖掘了他过往所有的记忆,还在书里粉碎了那些记忆。2014年暑期,《我的父亲在南国睡着了》在广州首发,同《寻找杨梅》那本小说是一家出版社出版。让我没有想到的是,这样一本带着怀念色彩的长篇小说，竟然在很短的时间里就引起了轰动。出版后，一直畅销，占据了各类图书排行榜的头名。我又飞了一趟广州，在黄岭村，我给父亲点了一盒烟，并烧了二十本书。

18

谁都没有办法忽略那个精彩绝伦的午夜，我们躲在茂密的槐树林背后，用双手掬住月亮。戴着面具的女生走到厚厚的落叶堆里，脚面上就长出嫩绿的芽儿，蝴蝶都从远方的世界里赶了过来。星光穿过云层后，又斜着钻进灌木丛里跳起舞来，夜色愈加鬼魅，树叶哗哗闪动。我们在连绵不绝的歌声和笑声中占领了这块荒地，猫头鹰安静地蹲坐在树顶上看着我们同月亮捉迷藏，蝈蝈的啼鸣声令刺猬感到心碎，后来我们都流下了感动的泪水。

野猫就藏在不远处的房屋里面，它的眼睛像两团晶莹的绿火，刺穿了所有树木的心扉。我们唱了一夜，大火也在空地上燃烧了一夜，直到将所有的噩梦烧成灰烬时，我们才陆陆续续地回了家。但在另外的夜晚里，我们又用冰凉的水扑灭大火，火堆里传来的噼噼啪啪的声响令我们感到快乐，于是我们顶着恐惧穿过茂密的林区，直到完全消失在辽阔的山野间。潮湿的季节里，野兽紧紧地抱住那棵千年老槐，星星都隐退到山背后去了，只有风在远处怒号。

此时我们才能清晰地听到内心深处的哭泣声，原来很久以前我们的身体里就住进了很多的女生,她们很少说话,大多时候就挤在黑暗的角落里,诉说着前世的秘密。多少年来,我们一直忽略了她们的感受,忘记了她们的存在,直到午夜在荒野地里完全将我们吞噬时,我们才看见她们那小小的身影就蜷缩在冰冻的雪地深处。于是,我们将身体前倾,一同朝着深山老林的方向呐喊,我们只想在那个幽暗空灵的世界里,活出自己的本色来。

没有人能够真正理解我们。我们的亲人没法理解,我们的朋友也没法理解。他们总希望我们顺着那条被上天规划好的路径走下去,但我们不愿意,我们只愿意顺着自己的心走。我们想怎么活就怎么活,我们是午夜的幽灵,我们才不愿跟在别人的屁股后面。我们走进猫头鹰深邃的孤独里,捡起早已发霉的歌声来清洗我们的胃。我们想怎么疯就怎么疯,根本不用在乎野猫的嘲讽,我们只需随着鬼火的节奏来摇摆身体。

我们才不会轻易向白天妥协,我们就坐在午夜的石头上像夜莺那样唱歌,直到嗓子快唱出血时方才离去。每个夜莺女生会的成员都是能歌善舞的夜莺,我们不担心也不害怕中了猎人的奸计,我们就是想告诉月亮和星星我们还活着,我们现在就要找回我们曾经丢失的,包括那些曾让我们感到恐惧的东西。我们不曾到过遥远的大城市,甚至连县城都很少去过,但现在我们还是要吼出心里的声音:我们曾轰轰烈烈地活过、爱过、恨过,我们就是夜莺,就是午夜的孩子。

我哥给我寄来了他最新出版的长篇小说《我的父亲在南国睡着了》,此前他还断断续续给我寄过他的小说集,加上最早的那本《寻找杨梅》,我手头已经有他的七本书了。我没有想到他是一位出色的小说家。我非常喜欢《寻找杨梅》那本长篇小说,原因当然不仅仅是因为那本书写了我,还因为我喜欢小说中的杨梅甚于自己。好像自己只是小说中杨梅的一部分,这个想法可真叫我感到丧气。我合上了书,气喘吁吁,就像刚从那个暗淡的世界里逃脱出来。

我花了两个晚上就读完了《我的父亲在南国睡着了》这本书,同《寻找杨梅》中营造的神秘感不同,这本书令我感到压抑,我就像刚刚做了场噩梦。小说的结尾部分,父亲在一座小山冈上永远地睡着了,他的身旁长满野花,四周是茂密的林地,他在夜间依然会从地下面跑出来,坐在那棵大榕树的树杈上,怀里抱着月亮,脖子上挂着一串星星。他对着北方唱歌,直到天明时分,才又躺回大地深处。他睡了,他死了。他只在半夜时分闪出空洞的身影。

这真的是父亲吗?是我哥虚构的故事,还是父亲真实的经历?很多年后,父亲终于在那个月色暗淡的夜里,成了一个长毛野人,他的脸上污垢斑斑,头发拉到了后腰,浓密的胡须就像一堆茅草,他穿上了树叶,在夜鸟啼鸣的夜晚里,他从这个山头跑向另一个山头,密林里的动物们都惧怕他,老远就止息了叫声,躲藏在幽暗的灌木丛间。没人知道他在山林里跑了多少年。直到那个夏天的那个晚上,天雷击中了他,他才重新回到坟墓里,再也没有出来过。

难以置信我哥会写出这样一本长篇小说来。父亲在广州一切都好,这是他曾经跟我说过的话,现在他又写父亲在南国的山冈上睡着了,他究竟想表达什么呢?他以前告诉我,父亲在广州那边和一个当地女人结婚了,生活很幸福,他还说父亲日日夜夜都在想我。难道父亲真的在广州出事了?尽管这是一本充满着奇特想象的长篇小说,但里面的一些情景还是能让我信服,甚至让我现在相信父亲真的就像小说中所写的那样:永永远远地在南国睡着了。

我哥肯定骗了我,如果父亲在广州一切都好的话,他不可能不回家看我的,肯定如小说中所描述的一样,父亲在广州出事了。可就算父亲出事了,他的魂也会回来,我会永远守在这个村子里,守着那些即将消逝的记忆。我不会跟我哥去西安生活的,尽管一个人的生活很不方便,尽管我也渴望生活在远方的大城市里。如果我一走了之,家就真的荒了,父亲要是看到的话,肯定会格外伤心的。他肯定会在某个萧瑟的夜晚里骑着摩托车再次回到家。

立夏的那个晚上,月色皎洁,凉风习习,远处不时传来野狗的狂吠声,我站在空荡荡的院落里,轮椅就在台阶上面放着,竹丛深处虫声不断。很多年前,我就已经发现自己完全可以站立,但在白天里,我依然选择坐在轮椅上,我不愿让人们看见我那畸形的腿。月亮升上半空时,月光就开始在屋顶上跳舞,地面就显得更为暗淡,在花丛深处,在四处飘舞的尘土里,在山鬼张牙舞爪的黑色身影里,在蝈蝈聒噪的叫声中,我枕着荒诞不经的梦沉沉睡去。

父亲像野狼一样在森林里穿梭,他从山的那头追到山的这头,只为追那只无家可归的兔子。他好些天没有吃东西了,凌乱的白发掩盖了他的脸面,红褐色的脊背上,青筋凸起,黑汗直流。他在那条宽阔的大河边上,逮住了那只可怜的兔子,远处红云低垂,鸟雀朝山林飞去。他那时才意识到,村镇还很遥远,于是就提着兔子往北的方向跑去了。后半夜时,父亲在一块荒草地里点起火堆,将那只兔子烤着吃了。那时候,我就躲在他身后的灌木丛间。

他的眼睛在夜色中闪烁出绿莹莹的光,那片茂密的原始森林里,不时传来狼群的号叫声,于是他也跟着狼群叫。稍不留神,他就如同闪电一般跃入丛林,到处都能嗅到危险的气息,各种奇异的小虫子在空中飞舞,我只好爬上那棵粗壮的大树。站在高高的树杈上,我再次看见父亲那苍老而又孤独的身影,他时而在河边像马匹一样饮水,时而又像猎豹一样穿梭在密林间。在那个遍地都是传说和神话的晚上,我根本看不清他的脸,他的身板更是无法挺直起来。

在平缓的河流那边,在高高的远山那边,他一觉起来时,发现自己竟然长了一双结实有力的翅膀,他在那块空地上很快就练会了飞翔的本领。狼群就在他的身影下面号叫,但它们根本追不上他。空中飞翔解放了他，带给他从来没有过的自由。他决定就这样从南方的密林上空起飞，哪怕飞上十天十夜他也在所不惜，他做梦都想回到遥远的北方村镇呢。他真的就飞走了，无论遇上闪电，还是暴雨，他都没有停下。他飞得筋疲力尽，飞得骨瘦如柴。他还在飞。

第八天时，他到了秦岭。他在向阳面的山坡上睡了三天三夜，他太累了，太需要休息了，他必须让体力恢复过来，茫茫秦岭可不是说飞过去就能飞过去的。他趴在盛开的花朵跟前，喝光了早晨所有的露水，蜜蜂将蜂蜜都给他送了过来。他在汉江里洗澡后，又捕食了几条新鲜的大鱼。之后，他就继续朝着更北的地方飞去了。不幸的是，他尚未飞过秦岭，就在一个名叫罐罐沟的地方，被狩猎的农人用土枪打落了下来。他的尸体上开出了很多的花儿。

十年来，我一直和"逃跑的兔子"保持着联系。其间，我换过三回手机，现在用的是最新款国产智能手机，现在我们大多时候是用微信聊天，很少再用QQ了。我从来没有将"逃跑的兔子"告诉过别人，包括夜莺女生会的成员。我不知道我们之间究竟算什么关系。情侣？普通朋友？连我自己也搞不明白。我也没想过要去弄明白这层关系，他似乎也是这样。我常常会拿出他寄给我的卡片看，他隔一段时间就会给我寄几张过来，现在我已经收藏厚厚的一摞了。

视频聊天的时候，他依然戴着面具，不同的是，有时候他戴猴子面具,有时候戴羊头面具,有时候还会戴老虎面具。我已经适应了戴面具的他,如果有一天他突然摘掉面具,我想我肯定会无比惊慌,我没有办法去接受那个展现真实面目的他。十年间,我无数次猜测过他的身份。我想到过父亲和我哥杨大鹏,甚至还想到了夜莺女生会里的成员,但我很快就打消了这些念头。我不希望他是他们中的任何一个人,在我心里,他永远只是"逃跑的兔子"。

我坐在客厅,从窗户看出去,半个太阳已经沉入地平线,远处的那棵桐树在金黄的光影下,就像一座千手观音。视频里的他,正坐在桌前,台灯的光焦黄焦黄的,像泛滥的河水一样向四周蔓延。他今天戴的是一张羊头面具。羊脸上的胡须显得格外滑稽,犄角倒形象逼真,这让我想到小的时候,那时候我以为我就是羊变的,尤其是当我同羊羔一起卧在羊圈里的时候。我哥刚去外地上学的那段时间,我总会盯着那只羊羔看,仿佛它就是另外的我一样。

但我还记得,在童年时代的噩梦里,那些面容狰狞的山鬼将我和羊羔一起拖到熊熊烈火之中,后来我和羊羔都被烧成黑灰了。我跟"逃跑的兔子"说过,我也不知道我为什么而活着,有时候真想从沟崖上跳下去结束性命。我还说过,如果父亲真的在南方出事了,那我就真的跳沟。可每次想起高飞的那张脸,我就感到恐惧。

如果十年前我对外面的城市还有所幻想的话,那么现在我只想生活在村镇里,对于遥远的生活我已经没有任何期待了。"逃跑的兔子"

告诉我,现在西安已经进入拆迁时代了,城中村和郊区的村子相继被拆除,说不定什么时候我们村镇也会被拆成一堆废墟。我不相信他的话,就算什么时候天塌了,河水倒着流淌了,城市也不可能吞掉我们村镇,更不会拆掉我们的房子。尽管我内心很不服气他说的话,也和他为此而争辩了很长的时间,但我还是隐隐有些担忧。

19

我欺骗了杨梅,到今天我都没有告诉她我其实就是"逃跑的兔子"。她或许早就猜到了,但从和她的聊天过程中,又看不出任何的迹象。她跟我说过,如果父亲在南方出事了的话,那她就准备跳沟自杀,她的想法吓坏了我。幸运的是,直到现在也只有我自己掌握着父亲的真实情况,如果我不告诉任何人,那么杨梅就永远也不会知道。就算她猜到了什么,以她那种孤僻执拗的性格,她仍然会继续等着父亲回来,除非她猜到的结果得到了我或者别人的验证。

当前面的高楼挡住最后一丝阳光时,窗下的那条老街就变得安宁下来,挂在铁杆上的广告牌显得呆笨滑稽,树叶在风中不住地叹息着。我打开台灯,金黄色的光线瞬间覆盖了桌面,包括放在旁边的多种面具,有猴子和老虎的,有山羊和公鸡的,也有其他的。我喜欢面具的原因在于它给了我双重身份:当我戴着面具和杨梅视频聊天的时候,我觉得我就是她的丈夫,面具掩饰了我所有不安的情绪;当我摘掉面具时,便又回到了现实——我是她哥,仅此而已。

还在村镇的时候,我就喜欢着杨梅。我也曾因此而自卑过、羞愧过、忏悔过、哭泣过,那时候我以为我是被山鬼上身了。但多年前当我戴着面具和杨梅头一次视频的时候,那种曾经暗涌在我体内的情感再次奔涌了起来,我深深地爱上了她。我没有办法控制这种情感,尽管我内心深处依然感到羞愧。直到现在我也没有办法说清我们之间的关系,在她感到悲伤的时候,我总会戴上面具和她视频一段时间。也是因为面具的存在,我们才可以无话不聊。

当刘娜和儿子沉沉睡去时,我顺着黑暗的楼道来到小区西边的窄巷子里,那里没有路灯,也没有人影,街面乌黑乌黑的,巷子深处摆着好几个垃圾桶,站在矮墙上面的野猫朝我不住地叫唤,它是不是认出了我?我赶紧将藏在衣服里的面具戴在脸上,又学着老虎号叫了两声,那野猫吓得惊叫一声,便跃到墙那头去了。我是城市夜间的老虎,是街道里的幽灵,我像老虎一样穿过这条巷道,又跃入另外的巷道,直到月亮升上头顶时,我才放慢了奔跑的速度。

在高高的城墙下边,我听见了很多奇怪的声音,有士兵呐喊的声音,有烈火燃烧的声音,也有呼啸的风声,这些声音都是从城墙里面传出来的。但当我摘下面具时,那些声音就会跟着消失,我戴上面具,那些声音又会源源不断地从砖缝深处飘出来。在无数种声音的簇拥下,我学着老虎那优美的姿势和步伐,脚尖踩着凹凸不平的墙面,轻而易举地攀上了城墙顶部。夜风在呼呼地刮,远处的街灯就像一群四处飞舞的星星,我再次成为城市午夜的王者。

杨梅,现在我就站在西安城墙顶上,我在朝村镇的你唱古老的情歌,如果此刻你正在那片荒野地里参加你们的夜莺女生会,那你肯定是可以听到我忧伤的歌声的。月亮会把我的歌声带到沟野深处,城市里的妖风会把我的歌声卷到村镇的上空,站在树杈上的夜莺也会把我的歌声原原本本地对你唱上一遍。你朝着月亮看看,看看月亮里的那个人到底是不是戴着老虎面具的我;你也可以搬开旁边的砖瓦看看,看看躲在草根深处的那个人究竟是不是我。

杨梅,直到今天,我依然喜欢着你,那种隐秘的情感只有在夜间才会爆发出来,只有在万物复苏的季节里才会暗暗生长,那是世间最为纯洁的爱恋。十多年来,每当我在山林里遇上盛开的野花,我总会想到你那张忧伤的面庞,在他人看来,我对你的爱恋是下流的,是应当受到谴责的。人们无时无刻不希望我被捆绑在道德的十字架上,他们用浓硫酸来泼我的脸,用熊熊的烈火来烧我的身体,用毒蛇的体液来毒烂我的肠胃,用锋利的匕首来刺瞎我的眼睛。

杨梅,你能听见我的话吗?其实同所有的人一样,有时候我也会无缘无故地痛恨自己,痛恨自己心里怎么能滋生出那样的情感来,但无论我如何在夜间折磨我自己的身体和灵魂,我都无法完全抹杀掉我对你的爱恋。我想我这辈子都不可能将这种难以启齿的情感对你表露出来，我怕你误会，怕你承受不住这份打击，我会让它在我心里自生自灭。很多次，在我戴上面具和你视频的时候，那些话就已经蹦到了嘴边，但还是被我生拉硬拽了回来。

杨梅，我说不出口呀，多少次看到你那期许的眼神时，我恨不得立即找个地缝钻进去，我真不该当初戴着面具欺骗了你，现在如果你知道"逃跑的兔子"就是我，你会怎么看待我这个人？只怕你这辈子都不会再理我了吧。我不仅欺骗了你，更欺骗了你的感情，现在一想到这些事情，我的手心就会冒出虚汗，我不知道该怎么去面对你。如果没有面具掩饰我的虚伪和慌张，我想我极有可能会羞愧而死，我真不敢想象自己竟然戴着面具同你联系了近十年的时间。

杨梅，尽管这样，我还必须得和你联系。奶奶去世后，你一直一个人生活在家里，加上你的双腿又不是很方便，如果不通过"逃跑的兔子"这个角色去和你联系，那我又怎么能放心？就算我欺骗了你和你的感情，但至少我能够了解你在村镇上的生活情况。父亲已经躺在南国的山上了，他已经长眠了，再也不可能回来了，现在你在这个世界上唯一的亲人就是我了，如果我现在和你断了一切联系，那我的灵魂还能够安宁吗？我又该如何跟天上的父亲交代呢？

杨梅，尽管你现在还不知道父亲的事情，但等到合适的机会，我一定会告诉你的，瞒你一辈子是不可能的。我们都已成年，都明白生活本身就是悲伤的，是苦涩的，我们应该能够撑得住生活的重压。若不是你之前对我说过的关于父亲的话，我可能早就将父亲的死讯告知你了，你一个人生活在村镇，我毕竟不放心。父亲如果在天有灵的话，肯定希望你能好好地活下去，从明天起，我们都做幸福的人吧，海子就写过：面朝大海，春暖花开。

杨梅，你还记得吗？小时候，我总觉得父亲爱你胜过爱我，那时候我总会坐在树杈上生你和他的闷气。在某段时间里，我甚至还有过将你赶出家门的想法，我想从父亲那里夺回他对我的爱。可每次看见你一个人孤零零地坐在那块大青石上时，我又有些于心不忍。那段时间我恨透了你，在你来我们家之前，每次坐在大青石上等父亲回家的人是我，你来了后，我只好坐上了树杈，从此以后，我就成了村子里有名的树杈小孩了。命运就是这么奇怪。

杨梅，每当太阳从西边高楼的缝隙间沉落时，当人们都像鸟雀一样朝着南山飞去时，那时候，我就坐在古城墙顶上的拐角处，戴着面具盯着面前恍恍惚惚的人影看，那时候，我也不知道我是谁，我来自哪里，在古老的风中我仿佛失忆了一般。我不用再去关注未来的事情，更不用去回想昨日的故事。那个时候，西风穿过一栋又一栋的高楼来到我跟前，然后张开大嘴咬我的头发，咬我的脸颊，咬我的耳朵和眼睛，咬我的双臂和肩膀，咬我身上最疼痛的地方。

杨梅，和村镇上所有的人一样，我其实也痛恨自己当初的逃离，但

■ 抒情时代

我一点办法都没有,眼睁睁看着村镇上的人一个接一个地南下了,骡子他们都坐着绿皮火车去广东了,我心里也着急呀。那段时间,每当我坐上树杈,连树上的鸟雀都在劝我赶紧离开村镇,但我又不愿意和村镇的人们一起挤着绿皮火车离开,我想考上外地的大学,直到现在落户在西安。但同那个时候一样,我现在依然感到茫然,我不知道自己得到了什么,又丢失了什么。

又想起自行车车铃那脆亮的当当声;
又想起摩托车在柏油马路上呼啸而过的响声;
又想起野猫泪水滴落在池塘里的声音。
我们背靠着石牛山做梦,骑在树杈上看头顶正在拉出长线的飞机。
你就坐在路边的木头轮椅上,看着我们像鸵鸟一样在麦地里狂奔。
我们开始还是在乱跑,后来我们就去撑快要沉落下去的太阳了。
山的那头,云海涌动,山鬼正面带微笑地站在树顶上。
野狗从果园里逃窜出来,没一会儿,就又跑得不见了。
有些孩子正双手举着笤帚追飞舞在半空中的小虫子呢。
追着追着也就追得没影儿了,小虫子却还在飞呢。
你依然坐在路边的木头轮椅上,看着果园背后的我们。
我们笑啊笑啊,笑得肚子都疼了,笑声却一落地,都被妖风卷走了。

我们又叫呀叫呀,叫得嗓子都干了,叫声刚一落地,也被妖风卷走了。

那只黑野猫从这边的麦草垛背后跑到了那边的麦草垛背后。

老鸹嘎嘎叫了两声,就不见了。

在折弯的光影里,我看见村子差点就倒在了路边。

张火箭把捡来的死黄鼠狼两块钱卖给了在村上收鸡收兔的中年男人。

白烟弥漫在村子的四周,伸手就能把白烟攥在手心里呢。

在青烟里,我感觉自己失重了,就要飘起来啦。

我骑在那把崭新的笤帚上面,绕着麦地飞翔呢。

你还坐在那里,坐在路边的木头轮椅里。

你的眼睛好看极了,目光温柔,脸上挂着浅浅的微笑。

晚来背着别人家孩子往回走时,差点跌倒在路边的草丛里。

晚来蹲下身,正在骂天,那孩子就已经没影儿了,晚来就骂那孩子。

野狗从垃圾堆跑出来的时候,把所有的孩子都吓了一跳。

想起了小溪,想起了石牛山顶的太阳,想起了童年的噩梦。

想起村子里的小学,想起沟崖上的蝎子,想起那时的月牙。

想起我们从火堆上面跑过,想起被我们烧烤了的公鸡。

月亮都上来了,你还坐在路边的木头轮椅上,你在等父亲。

想起你说过的疯话,想起张火箭的那辆木头摩托车。

想起骡子在揍郭金龙的儿子郭海洋,想起睡在树杈巢穴里的我。
风呀风呀,刮呀刮呀,把天刮得黑透透的了。
我在树杈上睡着了,猫头鹰就蹲在距我一米远的树枝上。
悲伤如同青烟一样在村镇里漾开,月亮越来越小了。
想起掉落的苹果,想起断了线的风筝,想起漏雨的厨房。
想起村人在一起修路的场景,想起孩子在沟里哭泣的场景。
后来我们都从麦地里撤了出来,连你也推着轮椅离开了。
想起了很多很多的东西,但想着想着,就什么都想不起来了。

20

骡子被派出所的人带走的那天,张火箭的儿子张红星刚刚从县城回来。那是张红星离家出走时间最长的一回,人们都不知道他这段时间躲在了哪里,他到家里时,张火箭正坐在院落中央喝酒。还没等到张火箭问什么,他儿子张红星就冷冷地丢下一句话:"我不念书了,我过一礼拜去深圳富人康呀。"说毕,他就闪进了上房,院落里就旋起一阵妖风,吹得竹丛哗哗响动。张火箭坐在原地,被噎得半天说不出一句话,他对着酒瓶咕咚咚咚又喝了几大口。

张火箭家里乱得一塌糊涂,院落里的荒草已有半人高了,墙角处、窗台上丢满了各种各样的酒瓶子,厨房里有一股浓郁的馊味儿,饭桌、衣柜、沙发上,盖着一层厚厚的尘土。连续两天,张火箭和张红星都没有出门,张红星一直在微信上和朋友聊去富人康打工的事,他万万没有想到在那天的傍晚时分,张火箭会摇晃着身子走进屋里,突然给他跪在了地上。他明显感觉到这些天里,他父亲张火箭苍老了很多,憔悴的脸庞深埋在乱糟糟的头发和胡须当中。

张火箭:"你别走呀,爸给你认错了。"

张红星:"你先起来。"

张火箭:"你别走呀,爸给你认错了。"

张红星:"你先起来。"

张火箭:"爸给你认错了。"

张红星:"你先起来。"

张火箭:"你答应我,你别走呀。"

张红星:"你先起来。"

张火箭:"你要是走了,我就完了。"他边说边站了起来。

张红星:"我已经决定了,我必须走。"

张火箭:"没有商量的余地吗?"

张红星:"没有了。我已经跟别人说好了。"

张火箭:"我不同意!"

张红星:"你不同意也不管用。"

张火箭:"我是你爸!"

张红星:"我知道。"

张火箭:"你真是翅膀硬了。"

张红星:"你随便骂吧,我习惯了。"

张火箭:"你真是要气死老子!"

张红星:"你可以揍我呀,揍人不是你的强项吗?"

张火箭:"你……"他气得脸青一块紫一块的。

张红星:"我又不是不回来了。"

张火箭:"你知道什么?那富人康是什么地方?"

张红星:"什么意思?"

张火箭:"你要经常看新闻的话,你应该知道那个地方。我只有你这一个儿子呀,你要……"

张红星:"什么鬼话?"

张火箭:"我说的是实话。"

张火箭:"你连你爸的话都不听了?"

张红星:"听呢。"

张火箭:"那你就别去了,继续念书。"

张红星:"不行,我下礼拜就走呀。"

张火箭:"你……"

张火箭抬手就扇了张红星两个耳光,他气得额头上的血管都凸出来了,整个人活脱脱就像一只被惹怒了的公鸡。但他刚打完就后悔了,肠子都快悔青了,他隐隐感觉到,这两个耳光彻底打断了他和儿子之间最后的感情。他儿子张红星站在原地,脸色煞白,死死地盯着他看了许久。目光里闪烁的光芒几乎要吞噬了张火箭,但那团刚刚还在燃烧的火焰很快就熄灭了,变成了一堆冷冰冰的碎石头。那会儿,张火箭其实是想说点什么的,但又不知道该说什么。

  他从房间里退出来时,正是晌午,太阳高高地挂在天上,院落里飞舞着很多的苍蝇和蜜蜂,在竹丛跟前,他找到尚未喝完的酒,站在明晃晃的太阳下面猛灌了一阵,见脚下跑了很多的蚂蚁,他便蹲下身子,一只接着一只地将蚂蚁全部捏死。然后,他就坐在院落中央号啕大哭起来,他儿子张红星失踪的那些天,他只要一喝多,就会号啕大哭起来,有时候还会砸东西。那次他在柏油马路上喝醉了,砸了地头的很多西瓜,事后还向人家赔了两千元。

  临去富人康的前一天,张红星来到沟边向我道别,他站在太阳下面,用右手遮住半张脸,眯缝着眼睛对我说了一阵。听闻他要去那么远的地方,我开始还劝了劝他,但见他意志坚定,我便又说了很多鼓励他的话。他毕竟已经大了,当年骡子和很多年轻人去广东闯荡的时候,也就是他现在的这个年龄。他顺着沟道往回走的时候,太阳在他身后拉出了长长的影子,热空气不断向四周升腾。那个时候,我的眼前一团漆黑,他的背影幽深而遥远,格外孤独。

  张红星离开村镇没有几天时间,骡子就被判了三年。他是因为故意伤害罪被判的。他差点打断了杨喇叭她老公的腿。杨喇叭这三个字,响当当的,她可是我们村镇上无人不知无人不晓的著名人物,她是在葬礼上唱出名的民间歌手。她长得漂亮,打扮妖艳,嗓子又好,男人们一见她,眼睛里可直冒火星呢。骡子当然也不是什么小人物,他自从广东回来后,网吧越开越大,生意搞得有声有色。

杨喇叭比骡子大了十二岁。就是这样两个人,三年前,偷偷摸摸地就好上啦。人们都知道呢。男人们也只能背地里唉声叹气呀,嘴上都在骂着好白菜让猪给拱了。杨喇叭的老公当然也知道呢,但她老公找了快三年了,都没有找到一点证据出来。骡子可是迷上杨喇叭了,人们都在背后骂呀,骂他放着这么大的家业不去找个年轻点的漂亮媳妇,偏偏要去搞别人家的媳妇。人们光骂还觉得不解恨,尤其是那些光棍儿中年男人,连骡子的八辈祖宗都给咒啦。

杨喇叭爱听骡子说外面的事情,尤其是他在广东的那些经历。骡子本来就健谈,再添油加醋地说上一阵子,杨喇叭就给逗得哈哈大笑了起来。三年来,骡子把他和杨喇叭的每次见面都安排得天衣无缝,但他万万没有想到杨喇叭老公会在那个半夜里突然回来。杨喇叭老公是一名重型卡车司机,常年在外运输货物,没黑没明地在高速公路上赶,也正因此,这三年以来,骡子才没有被他发现过。他尽管常常怀疑杨喇叭和骡子两人,但毕竟没有什么证据。

但现在,杨喇叭老公突然就在半夜里回来了,谁也没有想到他会提前一周回来,他就端端正正地站在骡子和杨喇叭的面前了。骡子和杨喇叭就在一张炕上睡着呢,被逮了个正着呢。骡子、杨喇叭和她老公的脸都紫了,谁都没有想到呀。就那么愣怔了好一会儿呢。杨喇叭老公从院子里抓起一块砖头就朝着骡子和杨喇叭砸了过去,但砖头落在了墙面上,把墙面砸了一个坑,并没有砸中骡子和杨喇叭。杨喇叭老公就提着木棍朝炕边扑了上去。

木棍打在了骡子的左胳膊上,骡子反扑时,摁住了木棍,又拼尽全身力气将木棍抢了过来。两人在地上厮打了起来,杨喇叭光溜着身子坐在炕上哭,哭得电灯都跟着明明灭灭的。杨喇叭老公抓住骡子那像鸡冠一样的头发,死死地抓住,骡子疼得吱哇乱叫,但骡子也掐着杨喇叭老公大腿上的肉呢。两人的身上全是土,骡子的牙被打掉了两颗。十几分钟后,两人都打累了,骡子趁机将木棍拿到了手里,然后对准杨喇叭老公的右腿,狠狠地砸了两下。

杨喇叭老公的右腿差点被砸断了,但还是没有断。再后来的事,你们也都知道了,骡子就被派出所的人给抓走了,再后来就被判了三年。骡子进去后,人们以为杨喇叭老公肯定会和杨喇叭离婚,但人们也都以为错了,他们并没有离,该干什么又都干什么去了。杨喇叭还在葬礼舞台上唱歌呢,就像什么都没有发生过似的,男人们盯着杨喇叭那性感妩媚的身体,很快就把骡子那事儿给忘得一干二净啦。休养了两个月,杨喇叭老公也开着他那辆重型卡车出远门啦。

已经有好长的时间没有下雨了,地缝里都往出冒烟呢,站在地头的乡人看着天上的太阳,低声咕哝了几句,没有人听明白他说了什么。小镇上空总是浮着一层棉花糖般的热气,黏糊糊的,摸一下就粘人的手呢。张火箭坐在台阶上面喝得不省人事,到下午最热的时候,连玻璃碴划破了他的脚他都不知道,半夜时他被疼醒了过来。包扎好后,他走路一跛一跛的,我是在村口的那条柏油马路上遇到他的,那天正好是他儿子张红星去富人康的第二个礼拜。

"去哪儿呀?"我问。

"天上。"他答。

"天上?"我又问。

"天上。"他连头都没回,继续跛着脚朝前走去了。

夏天快要结束的时候,十多位老成员退出了夜莺女生会,紧接着,连加入不到一年时间的四位新成员也纷纷退出了协会。到10月初,加上我,夜莺女生会只剩下四位成员了,到10月底,就仅仅剩下我一个人了。大家都退出了夜莺女生会,原因我也明白,所有退出夜莺女生会的成员也都明白,那就是:夜莺女生会并不能改变我们当下的真实处境,或许我们在这里仅仅能够得到一份心理上的慰藉。但即便如此,依然没有人去贬低夜莺女生会在我们心目中的重要地位,更没有一个人站出来公开攻击我们的夜莺女生会。

成员的纷纷退出,宣告着夜莺女生会的正式解体,也宣告着一段光荣历史的终结。夜莺女生会伴随着我们度过美妙的青春时光,更陪伴着我们度过一个又一个黑暗的日子和一个又一个茫然的夜晚。从夜莺女生会成立的那天起,我就已经猜到了这个伤感的结局。当初,为了能够在夜间彻底解放我们迷茫的心灵,为了能够真正获得心灵上的自由,我们成立了这个协会。但冷酷的现实教训了我们所有人:女生很难长久地拥有这份自由。就像今天,都出嫁了,做母亲了,也就退出了夜莺女生会,也就告别了夜晚的自由。

  我在另一条胳膊上文了夜莺女生会的标识,以纪念夜莺女生会曾经带给我们的自由和快乐。那天晚上,我推着轮椅来到以往我们每天夜里都要来的那块野地深处,对着月亮和闪烁的星星唱了一遍我们会的歌,整个荒野地里只有我一个人,也许还有很多只猫头鹰正藏在远处的丛林深处。和往常一样,我依然感受到了自由的力量和夜晚所释放出来的黑暗物质。当我挽起衣袖,让夜莺女生会的标识最后一次展露在夜晚的面前时,藏在远处的夜鸟们便纷纷啼叫了起来,在丛林的暗影里,夜鸟的歌声响彻天际,久久地回荡在小镇的上空。

  少女们的幻影还不时地在月色朦胧的大地上跳动,昔日的笑声像鱼尾纹一样朝四周散开,蝴蝶最后一次在沟野深处现身,它们带走了夏日的快乐和藏在少女心底的秘密。我坐在轮椅上,面朝夜色的沟野,甚至都能够听到野狼在山谷深处嗷叫的声音,树叶摩擦的声音也清晰可辨,她们似乎并没有离开夜莺女生会,她们在午夜里发出的尖叫声,那令人感到忧伤而又心碎的声音,依然在半空中回响。看来即使她们退出了协会,那些渴望得到安宁的声音依然潜伏在她们体内,如若稍不留神被夜晚给点燃了,肯定又会燃烧起来呢。

但从远处传来的鞭炮声很快就吓跑了她们的声音,要知道她们的声音本来就显得畏畏缩缩、战战兢兢呢。她们全都被摁倒在了另一块荒野地里,四周很快就被坚硬的铁栅栏给围了起来,她们的手脚也相继被从天而降的麻绳给捆了起来,整个过程是在极短的时间内完成的,似乎这是一次密谋已久的计划。栅栏外面到处都是年轻的男人,他们一脸坏笑,嘴里会不时地吐出青灰色的气泡,后半夜时,栅栏门打开,男人们排成单列队伍,迈着一致的步伐走了进去。她们走上了另外一条道路,开始被男人、家庭、孩子和琐碎的生活绑架的道路。

有朝一日,我会同其他女生一样被关进这座规模宏伟的铁栅栏里面吗?站在铁栅栏外面正排队朝我走来的男人会是"逃跑的兔子"吗?我当然希望那个男人就是"逃跑的兔子",但我不想被男人和所谓的命运给束缚,包括"逃跑的兔子"。难道已经被关押在铁栅栏里面的女人就不能再拥有少女般的自由吗?那天晚上,妖风不时地从沟底卷上来,两边的树丛发出可怕的号叫声,草木在妖风中瑟瑟发抖,不经意间,只听一些树枝咔嚓一声,断倒在地,很快就又被妖风刮向漆黑的沟野深处了,那时我望着遥远的山影,情绪低落,心里充满悲伤。

当我穿行在村子黑漆漆的巷道时，两边房屋的暗影遮蔽了月亮，只有野猫不时地跳上墙垣，发出鬼魅的声响。从张火箭家门口经过时，还能听到他正坐在院落里唱歌的声音。我将轮椅停在他家门口的那棵椿树跟前，猛然转过头去，旁边的沙堆吓了我一跳，还以为是野狼卧在那里呢。张火箭还在喝酒，隔着铁门都能闻到一股浓烈的酒气，他唱歌的声调拉得比麻绳还长，喉咙里发出沉闷的低吼，像蚊子在叫，又像狮子在咆哮，根本听不出来他在唱什么。

想起一件事情，还是在年初他儿子张红星离家出走的那段时间。那时候，骡子见张火箭整日萎靡不振，过着人不人、鬼不鬼的日子，就专门到村上找了一次张火箭，并给他在镇上的猪肉加工场安排了一份工作。二十年前，那家企业还只是一家私人的养猪场，根本谈不上什么规模，但现在经过了近二十年来的快速发展，这家企业早已成为全县的龙头企业，董事长是我们县上商界的领军人物郭金龙，总经理是县上的青年领袖郭海洋，他们也是县上的产业领头人。

骡子和郭金龙、郭海洋的关系别提有多好了，给张火箭安排工作，也只是骡子一句话的事儿。张火箭拒绝了骡子，他的理由是他不想给郭金龙打工，当年就是郭金龙在全镇人民面前羞辱了他，难道他骡子就忘了这件事了吗？骡子苦口婆心地劝张火箭，说现在的时代可不比以前啦，现在要向前看。骡子又抛出了一个问题，彻底说服了张火箭：难道他还是当年那个将摩托车到处向全镇人民炫耀的郭金龙吗？

张火箭听从了骡子的建议,三日后就在郭金龙的猪肉加工厂里报到上班了,在厂区当一名执勤保安。也许是因为他儿子张红星长久不回家的缘故,接连好些天,他表现突出,很少喝酒,半夜时还擒了一个到厂区里偷猪肉的蟊贼。保安队队长和其他队员对他赞不绝口,也非常敬重他。但好景不长,他很快旧病复发,又在夜里偷偷地喝上酒了。他已经没有办法适应没有酒的日子,尤其是当他想起他儿子张红星的时候,总会拿出酒瓶抿上几口的。

他就这样抿了一夜,清晨时分,他摇晃着身体来上班时,被别的保安拦下,他二话不说,就站在门口放声大骂开了:"谁拦他爷爷呢?眼睛瞎了吗?没看见我就是这里的保安吗?谁拦他爷爷呢?狗✕的去叫他郭金龙出来,郭金龙出来都不敢拦我的,回去打听打听,谁不认识我张火箭?当年同郭金龙在镇街上比赛骑摩托的人是谁?我给你狗✕的放两天假,你快回去打听打听,是你爷爷我,是你爷爷张火箭!"郭金龙正好经过,脸色黑沉沉的。张火箭就被开除了。

骡子把张火箭结结实实地骂了一顿,他怎么也想不明白当年老实巴交的张火箭会变成今天这个样子。但现在说什么都晚了,张火箭的名声已经在镇街上传开了,短时间内要给他再找点活干是不太可能了。那天下午,骡子和张火箭喝得酩酊大醉,一想起小时候的那些经历时,他俩便热泪盈眶,频频举杯,喝得天地昏暗,星月暗淡。他俩不时会谈起二十年前的时光,不时会被那些记忆击中。尤其是张火箭,这些年,他几乎就是靠着童年的快乐记忆生活过来的。

野猫从墙垣上跳下来的时候,我推着轮椅回家了,月亮从房屋的暗影里跳了出来,现在我的身后也跟着长长的影子了。快到家门口的时候,我停了下来,看见倒在路边的那根电线杆上坐着一个人,走上前去,才发现原来是一个半身高的玩具马。可能是白天哪个孩子丢在那里的,明早起来那孩子肯定还要来找的。我笑笑,推着轮椅准备回家,但就在我要转身的时候,猛然看见那棵桐树的树杈上坐着一个人,就是我哥小时候经常坐在上头的那棵桐树。

我肯定没有看走眼,那人就坐在我哥小时候经常坐的那根树杈上,双腿吊在半空中,来来回回地摆动着,妖风吹起时,他的身影也跟着摇晃起来。是我哥杨大鹏吗?我距他大概有十米远的样子,尽管是半夜里,但我依然能够清晰地看到他的眼睛,他一直在盯着我看,看样子他大概是不会说一句话的。夜风太凉,我瑟缩着身体,将双手互插在衣袖里,也不知道为什么,现在我一丁点的恐惧都没有了,张火箭的歌声依然会时不时地顺着地缝间冒出来。

月亮快到我们头顶的时候,四周的树叶上反射出银灰色的光芒来,衬得他的影子越来越清晰明亮了。他的眼睛亮亮的,就像狼或者狐狸的眼睛,他的脸依然同深沉的夜色一样,模模糊糊的,难以辨认。但我能够确定那就是我哥杨大鹏,也许那是他十多年前遗落在树上的影子,他的影子已经同那棵桐树牢牢地长在一起了,莫非他每到半夜时分就会出现在树权上?我后悔过去一直没有留意树权上的动静,他肯定不是山鬼变的。山鬼的模样,我是能认出来的。

我其实想给他讲讲骡子和张火箭的事情,还有夜莺女生会的事情,但好几次,话涌到嘴边,又被我咽了回去。他的身影一直在树权上摇摇晃晃的,几乎就要掉落在了地上,站在他身旁的猫头鹰没有叫,静静地窥视着夜晚的秘密。我实在不愿意回家,可不回家又能上哪儿去呢?我推起轮椅往家里走的时候,他还在树权上坐着。但当我关上铁门,透过门缝,却发现树权上什么都没有,只有树叶在妖风里哗哗啦啦地响着。那只猫头鹰偶尔也会叫上一两声出来。

11月初的一个下午,我收到了"逃跑的兔子"寄来的一张卡片。卡片上印了一首短诗《我需要》,作者是戴珊卡·马克西莫维奇:

我需要许多太阳,
无论白昼还是夜晚,
一个太阳迎面照耀,
一个太阳在我背后高悬,
一个太阳照亮无底深渊,
一个太阳托在掌上,
让它那柔和的光线

抚摸我悲伤模糊的双眼。

我需要许多柔情蜜意，
日夜缠绵，
我需要许多温存话语
萦系耳边，
我需要暂时的宁静，
心灵与感情不再搏斗。
苍天与痛苦
抛弃旧嫌。

我需要许多热情的笑脸，
时时刻刻把我环抱，
我需要刎颈之交
肝胆相照。
我需要横过仇恨与隔膜的深涧
架设座座浮桥。

2019 年 7 月—2020 年 3 月

完稿于永寿县